JN307732

陰悩録

リビドー短篇集

筒井康隆

角川文庫
14315

目次

欠陥バスの突撃

「おいっ。どうした。もうこれ以上スピードは出ねえのか」

シートから立ちあがって、そうわめいた中年男。この中年男は見るからに好色そうな顔つきをしていた。いや、まさに情欲そのものという顔つきをしていた。それは額、に傷痕のある小肥りの中年男だった。

中年男は、バスの乗客全員から〈色情〉という名をあたえられていた。それもその筈だった。なかばずりおろされたズボンから露出している彼のペニスは、のべつ勃起し続けていた。そして彼自身、それを隠そうともしていなかったのである。

「しかしねえ。この、靖子って娘を姦っちまうのは、どう考えても危いぜ。だって課長の遠縁なんだからなあ」額に傷痕があり、顔色が悪く、皆から〈サラリーマン根性〉の名をもらっている若い男がいった。「敬遠しといた方が、いいんじゃねえかなあ」

「馬鹿野郎」〈色情〉がふり向いて大きく怒鳴った。「お前らのいうことをいちいち聞いてた日にゃあ、いつまで経っても、女ひとりものにできやしねえ」

「そんなに女が欲しいなら、早く結婚すればよいのじゃ」運転席に近い窓ぎわのシートにかけていた、額に傷痕のある〈老人〉がいった。「母上が郷里から、見合い写真を送ってきておられるではないか」

「結婚して、生活できるかよう」赤シャツにチェックの背広を、いかにも身をもち崩した感じにだらしなく着て、額に傷痕のある〈放蕩（ほうとう）〉が叫んだ。

最後尾シートの〈計算機〉が立ちあがり、傷痕のある白皙（はくせき）の額にぱらりと垂れた前髪を神経質そうにかきあげ、眼鼻立ち整った無表情な顔のまま、とり出したメモを感情のこもらぬ声で読みあげた。「月づきのサラリー四万八千五百円。アパートの部屋代一万五百円。食費他二万円。洋服屋未払分八万九千円。友人からの借金五万円。……」

その時、バスの天井数カ所についているスピーカーから、若い女の声が甘ったるく流れてきた。

「ねえ、司郎さん。このお店、混んできたわね」

「うん。そうだね」〈サラリーマン根性〉の隣のシートで車内にひとつしかないワイヤレス・マイクを握っていた〈気障〉が、そう答えた。これ見よがしに外人式身ごなしをするのだが、額の傷痕と、中肉中背のからだつきがそれには不似合いだった。

「じゃ、どこか他の店へ移ろうか」

〈サラリーマン根性〉が、あわてて〈気障〉にとびつき、彼の手の中のマイクをもぎとりながら小声で叫んだ。「ばか。ばか。そんなこといって、よその店へ行くだけの金があるのかよう」

「現在の所持金」また立ちあがり〈計算機〉がメモを読みあげた。「三千八百円。この喫茶店の勘定、コーヒー一杯。フルーツポンチひとつ。合計三百二十円」

「そんなに残ってるんなら、つれこみホテルへしけ込める」しめたとばかり〈色情〉が大声を出した。

〈サラリーマン根性〉は仰天し、マイクに掌を押しあてて〈色情〉を睨みつけた。

「しっ、聞こえたらどうする」

「とにかく、このお店を出ない」ふたたび、スピーカーから靖子の声が流れ出た。

「そ、そうですね」〈サラリーマン根性〉はしかたなしに、手の中のマイクへ答えた。

「じゃ、出ましょうか」

〈気障〉があきれて、ゆっくりとかぶりを振った。「そんな頼りない返事してたのじゃ、とても、ものにできないよ」

〈色情〉があせって、〈サラリーマン根性〉のマイクをもぎとろうとした。「おれによこせ。はっきり、ホテルへ行って寝ようといってやる」

「そんなこといったら大変だ」〈サラリーマン根性〉は蒼くなり、〈色情〉と揉みあいながらいった。「おい。みんな。こいつをそっちへつれて行ってくれ。こいつにマイクを渡したら、靖子に何をいうか、わかったもんじゃないぞ」

「まったくだ」

〈気障〉、〈創造〉、〈知識〉、その他数人が、荒れ狂う〈色情〉を手とり足とり、バスの最後尾へひきずっていった。

　十八人の人間を乗せたその欠陥バスは今、光の乱舞と騒音の洪水の中を出はずれレモンの月に照らし出された荒涼たる夜の中に走りこんでいった。欠陥バスのくせに、彼はスピードをあげ、今までに数台の車を追い越していた。あるいはそれは、彼が欠陥バスであるが故に、すれ違う車の方で恐れをなし、わざとスピードを落して身を避けてくれたのかもしれなかったが、そんなことは欠陥バスの知ったことではない。そんなことさえ考えようとしないところが、欠陥バスの欠陥バスたるゆえんなのだから。

いつもそうなのだが、欠陥バスは自分のことを考えるだけでせいいっぱいなのだから。

乗客十八人の中には〈老人〉もいたし、また〈子供〉もいた。だが、圧倒的に多いのは二十歳代後半から三十歳代前半にかけての青年、中年の男性だった。〈アニマ〉と、皆から呼ばれている女性もひとり、混っていた。彼女はハイティーンで、黄色いワンピースを着ていた。(註・『アニマ』は心理学用語。男性の肉体中にある少数女性遺伝原質の精神的表現。一般には無意識の一部を擬人化したもの)

全員、それぞれ年齢も性格も大きく違っているくせに、どことなく似たところがあった。あるひとつの基本的な顔かたちを、それぞれの年齢や性格に応じて加工修正したかのようでもあった。乗客だけでなく、運転手も似ていた。もしかすると運転手の顔こそ、乗客たちの顔の基本形なのかもしれなかった。

運転手は、三十歳くらいで、額に傷痕のある、やや悲しげな顔をした男だったが、見かたによっては、ずいぶん若く見えた。彼の持病は膝関節炎だった。季節の変わりめとか、雨の降った夜とか、疲労のはげしい時に出るのである。

車掌はいなかった。むしろ、十八人の乗客すべてが車掌といえた。彼らは勝手なことをいっては運転手に指示をあたえていた。十八人の合意が、バスの行く先を決めているのである。運転手は目的地を知らなかった。目的地の決定は乗客たちの間で、まだ合意に達していなかったのだ。

「もう、だいぶ夜がふけた」と、〈老人〉がいった。「この娘さん、早くお送りした方がよいじゃろ。親御さんがきっと、ご心配じゃろうからな」

「まだ十時じゃねえか」と〈放蕩〉がいった。「それにこの女はもう二十二歳なんだ。子供じゃねえんだぞ」

「では、少しこの道を歩きましょう」と〈気障〉がマイクに、きざっぽくささやいた。

「夜風に吹かれて」

「そうね」靖子の声がスピーカーから出てきた。「ああ、とてもいい気持だわ」

「まだ、歩くつもりか」〈食欲〉が悲鳴をあげた。「おれは腹がぺこぺこなんだぞ。もう歩けないよ。何か食わせてくれ」

「いや。この女を姦るのが先だ」最後尾で、皆から押えつけられたままの〈色情〉が叫んだ。「さあ。早くホテルへ誘え。早くしろ早く」

「男性というものは」〈知識〉がおもむろに喋り出した。「食欲が満たされている時よりも空腹時の方が、女性を魅力的に感じるものなのである。即ち、一九六五年米国はコロンビア大学に於て、男女学生各二百名を対象に行った調査によると……」

「こんな娘、ちっとも魅力的なんかじゃないわよ」と〈アニマ〉が叫んだ。唇を歪めていた。「女らしいところが、ひとつもないじゃないの」

「うるさい。おカマは黙っていろ」と〈放蕩〉がいった。

「おカマじゃないわ」〈アニマ〉は絶叫し、たちまち眼を吊りあげ、泣き声で罵った。

「何も知らないで、何さ。バカ。おカマじゃないわよ。わたしは女よ。わたしは女よ」

シートの前の凭れに突伏し、さめざめと泣きはじめた。

「おい。黙ったまま、並んで歩いてるだけじゃ、退屈させちまうぞ」〈サービス〉が〈気障〉にいった。「何か気のきいたこと、喋れないのか」

〈気障〉が答えた。「この娘の方から、何かいい出すのを待ってるんだがね」

「そうだ。男はお喋りでない方が、男らしくてよい」と〈批判〉がいった。

「いや。それじゃあ駄目だ」〈放蕩〉がいった。「おれによこせ」彼は〈気障〉の手からマイクをもぎとり、崩れた口調でゆっくりといった。「どうだい。一杯飲みに行かねえかい。この近所に、ちょっといけるおでん屋があるんだがね」

〈気障〉が、顔色を変えた。「こら。おれのせっかく作ったムードが台なしだ」

「あのおでん屋の親爺とは、勘定のことでこの間喧嘩したばかりじゃないか」〈サラリーマン根性〉が、押えつけていた〈色情〉からはなれて〈放蕩〉の傍らまですっとんできた。「あんな品のない店へつれて行っちゃいかん」

「あらあ。司郎さんったら、そんなお店知ってるの」スピーカーの靖子の声は、とたんに嬉しそうに弾んだ。「面白そうね。行きたいわあ」

「ほら見ろ。喜んでるじゃねえか」〈放蕩〉は自慢そうに、全員の顔を眺めまわした。「とかく女てえのは、男の行く場所を覗きたがるものなんだ」

「そうだ。そこへつれて行け」〈色情〉が最後尾で叫んだ。「その店で焼酎を飲ませて、ぐでんぐでんに酔わせるんだ。そしてホテルへしけこめ。あとはもう、思いのままじゃねえか」

「早く行こう」と〈食欲〉がいった。「早くおでんが食いたい」

「ひ、冷やの焼酎……コ、コップにいっぱい……きゅうっと、は、は、早くの、飲みてえなあ」窓ぎわの席の〈アル中〉が、ひと声寝呆け声でそう叫び、ふたたび窓ガラスに額の傷痕を押しあてて寝てしまった。

「でも……」靖子がためらい勝ちにいった。「そういうお店ってのは、だいたい、不潔なんでしょ」

「そ、そうですとも、そうですとも。不潔ですとも」〈サラリーマン根性〉が〈放蕩〉からとりあげたマイクに向かって、大あわてで答えた。「そりゃあもう、とてつもなく汚いところです」

「そう。とても君をつれて行けるようなところじゃないよ」横から〈気障〉が、マイクにいった。「君のような、おとなしいお嬢さんをね」

「ああら。わたしって、そんなにお嬢さんに見えるのかしら」表面的には不満そうに、それでもお嬢さんといわれたことがまんざらでもなさそうな口調で、靖子はそう訊ね返した。

「いやな女」〈アニマ〉が吐き捨てるようにいった。「気取ってるわ」

〈自虐〉が、ゆっくりと自分の席から離れ、バスの中央の通路を歩いて〈サラリーマン根性〉の傍らに立ち、彼の手からマイクをもぎとって直立不動の姿勢をとり、悲痛な声で喋りはじめた。

「その不潔な場所へ、ぼくはいつもひとりで行く。ひとりで焼酎をあおるのだ。酔っぱらい、帰り道で地べたに寝てしまうこともある。泥にまみれ、反吐にまみれて……」

「よせ」〈サラリーマン根性〉がマイクを取り戻した。「そんなこと、課長に喋られてみろ。昇進できなくなるぞ」

「まあ。可哀想」と、靖子はいった。「どうしてそんなに、自分を苛めるの」

「なるほど。同情をひくという手もあったなあ」〈批判〉が、にやにやしながらうなずいた。

「なんとか、うまくごまかしてくれ」〈サラリーマン根性〉は、あわてて〈創造〉にいった。「お得意のでたらめ話を、ひとつでっちあげて、なんとか胡麻化（ごまか）してくれ」〈創造〉は、怠惰な身ぶりで答えた。「でたらめ話なんて、簡単にいうがね、そのでたらめ話をでっちあげるのは、なかなかむずかしいんだぜ」

「すまん、すまん。気にしないでくれ」〈サラリーマン根性〉は、すぐにぺこぺこあやまった。「さあ。そんなにもったいぶらないでとにかく、何か一席、弁じてくれよ。早く早く」

〈創造〉は、いやいやマイクをとり、だるそうな声で喋りはじめた。「靖子さん。ぼくはいつも、自分とあなたを比較するたびに、絶望的なほどの大きな距離を感じてしまうのだ。だからこそ、無理やり自分を孤独に陥らせ、自分を責め、自分のからだを苛めたくなるんだ。なぜだと思う。それはぼくが、君を愛しているからだよ。そして君は、ぼくを愛してくれてはいない」

「あっ。馬鹿ばか。もう、愛の告白をしちまいやがった」〈気障〉が、あわててそう叫んだ。「靖子がまだ、それを期待してもいないのに。告白なんてものは最近では、女が男に、告白させるよう仕向けることになっているんだぞ」

「しかし、話としては、愛してるといった方がずっと迫力が出るじゃないか」〈創造〉

はマイクを手で押え、不満そうに〈気障〉にいった。

「ふん。それはもっと、うまい表現で告白した時の話だ」と〈批判〉がいった。「君は現実と作り話の区別さえつかないのかね。それじゃ真の創作はおぼつかないよ」

「ほうら。靖子が黙っちまった」天井のスピーカーを見あげ、心配そうな表情で〈サラリーマン根性〉がいった。「きっと、気を悪くしたんだぞ」

「なあに。愛の告白をされて気を悪くする女がいたら、お目にかかりたいもんだね」〈放蕩〉がいった。

「きっと感激してるんだよ。だから黙ってるんだ」〈創造〉は自信満満でそういいながら、自分にうなずいた。

「腹がへったあ」と〈食欲〉がいった。「どうするんだよう。おでん屋へ行くのか、行かねえのか」

「ねえ。今いったこと、それ、本気なの」と靖子が真剣な声で訊ねた。

「ほうら。やっぱり今まで、感激していたんだ」〈創造〉が、鼻をうごめかした。

「そうじゃない。だしぬけに告白されたからショックだったんだよ」と、〈サラリーマン根性〉がいった。「さあ。どう返事するつもりだ。下手な返事はできない。むずかしくなってきたぞ」

「今のは出たらめだといいなさい。嘘だったといいなさい。正直に」〈老人〉が立ちあがり、そう叫んだ。「このお嬢さんを、本気で愛してなんか、おりゃせんじゃろうが。お前らはこのお嬢さんの、美しい肉体がほしいというだけじゃろうが。純真な娘さんを騙す(だま)など、もってのほかじゃ。正直にそう答えて、あやまりなさい。さあ、早くせんか」

「ちっ、馬鹿だなあ。そんなことといったらこの女、よけいかんかんに怒って、家へ帰っちまうぜ」と、〈放蕩〉が苦笑した。「侮辱されたと思ってね。いや、もっと悪い。茶化されたと思うかもしれねえ」

「なぜぼくは、愛してるなんて口走ってしまったんだろう」マイクに向かい〈気障〉が、いかにも自己の内心を見つめようとしているかの如く、深刻そうな口調でいった。「きっと、今夜のぼくは、どうかしているんだ。きっとそうだ」

〈気障〉はそういい終り、われながらうまくいったという顔つきで、誇らしげに全員の顔を見まわしてから、ゆっくりとマイクを〈サラリーマン根性〉に戻した。〈批判〉が、ふんと大っぴらに鼻で笑った。

「ほんとよ。今夜の司郎さんって、少しおかしいわ」スピーカーの中の靖子の声が、可愛くほころびた。「まるで、ひとりの司郎さんの中に、何人もの別の人が住んでいて、かわるがわる喋ってるみたい」

「そ、そうなんです」〈サラリーマン根性〉がうろたえて、助けを求める眼で、あたりをきょろきょろ見まわしながら、けんめいに喋った。「ぼ、ぼ、ぼくの中には、たくさんの人間、十八人の人間がいるんです。バ、バスに乗ってるみたいにね。気障なやつもいますし、アル中もいますし、放蕩者もいますし……」彼はちらと〈色情〉に眼をやり、あわててそっぽを向いた。「そ、それから、それから……」

「で、今喋ってるのは、だあれ」くすくす笑いながら靖子が訊ねた。

「サ、サラリーマン根性」

　靖子は、ぷっと吹き出した。しばらく笑い続けた。

〈サラリーマン根性〉は、気を悪くした様子もなく、ハンカチを出して、どっと吹き出た汗を拭いはじめた。

「でも、わたしを愛してるっていうのは、本当なの」靖子が真面目な口調に戻った。

「もっともっと、愛してるっていってほしいのよ、このひと。何度も何度もね」〈アニマ〉がまた口もとを歪めてそういった。「うぬぼれ屋なのよ」

「ねえ。わたしを愛してるっていったのは嘘じゃないわね。本心なのね。そうなんでしょ」靖子の声は次第にすがりつくような調子になり、うわずりはじめた。

「ほ、本当です」〈サラリーマン根性〉が、しかたなくそう答えた。

それだけでは駄目だと悟り、〈気障〉が横からマイクにいった。「愛してるよ」

「ああ……」靖子は、ほっと満足の吐息を洩らした。

「ふん。満足してるわ。そうなのだ」と、〈知識〉がいった。「自分が相手を愛しているかどうか、そんなことは二次的な問題なのだ。ほとんどの女にとっては、相手が自分を愛してくれているかどうかが最も重要な……」

「女はみんな、ナルシストねこの女」〈アニマ〉が、にがにがしげにいった。

「でも」と、靖子は、やや不満そうに訊ねた。「あなた、どうしてわたしが、あなたを愛してないなんて思うの」

「それは……」

あわてて返事しようとした〈サラリーマン根性〉の口を、〈批判〉が押えた。「しっ。少し黙っていた方がいい」

「そうだ。少し黙ってこの女に喋らせておいた方がいい。自分の方からも愛の告白をするぞ。すると対等の立場に立てる」〈気障〉がそういった。

「ふん。どうせストレートに『愛してます』なんていえないにきまってるわ」と〈アニマ〉が冷笑を浮かべていった。「きっと、まわりくどいいいかたをするわよ」

その通りだった。

靖子が喋りはじめた。「だって、あなたに関心がなければ、こうして、ふたりきりで会ったりしないわよ。そうでしょ。わたしがあなたを愛してないなんて、そんなこと、決して、ないわ。どうしてそう思うの」

「やっぱりその女。気があるんだ」〈色情〉が喜んでそう叫び、周囲の連中の手をはねのけて、通路をマイクめがけて突進してきた。「さあ。早くいえ。ホテルへしけこんで寝ようといいえ」

数人が〈色情〉とマイクの間に立ちはだかり、通路を塞いだ。彼らは通路で、はげしく揉みあった。

争いに気をとられていた〈サラリーマン根性〉の手から〈放蕩〉がマイクをもぎとり、にやにや笑いながらいった。「そうかい。じゃ、ぼくを愛してるんだね」

しばしためらったのち、靖子は答えた。

「ええ」

〈好奇心〉が、窓の外を見ながら大声で叫んだ。「おうい。ここにでかいホテルがあるぞ。つれこみだ。ご休憩千二百円だとよ」

「しめた。おあつらえ向きじゃねえか。やいやい。何ぐずぐずしていやがる」揉みあいながら〈色情〉が絶叫した。「早くひきずりこめ」

「ならん。そんなことは許さん」〈老人〉が立ちあがってまた叫んだ。「良家の令嬢を誘惑し、ホテルなどへつれ込んで凌辱しようとはもってのほか。ならず者のすることじゃ。わしが許さん」

「凌辱はちと大袈裟だな」と〈批判〉がいった。

「双方の合意による情交は、凌辱とはいいません」と〈知識〉がいった。

「ほんとに、ここへ入るのかよう」〈食欲〉が哀れな声をはりあげた。「ホテル代を払っちまったら、今夜の飯代をどうするんだよう」

「現在の所持金」と〈計算機〉がいった。「三千四百八十円。ホテルで休憩した場合、支払いすれば残金は二千二百八十円」

「給料日まで、あと八日もあるんだぞ」〈サラリーマン根性〉が悲痛な声を出した。

「なに。経理でまた前借りするさ」と〈放蕩〉がいった。

「早く。早くなんとかしろ」〈色情〉は今や狂気の如く荒れ、怒髪天を突く陰茎をむき出しにしたままわめいていた。「早くしないとホテルの前を通り過ぎてしまう」

「よし」〈放蕩〉はうなずいた。彼はマイクに向かい、決然としていった。「さあ、このホテルへ入ろう」

「まあっ」靖子は息をのんだ。

「そら怒った」〈サラリーマン根性〉が首をすくめた。

「いや。怒ってなんかいないよ」〈好奇心〉が面白そうに眼を輝かせた。「おやおや。考えこんじまったぜ。この女」

「ならん。ぜったいに、こんなところへ入ってはならん」〈老人〉は、通路を運転手の方へ行こうとしながら怒鳴った。「おいっ、運転手。こんなところは早く通過せい。通過じゃ。通過じゃ」

運転席へ行こうとする〈老人〉を、〈放蕩〉と〈好奇心〉が制止した。

バスの通路では、二カ所で揉みあいが続き、しばらくは騒然とした。

〈老人〉のふるった杖が〈放蕩〉と〈好奇心〉の脳天を打ち据えた。

ふたりは悲鳴をあげた。「いてててて」

〈老人〉は運転手の傍らへ行き、その耳もとで叫んだ。「おい。早くこんなところは通過して、大通りへ出るのじゃ。もっと明るい、広い通りへ。そしてこのお嬢さんを、無事にお宅へお返しするのじゃ」

「うるせえなあ」〈運転手〉は迷惑そうに眉をしかめ、乗客たちの方へ顔をふり向けて叫んだ。

ようっていうの」
「おうい。この爺さんをなんとかしてくれなきゃあ、うるさくって運転できねえよう」
靖子が、大きくあえぎながら訊ねた。「こんなところへ入って、いったい、何をし
「ふん。カマトトぶってるわ」〈アニマ〉がいった。
その時、揉みあっていた数人の中から〈色情〉がすり抜け、〈放蕩〉の掌のマイク
に大声で叫んだ。「そんなことがわからねえのか。交ろうっていってるんだ」
〈気障〉が、わっと叫んでマイクを押えた。だが、もう遅かった。
「い、いやよっ」靖子が仰天して、そう絶叫した。
「ばか。ばか。他にいいかたを知らないのか。ものにはいいかたがあるんだ」〈気障〉
は〈色情〉を頭ごなしに怒鳴りつけた。
「なんだ何だ。交ろうっていったのがどうして悪いんだ。どうせ交るんじゃねえか」
〈色情〉が、皆から腕を押えられたままで、あいかわらず暴れながらいい返した。
「そんなあけすけないいかたをすれば、できるものもできなくなるぞ」と、〈気障〉
がいった。「見ろ。怒って、いやだといってるじゃないか」
「ふん。いやよいやよは好きのうちさ」〈放蕩〉がうそぶき、マイクに手をのばした。
「よこしなよ。こっちへ」

「何をいう気だ」〈気障〉はマイクを奪われまいとして身構えた。

「まあ、悪いこたあ言わねえ。うまくやる。まかしておけ」〈放蕩〉は自信たっぷりにマイクをとりあげ、投げやりな声で喋りはじめた。「そうかい。君はぼくを愛してないんだな」

「そりゃ、あ、愛してるわ。愛してるわよ。でも、それとこれとは……」靖子は語尾をにごした。

「別だっていうのか。じゃあ、愛してる証拠は何もねえな」

「そんな……」靖子が泣きそうな声を出した。「そんな。だしぬけに、そんなこといわれたって……。愛してるわ。それは、それはほんとよ」

「じゃ、ついてきな」

「あっ。自分ひとりだけ、先にホテルへ入っていって、どうしようってんだ」〈色情〉は悲鳴をあげた。

「心配するな。ついてくるにきまってる」自信たっぷりに〈放蕩〉がいった。

靖子の、ささやくような声がした。「い、いいわ。あ、あげちゃうわ。あ、あなたに……」

「見ろ。見ろ」〈放蕩〉が、したり顔で周囲を見まわし、鼻の穴を拡げて自慢した。

「ちゃんとついてきたじゃねえか。女って、そんなものさ」

「ふん。大袈裟ねえ。あげちゃうわ、だってさ。たいしたことでもないのに」〈アニマ〉がぷりぷりしてつぶやいた。

「ならん。ならんといったら、ならん」〈老人〉が通路に立ちはだかり、わめきちらした。「すぐ出なさい。こんな不潔な場所は、すぐに出るのじゃ。正式の婚約もせずして、若い男女が、な、な、なあんたることか。犬ころではあるまいし」

「だまれ。うるさい」〈色情〉が〈老人〉のからだをつきとばした。

〈老人〉は通路を運転席の方へすっとんで行き、ひっくり返って床で頭を強打し、眼をまわしてしまった。

「こんなにあっさりついてくるところをみると、もしかしたらこの娘、処女じゃないかもしれねえよ」〈好奇心〉は、にやにや笑いながらいった。

「あたり前じゃないの。処女なもんですか」と、〈アニマ〉がいった。

「腹がへった」と〈食欲〉がいった。「こんなに腹ぺこじゃ、何もできないよ」

「お泊りですか」スピーカーが、不愛想な女の声で訊ねた。

〈サラリーマン根性〉が、あわてて答えた。「いや。休憩だ」

「へええ。なかなかいいホテルじゃないか」〈好奇心〉が眼を輝かせた。

「こちらへどうぞ」スピーカーが、メイドの声でそういった。

「うん。部屋もなかなかいいぞ」〈好奇心〉は周囲を見まわした。「煽情的な色調だ。なかなかよろしい」

「そらっ。部屋へきた。そこにダブル・ベッドがある」〈色情〉が喜んで、ふたたびあばれはじめた。「それっ。その女をそこへ押し倒せ。トッゲキー」

「ま、ま、待て待て。まだメイドが部屋から出ちゃいねえんだぞ」〈放蕩〉と〈気障〉と〈サラリーマン根性〉が、あわてて〈色情〉を押えつけた。

「お風呂へ、お入りになりますか」と、メイドが訊ねた。

「ええ、入ります」と〈気障〉が答えた。

「風呂なんか、どうでもいい」〈色情〉がわめいた。「それっ。トッゲキー」

「ま、ま、待て待て」数人があわてて、ふたたび〈色情〉を押えつけた。「それはメイドだ」

「メイドに抱きつくやつがあるか」

「こうなれば誰でもいい」〈色情〉は猛り狂った。「トッゲキー」

「この男を黙らせないと、だめだ。ムードも何もなくなってしまう」と、〈サービス〉がいった。

「よし。皆で、またうしろの席へつれて行こう」〈批判〉たち数人が、また〈色情〉を抱きかかえ、無理やり最後尾へひきずっていった。

「何か、ご注文はございますか」と、メイドの声が訊ねた。

「そうだなあ」〈気障〉が考えこんだ。

「食いもの。何か、く、食いものを注文してくれ」〈食欲〉が悲愴感にみちた声で懇願した。「腹が減って死にそうだ」

「いかん。いかん」〈サラリーマン根性〉がわめいた。「こんなところで食事など注文してみろ。眼んタマとび出すほどとられちゃうぞ」

「でも、何か注文してやった方がムードが出るよ」と〈サービス〉がいった。

「酒だ」寝ていた〈アル中〉が、さっと顔をあげた。「酒を注文してくれ」

「じゃ、ビールをください」〈気障〉はマイクにいった。「おつまみもね」

「何本ですか」と、メイドが訊ねた。

「一ダース」と〈アル中〉が叫んだ。

「一本で結構」

〈放蕩〉が苦笑した。「ちぇっ。一本か。しけてるなあ」

「そらっ。メイドが部屋を出た。姦れ」〈色情〉が最後尾のシートへ押えつけられたまで叫んだ。「トッゲキー」

「ばか。すぐにビールを持って戻ってくるんだ」と〈サラリーマン根性〉がいった。

スピーカーの中で、しゅん、しゅんと鼻をすする音が、次第に大きくなりはじめた。

「おやおや。この女、すすり泣きはじめたぜ」〈好奇心〉が、にやにや笑った。

それまで運転席のま横のシートにかけ、運転ぶりを興味深げに観察していた〈子供〉が首をかしげ、背後に向きなおって大声で訊ねた。「ねえ。このお姐ちゃん、どうして泣き出したの」

「子供は黙ってな」と〈放蕩〉がいった。

「ああ。おれは悪い男だ」と〈自虐〉がいった。「けだものだ。色餓鬼だ。セックスに餓えた、うす汚い、意地きたない豚だ」

「さあ。誰か慰めてやってくれよ」〈サラリーマン根性〉がおろおろ声で、周囲を見まわしながらいった。

「いや。慰める必要はないだろう。慰めたりするとつけあがって、このまま帰るなんぞといい出すだろうからな」

〈放蕩〉のことばに、〈アニマ〉が大きくうなずいた。「そうよ。本気で泣いてなんか、いるもんですか。カマトトぶってるのよ。お芝居をしてるのよ」

〈放蕩〉は、〈サラリーマン根性〉の手からマイクをひったくり、靖子を叱りつけた。

「よせ。こんなところで、めそめそするんじゃない」

「だって、だ、だって、だって」靖子はしゃくりあげた。「こわいの。わたし、こ、こわいの」

「ひやあ。抱きついてきやがった」〈好奇心〉がすっ頓狂な声をはりあげた。

「それっ。今だ。やっちまえ。トッゲキー」と〈色情〉が叫んだ。

ドアをノックし、メイドが部屋に入ってきた。「おビール、お持ちしました」

「ふひょーっ。ビールだ。ビールがきた」喜んだ〈アル中〉が自分の席でおどりあった。「飲ませろ。早く飲ませろ」

「ま、待て。がつがつするんじゃない」〈気障〉が〈アル中〉の肩を押えた。「手を出しちゃいかん。バカ。これはまず、靖子に飲ませるんだ。一本しかないんだからな。こっちは飲みたくないような顔をしていなくちゃいかん。靖子が飲み残したら、飲んでもいい」

「さあ。これをぐっと飲んで」と、〈サービス〉がマイクにいった。「気を静めて」

「ありがとう」と、靖子はいった。

「あっ。あっ。ほんとに、ぐっと全部飲んじまいやがった、この女」〈アル中〉が悲鳴をあげてのけぞった。

「さあ。もう一杯」と〈サービス〉がいった。

「まだ注いでやるのか」〈アル中〉は泣き出した。「一滴も残らなくなるぞ。トホホホ」

「あのう、恐れいりますがねえ」〈食欲〉が蚊の鳴くような声でいった。「せめて、そのおつまみを頂けませんか」

「なんて、なさけない奴らだ」〈気障〉は、あきれかえって、嘆息した。「こういう奴らが仲間にいると思うと、泣きたくなるよ」

「どうですか。お風呂に入りませんか」〈サービス〉が靖子に訊ねた。

「風呂なんか、あとでいい」激怒した〈色情〉が、満身の力をこめて彼を押えつけていた数人をはねとばし、満面に朱を注いで立ちあがった。「何をもたもたしていやがる。早く姦っちまわねえか。もうメイドもこない。酒も飲ませた。これ以上まだ、風呂に入れてやろうっていうのか。ふざけるな、やれやれやってしまえ。トツゲキー」

「ビールだ。ビールが先だ」

「うるさい」〈色情〉は〈アル中〉の顔面に拳固をめり込ませた。

〈アル中〉はひと声呻いてぶっ倒れた。

「せ、折衷案として、おつまみを食べながら交りましょう」と〈食欲〉がいった。

「そんなことができるか。バカ」と〈放蕩〉が叫び、マイクに向かった。「靖子。もう我慢できねえや。さあ。こっちへ来なよ」

「そうだ。いいぞ」〈色情〉が通路をはねまわった。「押し倒せ。そうだ。そうだ」

「ああ。醜い。浅ましい。おれは豚だ」〈自虐〉が、髪を掻きむしった。

〈子供〉が眼を丸くし、シートの上に立ちあがった。「ねえ。ねえ。このお姐ちゃんをどうするの、みんな」

「教えてやってもお前にゃわからんだろう、まだな」と〈知識〉がいった。

「トッゲキー」〈色情〉が車内をあばれまわった。

バス全体が、はげしく上下左右に揺れはじめた。

「ああ。お願い。そんな、乱暴にしないで」靖子が泣き声でいった。「もっとやさしくして」

「そうだ。もっとやさしくしてやろう」〈サービス〉が、猫なで声でささやきはじめた。「ああ。君は可愛い。とても美しい。ぼくは君が好きだ。大好きだ」

「ほんとね。ほんとにわたしを愛してるのね」

「うん。愛してる。愛してる」

「トッゲキー」

「腹が減った。死にそうだ」

「この部屋には、盗聴器など、仕掛けてないだろうな」〈好奇心〉が、あたりをきょろきょろ眺めまわした。

「ああ。ああ。やさしくして。もっと、やさしくして」と、靖子が泣きながらいった。

「ねえ。どうしてみんな、このお姐ちゃんをそんなに苛めるの。堪忍してあげようよ。堪忍してあげようよ」〈子供〉がしくしく泣き出した。

「おい。この女、まっ赤のパンティ穿いてるぞ」また〈好奇心〉が叫んだ。

「そいつを、むしりとれ」〈色情〉が、おどりあがった。「フヒョー。おれは興奮した。おれは興奮した。おれは今、興奮している。トト、トッゲキー」

「愛してるんだ。靖子。好きなんだ。靖子。愛してるんだ」〈サービス〉は車体の震動ではねあがりながら、そのリズムにあわせて、けんめいにくり返し続けた。

「そうれ。パンティを脱がせちまったぞ。トツゲキー」

「あわてるな」〈知識〉が眼を丸くし、いそいで叫んだ。「それは違う穴だ」

「トツゲキー。トツゲキー」

叢に入った欠陥バスは、湿地へめり込ませてしまったタイヤを、しばらくは空転させていた。だが、やがて、こころもち車体をそりかえらせることによって繁みから抜け出ると次は、山腹にぽっかりと開いた暗黒のトンネルの中へ、その陰茎に似た車体の頭部を突込んでいった。

バスの天井灯の光線が赤味を増し、車内は少し暗くなった。赤い光が、興奮の極に達している乗客たちの顔を、この世のものとも思えぬ様子に照らし出していた。

バスは前進をやめ、小きざみに前後運動をはじめた。後退し、前進し、また後退した。ぎくしゃくとした、そのピストン運動のために、車体はさらにはげしく上下左右に揺れ動いた。乗客たちは一様にぴょんぴょんおどりあがりながら、口ぐちに叫び続けた。

「トッゲキー」

「愛してるよ。好きだよ」

「ふん。近くでよく見たら、こんな不細工な女って、ありゃしないわ。ひどい顔」と〈アニマ〉が叫んだ。「あんたたち、よくまあこんな女と、やる気になったものね」

「ひい」と、スピーカーが悲鳴を吐いた。

「おやおや。この女、とうとう声を出しはじめたぜ」と〈好奇心〉が叫んだ。

天井近くまではねあがりながら、〈子供〉がわあわあ泣きわめいた。「こわいよう、こわいよう」

「トッゲキー」

「好きだよ。愛してるよ」

「ああ。おれは色餓鬼だ。豚だ。うす汚い豚だ」

「腹ぺこだ。おれは死ぬ。今死ぬ」

「こわいようこわいよう」

「トツゲキー」

　震動のショックと騒ぎのはげしさに、気絶していた〈老人〉がとうとう息を吹きかえした。

「な、な、なあんじゃ、この騒ぎは。なにっ。おおっ。今、やっとるのか。それはいかん。やめい。やめい。すぐさま引っこ抜けい」

「バカ。もう遅いや」と、〈放蕩〉が怒鳴った。

〈老人〉は、かぶりを振った。「いや。まだ遅くはない。ただちに中断せい」

「いや。それは、からだに悪い」と〈知識〉がいった。

「妊娠したらどうするのじゃ。やめい。やめい。ええい。やめんか」

〈老人〉が〈色情〉といっしょにバスの通路であばれはじめたため、今や車内は上を下への大騒ぎになった。バスは大波濤の中の小舟の如く、大揺れに揺れた。

「トツゲキー」

「好きだ。好きだ。好きだ。好きだ」

その時、前部ドアが開いて、ひとりの警官が乗りこんできた。「臨検だ」

「こら。萎縮させる気か」〈色情〉が憤り、警官を抱きあげて、力まかせに窓から外へ抛り出した。

「今の警官は、あんたの意識の産物だろう」〈放蕩〉が〈老人〉を睨みつけた。「こんどやりやがったら、くそ、おれがただじゃおかねえ」

「ああああああっ」スピーカーが靖子の呻き声を車内いっぱいに吐き出した。

「なんてでかい声、出すんだよう。バカ」と〈アニマ〉が罵った。

〈サービス〉は、ここを先途と狂気の如く連呼した。「靖子。靖子。靖子。靖子」

「トツゲキー」

「こわいよう。どうなるの。ぼくたち、どうなっちゃうの」

「ああっ」靖子が絶叫した。

車内は真紅の光線に満ち、震動で乗客の大部分がシートから投げ出された。

〈サービス〉も、咽喉も裂けよと絶叫した。「靖子。や、や、や……や……」

バスが急停車した。

乗客全員が天井まではねあがり、頭を強く打ち、ほとんどが失神した。

天井灯がすべて消え、一瞬、車内は暗黒に支配された。

「さあ。えらいことになったぞ」やがて〈老人〉の声が闇に響いた。「この娘さんは妊娠する。ご両親に告げる。ご両親が課長さんにお話しになる、たいへんなことじゃ」

車内に、蒼白い光線が満ちてきた。気を失っていないのは〈老人〉と〈サラリーマン根性〉、それに〈自虐〉の三人だけだった。

「ああ。もうだめだ。もう、ぼくはだめだ。会社をクビになる」〈サラリーマン根性〉はがたがた顫えながら頭をかかえ、おろおろ声で叫んだ。

〈老人〉は、かぶせるように叫んだ。「当然の報いじゃ。肉欲に理性を失った罰じゃ」

「豚だ。けだものだ。獣欲に支配された醜い化けものだ」と〈自虐〉が呻くようにいった。「どんな罰でもあたえてくれ。そうとも。おれは豚だ」

「いやだ」〈サラリーマン根性〉がすすり泣いた。「いやだ。罰はこわい。た、助けてくれ」

スピーカーの中から、靖子のすすり泣きが静かに流れ出てきた。

〈色情〉が息を吹きかえし、ぶるんぶるんと頭を振りながら、よろよろと通路に立ちあがった。

「おうい。みんな起きろ」彼はすぐに猛り立ち、ふたたび叫んだ。「そうれ。もう一回やるんだ。トッゲキー」

「まだやるというのか」〈老人〉が、あきれて訊ねた。

「そうとも。一度やったら、二度やろうが三度やろうが同じことだ。トッゲキー」彼は〈サービス〉を揺り起こそうとした。

だが〈サービス〉は、シートの下に横たわったままだった。とても昏睡状態から醒めそうにはなかった。

「しかたがない。おれがひとりでやるぞ」にやりと笑い、〈色情〉は通路に落ちていたマイクを拾いあげ、眼をぎらぎらさせながらゆっくりといった。「さあ姐ちゃん。今度はもっとはげしくやろうぜ。ひひひひひひ」

さて、これ以上この話をいくら続けても無意味なことである。この話はここで終る。え。運転手を含めて乗客が十七人しか出てこなかったって。

あとのひとりは、どうしただって。

そう。あとのひとり。それこそは、網棚の上に寝そべって車内を見おろし、この物語を語っている本人、つまりこの私に他ならないのである。名乗っておこう。

私は〈ドタバタ精神〉である。

郵性省

美女の大便はでかい、という記事を読んで益夫は猛烈な衝撃を受けた。

記事、といっても二流週刊誌のカラー・ページの記事であるから、嘘か本当かよくわからない。たいてい嘘であろう。

だが、それにしてもその記事はよくできていた。つまり、読者をなるほどと思わせる説得力を持っていたのである。

書いているのは医学博士、心理学教授の肩書きを持つ大心地（おおこころち）伝三郎という人で、益夫は高校三年生ながらも肩書きや地位にはまどわされない常識を持っているから、最初は話半分に読んでいたのだが、だんだん夢中になってその理屈にひきずりこまれてしまった。

その理屈というのは、こうである。

なぜ美女の大便がでかいかというと、それは、その女が美人であればあるほど肛門の括約筋の伸び率が大きいからである。では、なぜ美女の肛門が大きく開くか。それは美女におけるナルチシズムと自己顕示欲というふたつの心理が肛門に及んだ結果である。

ナルチシズムはリビドーを肛門愛の段階にとどめる。だから「あなたは美人ね」と人から言われたり、「わたしって、なんて綺麗なんでしょう」と思ったりするたびに、彼女の尻の穴はだらりと大きく開いてしまうのである。

また、美女は、美女であればあるほど他人の眼を気にし、体面を重んじる。表情や行動に自己規制をあたえねばならないわけであるが、そのため緊張が続く。表情や行動に緊張があたえられた場合、その皺寄せは他人の眼に触れぬ場所へあらわれる。すなわち肛門括約筋が弛緩する。つまり尻の穴が開くのである。

尻の穴が開きっぱなしであれば、これは少しの圧力で当然驚くべき大きさの大便が出るのである。したがって美女の大便はでかいのである。

これが大心地博士の理論だった。

読み終り、益夫は考えこんでしまった。

益夫にはすばらしい美人のガール・フレンドがいる。高校の同級生で、しのぶちゃんという可愛い女の子なのである。してみると、あのつぶらな瞳にえくぼの愛らしい白百合の如きしのぶちゃんも、あっと驚く巨大大便の生産者なのであろうか。

この考えは益夫に、はげしい性的刺戟をあたえた。今までしのぶちゃんに関して想像したいかなるエロチックな事柄よりも、二倍も三倍もエロチックであった。肌理こまかな純白のお尻の割れ目から、馬の陰茎にも似た太い黄褐色の大便を、もりもりと排出して盛りあげ白く湯気を立てているしのぶちゃんの姿を考えると、益夫は気も狂わんばかりの悩ましさに、とてもそれ以上じっとしていることができなくなってしまった。

じっとしていることができなくなったからといって、まさかしのぶちゃんの家へ駈けつけ、彼女を抱きしめて性的願望を満たすというわけにはいかない。益夫はまだ高校三年生なのである。してみると益夫にできることはひとつしかない。いわずと知れたせんずり、オナニー、手淫、マスターベーション、いろいろと呼びかたがあるが、結局はあの手首から先の上下運動である。

大学受験をひかえているため、益夫は鍵のかかる勉強部屋をあたえられていて、これは家族に発見されぬようオナニーするにはまことに都合がよい。益夫は立ちあがって窓のカーテンをしめ、ベルトはずす手ももどかしく、ズボンとパンツを脱いで下半身をまる出しにし、スプリング軋ませてベッドにひっくりかえった。猥想の対象は、もちろんしのぶちゃんである。

益夫は一度だけ、しのぶちゃんの家へ行ったことがある。その時は家の人がみんな留守で、家の中にはしのぶちゃんと益夫のたったふたりだけ、応接室のソファに並んで腰をおろし、二、三時間話しあった。話の内容は、学友のこと、大学のこと、旅行のこと、将来のこと、その他である。

ふたりが初心でなければ、想い思われの若い男女が二人きり、当然何ごとかが起る筈の時間だった。しかしふたりは高校三年生、互いに相手が異性であることを意識しすぎるほどに意識しているから、キスはおろかほんの少しの指さきの触れあいにさえ、どぎまぎ、おどおど、とても青春小説を地で行くようなあけっぴろげのセックス・シーンなどを展開できるわけがなかったのである。

しかし、手首の運動次第に早めながらの、益夫の空想の中では、ふたりはもっと大胆である。益夫はしのぶちゃんを抱きすくめ、ソファに押し倒すのである。しのぶちゃんは、「やめて」などと言いながらも、眼をうるませ益夫を強く抱き返すのである。とにかく空想のことだから、どんないやらしいことだってできるし、相手のしのぶちゃんにどんな振舞いを演じさせることだってできる。

好き放題の空想にふけった末、ついに益夫は恍惚状態に達した。

その時である。

ベッドの上の益夫の姿が、忽然として消失した。つまり、ぱっと消えた。

と、同時に益夫は、今まで空想していたその場所、すなわちしのぶちゃんの家の応接間の、床上一メートルほどの宙にあらわれ、ソファの上にずしんと落下した。

一瞬のうちに益夫は、自分の部屋のベッドの上から、一キロ以上離れているしのぶちゃんの家の応接室へと移動したのである。そんな馬鹿な、と言ったところで、ほんとなのだからしかたがない。

折も折、その応接室では、しのぶちゃんの家族全員が、食後のコーヒーでくつろいでいた。つまり一家団欒の最中だった。

家族というのは、しのぶちゃんのパパとママ、それに結婚適齢期でしのぶちゃん級の美人の姉さんである。これにしのぶちゃんが加わって、家族四人でコーヒーを飲んでいるところへ、ソファの上の宙を突き破って、下半身をまる出しにし、勃起した陰茎をしっかり握りしめ、オルガスムスのため瞳孔を拡げ、うつろな表情をした益夫が落下してきたのである。しかも悪いことには、益夫が落ちたのはソファに腰かけていた美人の姉さんの膝の上だった。

「げっ」

「わあっ」

「きゃあっ」

　家族全員が驚いて大きな悲鳴をあげたが、これは驚くのがあたり前、もし驚かなかったらどうかしている。膝の上へ生殖器丸出しの若い男に落ちてこられたショックのため、美人の姉さんなどはぎゃっと叫んで身をのけぞらせ、たちまち気絶してしまった。

　落下した瞬間に射出された益夫の精液は、テーブルの上空に弾道軌跡を描き、しのぶちゃんの父親、造船会社重役の襞地(ひだち)氏が持っていたブラック・コーヒーのカップの中へ白い波頭を立ててぼちゃん、と、とびこんだ。

「き、君は、いやお前は、いや貴様は、だいたい、な、な、な」驚愕(きょうがく)のあまり口もきけず、襞地氏は眼を丸く見ひらいたまま、スプーンでコーヒーをかきまわすばかりである。

「益夫君」しのぶちゃんは、手で口を押えたまま、押し出すようにそう叫んだ。「益夫君じゃないの」

「まあっ。ではあなたは、娘のボーイ・フレンド」ヒステリー気味らしい母親がすっくと立ちあがり、怒りに唇をわなわなと顫(ふる)わせながら叫んだ。「なんて、いやらしい。高校生ともあろうものが。しのぶと絶交してください。不良です。これはＰＴＡの総会にかけます。だいたい何ですか。ま、ま、まる出しにして。そ、そんな下品な。けだもの。けだものみたいなものをむき出しに。げ、げ、げ、下劣な。きい」

　もはや何を口走っているか自分でもわからず、彼女は興奮のあまり、砂糖壺(つぼ)をつかんで益夫に投げつけた。

　驚いた、という点では、益夫とて同様だった。射精の寸前、身がふんわり宙に浮くような感じがしたかと思うと、だしぬけに、今の今まで空想していたしのぶちゃんの家の応接室の、まさにそのソファの上へ落下したのである。しかも周囲には、愛するしのぶちゃんをはじめ、その家族たちが、自分の下半身を眼を見ひらいて見つめている。

　しばらくは、何が起ったのかのみこめないで茫然(ぼうぜん)としていた益夫も、砂糖壺を投げつけられて、やっとわれにかえり、肝をつぶして立ちあがった。

「ひいっ、あわ、わ、わ」

　驚きと同時に、彼はすぐ顔から火の出そうな恥かしさに襲われた。襲地夫人が彼に投げつけた砂糖壺からは、粒のこまかいグラニュー糖がとび出し、それは汗にまみれた益夫の下半身一面に、白くべったりとくっついている。

まだ完全に萎縮しきっていない砂糖まみれの陰茎を手で押え、益夫は大声で悲鳴をあげた。「ち、ちり紙をくださいっ」

全員が混乱しているから、誰かが何か言うたびに事態は収拾がつかなくなる。

「軽蔑するわ。軽蔑するわ」気が顛倒したしのぶちゃんは、可愛い口をまっ赤に大きくあけ、泣きながら地だんだふんでわめき散らしている。

「この、こ、こそ泥め」籔地氏が立ちあがり、怒りに顔を赤褐色に変えてどなりはじめた。「不法家宅侵入だ。平和な家庭の平穏を乱す、ふ、ふ、不届き者」

「泥棒じゃありません」益夫はまた、大声で悲鳴をあげた。大恥をかいた上、泥棒にされたのでは浮かばれない。

「じゃあ、何だ。出歯亀か」と、籔地氏がわめき返した。「怪しからん。他人の家の天井にへばりつき、自慰にふけるとはもってのほか」そんな蝙蝠みたいなことが、できるわけはない。

「ち、ちがいます。ちがいます」益夫がいくら弁解したところで、現に下半身まる出しで出現したのだから、どう思われてもしかたがない。

やっと正気に戻った姉さんが、ふたたび益夫の姿を見て、ひきつけを起さんばかりに泣きはじめた。「わたし、もう、一生結婚しません」

「警察へ電話しろ」襞地氏は夫人に叫んだ。「猥褻物陳列罪だ。警官にひきわたす」

「わあん」あまりのことに、とうとう益夫は大声で泣きはじめた。「助けてください」

「いつも、こんなことしてたのね」しのぶちゃんは、まだ叫び続けている。「不潔だわ。いやらしいわ」

「ちがうよ。誤解だよ。誤解だよ」益夫は涙と汗と、よだれと洟で一面ぴかぴか光る顔をしのぶちゃんに向け、べったりと床に尻を落し、そのままの恰好で彼女の方へいざり寄った。「誤解だよ。助けてえ」

「よ、寄らないで。そばへ寄らないで」しのぶちゃんは顔色を変え、今にも腰を抜かしそうな歩きかたで部屋の隅へ逃れ、壁にべったり背をつけて、はげしくかぶりを振った。「ああっ。こっちへ来ないで」

「まだ、狼藉に及ぼうとするかっ」益夫がしのぶちゃんに襲いかかるつもりと誤解した襞地氏は、怒り心頭に発して、壁にかけてあったウインチェスター散弾銃の水平二連をとり、銃口を益夫に向けた。「撃ち殺してやる」

部屋の隅では襞地夫人が、受話器をとりあげ早口に何か喋っている。

「ああん」もはや絶体絶命、体裁プライドすべて投げ捨てた益夫は、黄色いしぶきをあげて勢いよく床のカーペットに排尿しながら、合掌し、お辞儀をくり返した。「こ、こ、殺さないで」

壁に背をつけたままのしのぶちゃんは、なかば放心状態、天井の一角を眺めながら、うつろに呟き続けている。「不潔だわ。不潔だわ」

「はい。そうです。ええ、未成年者ですとも。こういう精神異常者を野放しにしておくなんて、警察はいったい、何をしているんですか。すぐ逮捕にきてください」

「わたし、もう、結婚しません」

「撃ち殺してやる」

「殺さないで。殺さないで。ぼくは死にたくない。花も実もある命です。ぼくを殺すと、あなたは後悔する」

「わたし、お嫁に行けないわ」

パトカーがやってくるまでの数十分、混乱はますますはげしくなって、ついには上を下への大騒ぎ、悲鳴泣き声怒鳴る声、近所の家の人たちが何ごとかと出てくるほどのやかましさである。

やってきた警官に手錠をかけられた益夫は、泣きじゃくりながら嬰地氏に懇願した。

「お願いです、ズボンを、ズボンを貸してください」

「いったい君は、ズボンをどうしたのだ」嬰地氏がいった。「どこへ脱いだのだ」

「ぼくの家です」

「じゃあ、下半身まる出しのまま、家からここまで走ってきたのか」警官はあきれて、そう訊ねた。「狂気の沙汰だ」

益夫がいくら真実を話したところで、誰も信用するものはいない。それは彼が警察へ連行され、呼び出された益夫の両親も加え取調室で刑事たちに、自分の異常な体験を逐一説明した時も同じだった。

「夢遊病じゃないのか」

「虚言症じゃないのか」

「精神鑑定の必要がある」

「分裂症かもしれん」

　とうとう精神病にされてしまった。

「白状しろ」思いもかけぬわが子の猥褻罪で呼び出された頑固者の父が、逆上して怒鳴った。「腹を切って恥をそそげ」

「ああ」病弱の母が貧血を起して、取調室の床へぶっ倒れた。

「ぼくはオナニーをしていただけだ」ついに益夫も、ほんとに半狂乱となり、咽喉も裂けよと叫びはじめた。「ひとりで、自分の部屋でオナニーして何が悪い。オナニーは健康にいいんだ。ぼくは食前食後にやるのです」

だが結局は、未成年である上、ふだんは成績優秀でまじめな学生であるとわかり、一時的な錯乱であろうというので、夜遅くになってからやっと許され、益夫は両親とともに家に戻ってきた。

戻ってからもなお、死ね死ねとわめき散らす父親に、受験勉強の疲れで乱心したのでしょうと母親が泣いてとりなしてくれ、そのおかげで益夫はやっと自室に戻ることができたが、ひとりベッドの中で考えれば考えるほど、どうにも腹が立ってしかたがない。

世の中のたいていの男は、ひと眼を避けてひとりこっそりオナニーをしている。そもそもオナニーというものは、もともとひと眼を避けてこっそりやるものであって、これを公開の席上で堂堂とやったりすれば猥褻物陳列罪に問われる。そんなことぐらいは、いくら高校生とはいえ、益夫だってよく知っている。だからこそ、ひと眼を避けてやっているつもりだった。それなのに、なぜ自分だけがこんなひどい、極限状況的な、不条理な仕打ちを受けなければならなかったのか。なぜ自分にだけ、オルガスムスの瞬間に空間を移動するなどという超自然的ＳＦ的な現象が起ったのか。

いくら考えても、わからなかった。わからないのが当然で、わかるような前例がないからこそ気ちがい扱いにされたのだ。

そもそもあの二流週刊誌がいかん、と、益夫は思った。あれが自分を興奮させ、衝動的にオナニーをやらせたのである。さらにいうならば、あんな記事を書いた大心地とかいう学者が、自分をこんなひどい目にあわせたのだ。

よし、明日になればあの教授に電話して、ひとこと文句を言ってやろう、と、さらに益夫はそう思った。そういえばあの学者は、医学博士で心理学教授だから、もしかするとこの不合理な超物理現象の謎を、解いてくれるかもしれんぞ。明日、登校しなければならないと考えると、益夫は気が重かったが、なんとか自分の気持をなだめすかして、やっと眠ることができた。

さいわいにも、しのぶちゃんの家族は、益夫の将来のことを考えてか、あれ以上騒ぎ立てるのをやめ、学校にも黙っていてくれたようであった。次の日益夫が登校しても、学友たちは、前夜の事件を誰ひとり知らぬ様子だったので、益夫はほっとした。

しかし、しのぶちゃんの軽蔑の眼だけは、胸にこたえた。失恋の痛手などという、なまやさしいものではない。初恋の相手から人格を疑われていて、もしかすると精神異常者と思われているかもしれないのである。もう彼女からは、声もかけてはもらえないだろう、そう思うと益夫の胸は、はり裂けそうに痛むのであった。

放課後、益夫はあの週刊誌を発行している出版社に電話して、大心地博士の住所を訊ねた。さほど遠方でもなかったので、益夫はさっそく、博士の家を訪問することにした。

あんな気ちがいじみた学説を発表するだけあって、大心地博士はやや常識はずれの学者だった。博士は予告もなしに訪れた益夫を何の疑いもなく書斎に通し、常識はずれの益夫の体験を面白がって終りまで聞いてくれたのである。

「それは、テレポーテーションの一種だ」聞き終ると博士は、益夫にそう説明した。

「エクストラ・センソリイ・パーセプションの能力、つまりESP能力のひとつだ」

「日本語で言ってもらわないと、ぜんぜんわかりません」

「わたしゃずっと以前から、人間にはすべて超物理的な能力が潜在的にある筈だという意見を持っとった。特に身体移動すなわちテレポートの能力は、必ずあるじゃろと確信しておった。君のやったことは、もしかすると人間の潜在能力を開発するきっかけになるかもしれん。うん。こいつは面白くなってきおったぞ。わしは今日からさっそく、ほかの仕事はもとより、地位も財産もなげうって、君の能力の研究と開発に打ち込むことにする。君も協力してくれたまえ。すぐにやろう。今からやろう。おおそうじゃ」博士は興奮して、鎮静剤をむさぼり食いながら、踊るように書斎を歩きまわった。「君のその能力を、これからはオナポート能力と名付けよう」

「ははあ。オナポートですか」

「オナニー・テレポートすなわちオナポートじゃ。そうか。オルガスムスとは即ちこれ、自我の崩壊、自我が崩壊すれば、その底にある潜在意識やイドから、潜在能力が出てくるのは理の当然、わたしゃ今まで何故これに気がつかなかったのか」博士はますます興奮して、書斎中をぴょんぴょんとびまわりながら喋り続けた。「自我の確立していなかった大昔の人類は、きっとオナポート能力を持っておったに違いないぞ。だから今でも、絶頂時に口走る、あの『行く、行く』という表現が伝わっとるのじゃ。そうに違いない」

かくして、この日から大心地博士と益夫の共同研究、オナポート能力開発実験がはじまったのである。

父や母は、実験の内容を知らないものだから、益夫を助手にしたいという、博士からの直接の頼みにあっさり応じて、毎放課後、益夫が博士の家へ通うことを、快く許してくれた。

共同研究とはいえ、益夫のやることといえば、博士の指示した場所から他の場所へオナポートする訓練だけ。とにかく若いから、一日数回のオナニーぐらいは何でもない。かえってすっきりして、邪念も浮かばなくなり、学校の成績も、よくなったくらいである。

最初はなかなか、うまくいかなかったが、十数日経つうちに、益夫のオナポート能力は飛躍的に高まった。つまり、射精の寸前、ぱっとある場所を思い浮かべると、必ずその場所へ移動できるようになったのである。

馴れるにつれて移動距離、移動範囲は拡がり、また、写真で見ただけの場所にまで移動できるようにもなった。

ついには、博士が雇った十三人の助手を使い、彼らに場所さえ確保させておけば、東京―鹿児島―札幌などという、とんでもない長距離移動さえ可能になったので、いよいよ今度は益夫が、大心地博士やその十三人の助手に、オナポート教育を施すことになった。

このころから、博士の研究を洩れ聞いた早耳のマスコミが騒ぎはじめ、益夫のこと、オナポート能力のことが記事になって、新聞や週刊誌にでかでかと載りはじめた。

「博士の奇妙な研究！　または私はいかにして大学教授をやめオナニーを愛するようになったたか」

「衝撃の告白！　超能力オナニスト千益夫その肉体の秘密！」
「マスター・オブ・ベーション大心地博士はこう語る！」

この記事を読んで、いちばん仰天したのは益夫の両親である。息子の健康を案じ、あわてて研究をやめさせようとしたものの、ここまでくるともう、世間がほっておかない。博士も益夫も、連日連夜の取材攻めである。その上、訓練次第では誰でも持てる能力だというので、われもわれもとオナポート志願者が押し寄せた。

それだけではない。日本はもとより海外からも大勢の学者がやってくるわ、ＣＩＡ、ＫＧＢ（カーゲーベー）をはじめとする各国諜報機関（ちょうほうきかん）の連中は日ごと夜ごと博士邸の周囲をうろちょろするわ、札束は乱れとぶわ、撃ちあいはおっ始まるわ、鉄道運輸関係の株は暴落するわ、ＰＴＡや主婦連は団結して反対運動を起すわ、オナポートを独習しようとして腎虚（じんきょ）で死ぬ奴は一日数十人単位で続出するわ、たった数日のうちに、いやもう日本国中上を下への大騒ぎになってしまった。

そしてマスコミは、そもそも自分たちが火をつけておきながら、これらの騒ぎを新しい公害と称し、マス・オナニーゼーションなどと呼んで、さらに騒ぎを煽（あお）り立てたのである。

そのころになってやっと、ことの重大性に気づいた政府が、あわててのり出してきた。とりたてて言うまでもないが、政府のやることは、だいたいにおいてタイミングがはずれている。

まず、オナポートが普及した際の混乱を取り締るために郵性省というのが設置され、有無をいわさず大心地博士がこの大臣に任命された。次いで、郵性省附属のオナポート研究所が建設され、この建物というのが、秘密漏洩（ろうえい）を防ぐため、二メートルの厚さの鉄筋コンクリートで囲んだ窓のない大きなビル。ドアはすべて厚さ一メートルの鉛でできていて、あまり重すぎて動かないため、人間はみな、横の木のくぐり戸から出入りし、さらに建物のいたるところへ、平均十センチ置きぐらいの間隔で防盗聴装置や防犯ベルが取りつけられているというものものしさである。ここの所長もむろん、郵性大臣兼任の大心地博士。

また、自衛隊の軍事力を強化するため、防衛庁内に自慰隊が編成され、隊長はもとより千益夫、さらに益夫からオナポート教育を受けた十三人の助手が教官になって、隊員の養成にあたることになった。

大心地博士や益夫を教授に迎えて、民間人用の国立オナポート学院は千葉県増尾に設立され、この学校の中には日本郵性学会の事務局も作られたが、政府の圧力で、ここに入学しようとする者には厳しい資格審査が設けられることになった上、第一回の募集で合格したのが、すべて政府要員や体制に貢献する大実業家連中であったため、かんかんに怒った国民が、「オナポートの自由」「裏口入学絶対反対」「手淫は平等、教育も平等」「せんずり独占粉砕」「自慰をわれらに」などと叫んで、連日デモをくり返した。

だが、このころになるとすでにオナポート習得術は、曲りなりにも一般にかなり広く伝わっていて、半死半生けんめいの独学で能力を体得したスーパー・オナニスト連中が、あちこちで個人レッスンをはじめていたし、ほとんどの週刊誌では「オナポート講座」「郵性道場」などを連載し、また「基礎オナポート入門」「郵性術総ざらえ五週間」などの入門書、手引書が書店に並んでいた。

オナポート人口は急激に増加した。そして尚(なお)も、ふえ続ける筈だった。今や、オルガスムスに達することのできる男女すべてに、オナポートが可能であることは、大心地博士の研究であきらかだったからである。

つまり、行く先の情景を脳裡(のうり)に焼きつけ、一瞬、自我を崩壊させることによって、肉体そのものを超時空間的なエネルギーに変え、そのエネルギーによって別の場所に同一の肉体を再構成するのである。だから、オナポートすること自体は、原理的にはいたって簡単なことなのだ。嘘だと思ったら、やって見たらいい。

　しかし、オナポート人口がふえるにつれ、必然的に、これに関連するさまざまな弊害や事故も多くなってきた。特に、いちばん危険で、最も多い事故とされているものに、ジョウント爆発というのがあった。

　オナポートによって別の場所に移動した場合、もしその場に他の物体があったり、ほかの人間がいたりしたとき、これは即ち、同一空間にふたつの物体が同時に存在することはできないという物理学の大前提によって、大爆発が起る。そのため、行く先の状態をよく確かめないでオナポートして死んだり、巻きぞえを食って爆死したりする人間が続出し、時には、ひとつのビルが吹っとぶぐらいの大爆発も起った。

　もっとも、原則としては、行った先に空気があってもいけないことになるが、これは考えないことにする。なぜかというと、そこまで科学に忠実であっては、話が面白くならない上、そもそもこの話が成立しないからである。

　行った場所に他の物体があっても、稀（まれ）には爆発しないこともある。即ちこれは何かの加減で、原子融合が起った場合である。行った先に壁があれば、オナポートした人間は、たとえば下半身だけを壁から突き出したり、背中の部分だけ壁にめり込ませた状態のままで動けなくなってしまう。こうなるとその人間は、一生壁にくっついたまま、壁の花として暮さなければならない。なぜなら、壁を壊そうとすれば、壁と原子融合しているその人間の肉体まで壊すことになるからである。

　こういった、クイミング融合と呼ばれる事件は、たとえば、オナポートした美女のからだの一部分へ男がめりこんだり、同様に、オナポートした小学生が、カンガルーみたいに母親の腹の中へ、首だけ出してすっぽり納まってしまうという具合に、あちこちでたびたび起って大騒ぎになり、町ではしばしば、首がふたつに手足が八本とか、表側が男で裏側が女とか、表も裏も両面とも背中で、ただ大便を両側の尻から排泄しているだけなどというおかしな人間さえ見かけられるようになった。

　科学の成果には必ず公害がついてまわる。マスコミがマス・オナニーゼーションと名づけたこの大騒ぎ、特に、頻発するこれらの弊害や事故の対策に、政府は頭をかかえた。そのあげく、国立オナポート学院の卒業証書のないものには、オナポートを禁止しようではないかという、いわゆる「オナポート規制法案」が国会に提出されることになったのである。

　これは結局、野党と大衆の猛反対で通過しなかったが、この時の国会は大騒ぎだった。法案を無理やり承認しようとした議長の席へ、怒った野党の代議士がどっと押し寄せたため、揉みくちゃにされた議長はたまりかね、椅子の上に乳白色のひと雫を残し、ぱっと消え失せた。

ふつう、射精はオナポート直後にする筈である。それなのに、なぜ議長は精液を残して消えたか。それは議長が早漏だったからである。このことはたちまち世間に知れわたり、皆からさんざ笑いものにされ軽蔑された議長は、とうとう恥かしさのあまり辞任してしまった。

かくてオナポートは公認となり、オフィスやデパート、官公庁やホテルなど、人の出入りのはげしい場所には必ずオナポート専用発着場が作られ、以後はポートといえばここを意味するようになった。

さすがにこれは、学校には設置されなかったものの、それでも遅刻しそうになった学生たちが、精液を砂にぶちまけながら校庭のどまん中にあらわれ、絶頂感自制しきれず、はっ、ふん、と鼻を鳴らしてぶっ倒れる姿は日常の光景となった。

ここまでオナポートが日常茶飯事になってしまえば、もはや益夫も、しのぶちゃんに対して何らひけ目を感じることはない。事実益夫は、遅刻しそうになったしのぶちゃんが、頰をまっ赤にして髪ふり乱し、お嬢さんにはあられもない恰好で校庭へ出現した姿さえ目撃している。益夫は大威張りでしのぶちゃんに、もと通りの交際を申し込んだ。益夫は今や現代の英雄である。多忙を極める時の人である。しのぶちゃんの方に否やのあろう筈はない。かくてふたりは今度こそ誰はばかることない幸福な恋人同士になった。

　人間なんてものは、まことに勝手なものである。昨日まではセックスをタブー視し、若者たちにオナニーの害を説いたりして余計な罪悪感植えつけておきながら、いざそれが社会生活に必要となってくると、とたんにあっちでもこっちでも猥褻罪などあってなきが如き状態となり、老若男女なりふりかまわずオナポートの便利さ追求してやまないのだから、出たらめといおうか、いい加減といおうか、まったく文明なんて虚構の法律の上に作られたご都合社会だ。

　街頭やデパートの売場で、時をかせごうとする若い女性が、だしぬけにスカートをまくりあげて、立ったままオナニーしはじめても、もやは誰も奇異好色の眼を向けようとはせず、やる方も羞恥心など持たなくなってしまっていた。

　新しい発明発見の蔭には、いつの世にも犠牲者がいるもので、亭主のオナニー頻度がふえたため夫婦生活がうまくいかなくなり、女房族がいっせいに欲求不満に陥った。主婦連のオナポート反対運動はずっと続いていたが、これだけはどこにも圧力のかけようがないので、ヒステリーは嵩じるばかり。中には女房と愛しあっている最中、絶頂寸前に浮気の相手のことを思い浮かべたため突如消え失せる亭主もいたりして、上昇中の快感曲線中断させられた女房の怒りが爆発し、このため離婚件数がうなぎ昇り、一時は深刻な社会問題になった。

哀れをとどめたのは、一日十数回ものオナポートを強制されることになった多忙な人間たち、特に売れっ子のタレント連中である。テレビ・スクリーンに映し出されるのは、どれもこれも幽霊みたいな蒼白い顔ばかり。ある時などは、出番に遅れたなおき・ちあみと奥林チヨが下半身まる出しでオナニーしながらスタジオに出現し、それが全国のテレビ受像機に映し出されたこともあった。

オナポート能力の海外流出を、外交政策上政府が極力防止したため、日本人はどこへ行っても引っぱり凧になった。オナポート法伝授と引き替えに商談を成立させてくる商社マンが多く、このため日本人は欧米でセンズリック・アニマルと呼ばれることになった。

たとえ射精はしなくても、オルガスムスに達するだけなら四、五歳の子供にも可能である。オナポートのために、子供たちがますます早熟になったが、これもしかたのないことだった。

そのかわり、中、老年の死亡率がぐんと高くなった。特に多いのは往診をやる開業医や中年以上の敏腕刑事、地方での講演が多い文化人などである。特に開業医などは、正規の往診料以外に、一回数千円から数万円のオナポート往診料をとり、名の知れた医者などは老齢を口実に一回五十万円ものオナポート往診料をとって、医は迅術とばかり、急患が出るたびに、がめつく稼ぎまくったため、腎虚でくたばる医者が続出、しまいにはとうとう医者の数が減ってきた。

外国へのオナポートも、理論的には可能な筈だったが、実際上、技術はそこまで進んでいなかった。だから航空会社、汽船会社は当分安泰の様子だった。しかし国鉄はじめ私鉄やタクシー会社は大打撃、猛烈な赤字が続いて、タクシー会社などはほとんど倒産してしまった。

郵性省には諸外国からオナポート技術導入の問合せや依頼が殺到し、特に軍事力の増強を必要としている国国からは、教官を派遣してくれという懇願が毎日のようにあった。政府は日本に有利な通商条約や貿易協定を交換条件として、これらのほとんどに応じ、各国に教官を派遣した。益夫の教え子である例の十三人の使徒は、世界中に出かけてオナポートの教えをひろめた。

かくて、オナポートのため、日本はますます繁栄した。益夫は国威発揚の功労者として勲一等旭日菊花正一位稲荷大綬章を下賜された。また、益夫の銅像が大量生産され、全国の公園に立てられた。下半身まる出しの益夫が、勃起（ぼっき）した陰茎握りしめ、うつろに眼を見ひらいている銅像であって、これはオナニー小僧と呼ばれ、のちのちまで国民に親しまれることになった。

ついに中華人民共和国から、訪日憂交使節団が、オナポート技術導入の申入れにやってきて首相と会談した。

「我国即是交通機関未発達」

「ふん。なるほど」

「若是、導入的郵性法技術、即鉄道不要、道路不要」

「その通りです」

「加是能合理的避妊。爆発的人口増加、唯一郵性法能解決」

「まったくです」

「紅衛兵不知道手淫。中華人民共和国一生懸命請求、導入的郵性法技術」

「わかりました。そのかわりこちらとしては、国交正常化、貿易再開を交換条件としたいのですが」

「哦。知道。我們、欣喜雀躍神社仏閣的水道完備瓦斯見込的当方未亡人。多謝多謝」

かくして日本と中国の国交は回復し、日本からはオナポートの教官が派遣されることになった。重要な任務であったため、郵性技術団の団長には自慰隊隊長、千益夫がえらばれた。

軍楽隊が演奏する自慰隊の隊歌「センズリース・ブルース・マーチ」に送られ、益夫たち技術団の乗った船は舞鶴から出航した。のんびりした遊覧コースがえらばれたのは、多忙だった千益夫に少しでも休養をあたえてやろうではないかという、これは珍しくも政府の心づかい。船は一路上海へと向かったのである。

この船は『御手淫船』と呼ばれ、歴史に残った。

脱ぐ

はじめのうち、そんな気持がするのは、麻紀は自分だけじゃないと思っていた。すべての女にそんな傾向があり、特に自制できないほどそれの激しい女たちが、ストリップガールやファッションモデルや、ヌードモデルなどの職業をえらぶのだと思っていた。

といっても、それらのほとんどの女が持っているような、自分の肉体に対する過信——自己の美貌、肉体の均整、肢体のしなやかさ、肉づきのよさ、皮膚のきめのこまかさや色艶などへの自信——が、麻紀になかったというのではない。むしろ麻紀は、おそらく自分以上のみごとな肉体の持ち主は、めったにいないだろうと自負していた。

それは、彼女がまだ学生だったころから、はじめて自分の肉体の美しさを自覚したとき以来、ずっと持ちつづけてきた自信だった。

彼女は高等学校の英語の教師をしていた。理想の結婚相手が見つからぬままに、教師生活を三年つづけ、二十七歳になった今でも、その自信はおとろえていなかった。

まだ不安定ではあったが、すでに男性的な野獣性を身につけはじめている男生徒たちが、彼女の美貌と、タイトスカートにピッタリと包まれた彼女の尻(しり)のあたりに、爛々(らんらん)と光る虎のような眼つきで視線を投げかけるのを、麻紀はしじゅう意識していた。

そんなときの麻紀の心には、常に意識界へ出ようとしてうごめいている、あるひとつの衝動が、ひょいと首をだすのだった。

「ファッションモデルになりゃ、よかったのに……」

同僚の女教師の、厭味(いやみ)ともお世辞とも、あるいは羨望(せんぼう)ともつかぬそんな言葉を聞かされたとき、麻紀はいつも大げさに眉(まゆ)をしかめてみせるのだったが、それも彼女自身の、その衝動に対する抵抗だったのである。

見かけはよいが、安もののポマードで頭髪をテラテラ光らせ、懐中はいつもピイピイの独身教師や、薄ぎたなく無精ひげをはやした世帯持ちの教師たちから、色眼をつかわれ、ラヴレターを貰(もら)い、お世辞を聞かされ、いくらチヤホヤされても、肝心のその衝動のはけ口がなかったため、彼女はいつも不満だった。

ある時のＰＴＡの席上、彼女は大勢の父兄の集った講堂の演壇に立って、報告をしたことがあった。

喋り(しゃべ)ながら彼女は、ふと、ほとんど全部の人が、彼女の話の内容などにまったく注意をしていないことに気がついた。老人も、主婦も、紳士も、又先生たちも、ただぽかんとして、麻紀の豊かな肉体から発散している魅力と、少々刺戟(しげき)の強すぎるぐらいの妖気にあてられ、石像のように、木製の椅子に固着していたのだ。

その時、今までにはなかった強さで、麻紀の意識界に侵入し、又もやムラムラと湧きあがってきたのは、麻紀自身が否定しようとしている、あのいまわしい衝動だった。

麻紀はうろたえた。言葉がつかえ、しどろもどろになった。放っておけば、麻紀はその衝動の命じるままに、この演壇の上で、その恥ずべき行為を完遂してしまいそうだった。

「脱ぎたい……」

麻紀はこのときまで、自分の抑圧したその衝動が、これほど強烈だとは思ってもいなかったのである。

しかし、自分の豊かな、一糸まとわぬ肉体を人前にさらけだして見せびらかし、押さえつけていた欲動を一挙に発散させてしまいたいという強い願望は、その時の麻紀の意識のほとんど大部分を占領してしまったのだ。

その欲動は、麻紀自身の知性によって押えつけてあったはずだった。少なくとも麻紀はそう思って安心していた。だが事実はまるで逆だったのだ。

かりに麻紀がファッションモデルになっていたとしたら、その衝動は、昇華作用によって分散していたことだろう。ある程度の挑発的な露出は、モデルとしての人気を獲得するのに必須の条件だったし、海水着のファッションショウなどでは、麻紀の最大の魅力が発揮できるはずだから、このような衝動が押さえられ、潜在意識の中で埋もれて醱酵し、ガスが爆発するように一挙に意識界へとび出すなどという非常事態が突発するはずもなかったのである。

演壇の上で麻紀は、背中のファスナーを引きおろそうとして、スーッと上にあがりかける両手を、ぐっと硬直させて握りしめ、両方の乳房がムズムズしはじめるのを、ガタつく足を踏みしめてこらえ、強く唇をかんだ。そして大いそぎで報告の残りをきりあげると、駈けるようにして演壇をおりたのである。

そんなことがあってからも、しばらくの間麻紀は、どうして自分にだけそんなことが起ったのか不思議でしかたがなかった。麻紀には、自分で自分を必要以上に、自分の作った道徳のせまい枠のなかに押しこめていたのだということが、自覚できなかったのだ。

厳しい大学教授の家庭でのしつけと、ミッションスクールでの過酷な教戒が、しらずしらずの間に麻紀の頭に、肉体をあらわにすることの、そして男を刺戟し挑発することの罪深さを過大に植えつけていたのだ。

麻紀は夏でも肌をできるだけ隠し、必要以上に自分の魅力を外界へ表出しまいと努めたのだった。また、そうすればするほど、質量不変の法則にしたがって、自分の知性の領内でのエネルギーが豊富になるような気がしていたのだが、それは大きな誤りだったのだ。

一方では、自分の肉体への大きな自信がある以上、それを押さえつければ欲求不満からヒステリーになるか、へたをすれば発狂して露出狂になるかであり、麻紀はまさにその危機のドタン場にきていたのだ。

麻紀にはたったひとつだけ、秘密のたのしみがあった。それは、一人でいるとき、寝室の大きな三面鏡の前で裸体になり、自分のすばらしい肉体をつくづくと眺めることだった。それはもちろん、女性特有の大きな自己愛の欲動をある程度満足させることには成功したが、本来の露出欲を処理することはできなかった。彼女も、一般の女性同様、より多くの他の人々から愛され、称讃（しょうさん）されることによって、自己愛に保証書を貼（は）りつけるため、自己の魅力のエキジビションを望んでいたのだった。

ある日のこと、麻紀がいつものように三面鏡の前で裸体になったとき、彼女は自分の両乳房のちょうど中央部のへこみに、妙なものが発生しているのに気がついた。

はじめ麻紀は、それを枯木の枝がくっついたのかと思ったのだが、よく見るとそれは、十センチほどの、小さな一本の腕だった。そしてまさしく、彼女の胸のまんなかから生えたものであった。小さいことは小さいが、小さいなりにちゃんと指も爪もあり、非常に痩せていることを除けば、普通の腕とかわりがないようにみえた。麻紀が指さきでひょいと突っつくと、それは怒って、引っかく恰好をした。

「この腕には、私の意志は通じないのだわ」

やがて麻紀にも、この腕が何のために発生してきたのか、はっきりわかってきた。それはまさに、麻紀の潜在意識の具象化された腕だった。

彼女が講義をしているときや人の前にいるときは、その腕は麻紀が一人でいるときよりもずっと大きくなるらしかった。そしてブラウスの下でモソモソと動きまわり、麻紀の困惑をよそに、ブラジャーをずりおろそうとしたり、スリップの紐を引きちぎろうとしたりしてあばれるのだった。だんだんあばれかたがひどくなってきたので、麻紀は両乳房の上から、胸へぐるりと布を巻きつけ、背中でしっかりと結ぶことにした。

あばれたいときにあばれることのできなくなったまん中の腕は、怒って乳房を引っかいたり、つねったりしたが、麻紀はじっと耐えるよりしかたがなかった。一度、思いっきり乳房をつねられて、教壇の上で悲鳴をあげてとびあがったこともあった。麻紀は困りはてた。

だがそのうち、腕は十センチほどの大きさのままで痩せこけてしまい、あまりひどいあばれかたはしないようになった。

ちょうどそのころ、麻紀の前にすばらしい男性があらわれた。猪飼といって、歳は二十九歳、青年実業家である。

同僚に紹介されてはじめて彼を見たとき、麻紀は理想以上の男性だと思った。相手もそう思ったらしかった。

二度、三度と会うにつれて、二人の仲は急速に近づいた。

麻紀は猪飼の自尊心の高さと、仕事への野心の大きさに圧倒され、猪飼は麻紀の独立心と自己愛の深さに感動した。それと同時に自分の自尊心を三分の一ほど犠牲にしてまで、麻紀の美しさを称讃した。それがいっそう麻紀を感動させたので、麻紀も自分の独立心を三分の一ほど犠牲にしてまで、猪飼に服従しようと心に誓った。

せめて猪飼だけにでも、自分の美しさを認識させたことによって、麻紀の露出欲のエネルギーは減少した。

ある日、麻紀は喫茶店で猪飼にあっていた。六度目か七度目のデイトだった。猪飼はすなおな言葉で、麻紀の美しさを称讃していた。だが、麻紀はふと、猪飼の言葉が、自分の美貌への称讃のみであって、自分の肉体のすばらしさに関してはひとことも口にしていないのに気がついた。むろん、それは当然で、猪飼にしてみれば、麻紀の肉体のすばらしさを称讃できるようなほとんど何の知識も持ちあわせていないのである。というのは、夏だというのに、麻紀は教員らしい地味なデザインの黒いスカートと、まるで女学生のようなブラウスを着ているだけだったのである。

「この人は、まだ、わたしの肉体のすばらしさを、全然知らないんだわ」

麻紀がそう思ったとたん、乳房の間の腕がニューッと大きくなったのを感じ、彼女はあわてた。ブラウスのなかで腕はぐっとのび、麻紀のブラジャーをつかむと腹の上まで引きずりおろし、引きちぎってしまった。そしてこんどは、首筋の方へのびてきてスリップの紐をつかんだ。

ゆだんをして、胸に布を巻くのを忘れていたのだった。

麻紀はあわてて、両手で胸を押さえて立ちあがると、驚いてぽかんとしている猪飼には何もいわず、いきなりトイレットへ駈けこんだ。

内側から戸に鍵をかけてブラウスをぬぐと、腕はすでに、立派な一本の腕に成長していた。バッグから布をだして、胸に巻きつけようとすると、腕は怒って麻紀の顔を引っかこうとした。両方の腕で押さえつけようとすると、せいいっぱいの力であばれ、他の腕をなぐったり、つねったりした。あまりあばれるので、麻紀は何度もよろけ、ひっくりかえりそうになった。麻紀はかんしゃくをおこして、両手でまん中の腕をつかまえると、口のところまでもってきて、いきなり嚙みついた。少しはまいったらしかった。左手で布をだし、右手でやっと胸の上へ横に押さえつけて、ぐるぐる巻きに何重にも巻きつけた。長い格闘で、汗びっしょりになっていた。

　席へもどって、またしばらく猪飼と話しあった。猪飼はいった。

「こんどの休日に、海水浴へ行きませんか？」

「まあ！……でも、あの、私……」

「泳げないんですか？　そんなことはないでしょう？」

「ええ、泳げますわ。行きたいんですけど……でも、あの、私……」

「何か具合の悪いことでもあるんですか？」

　麻紀はあわてていった。

「いいえ、そんなことありませんわ！」

「じゃあ、行きましょう。約束しましたよ。アパートの方へ車でお迎えにいきますから。友人が海浜で豪華なホテルを経営してるんです。料理は上等だし、舶来の酒がそろってます。朝の十時ごろお迎えにいきますからね。予定しといてくださいよ。約束しましたよ。きっとですよ」

猪飼に無理やり約束させられて、麻紀は困ってしまった。もし、衆人環視の海浜でまん中の腕がバリバリ水着を破ってあばれだしたりしたら眼もあてられない。

だが、よく考えてみると、腕があばれだすのは露出欲が抑圧された状態のときだけなのだから、麻紀が水着を着て自分の魅力をいわば誇示しているときは、あらわれるはずはないのではないだろうか？

そのころでは麻紀は、腕があばれだし、肌着をぬがせようとすることとの目的をほぼ感じとっていたので、そこまで考えることができたのである。

そこで、海浜へいったときにはできるだけ衝動を抑圧しまいとして、麻紀は、強烈な色彩の、そして肌を露出する部分の多い大胆なデザインの水着を誂(あつら)えた。

それは夏休みの最初の日だった。

設備の整った豪華な最高級のホテルにやってきた猪飼と麻紀は、さっそく水着に着かえた。

麻紀の胸のまん中の腕は、跡かたもなくなっていた。

水着姿の麻紀をひと眼見て、最初猪飼は少しふらりとした。それからゆっくりと椅子に腰をおろした。まばたきもせず、じっと麻紀を見た。ゴクリと唾をのみこんだ。そしてかすれた声でいった。

「き、君はすばらしい……」

麻紀はファッションモデルのように、猪飼の前でぐるりと一回転して見せた。猪飼はうなった。眼をパチパチさせた。そしてまたうなった。

「その水着じゃ、肌をかくしすぎる」

「これで、まだ?」

「うん。君はツーピースを着るべきだ」

「いやだわ。ビキニ型なんて」

「君はその美しいからだを、自分ひとりのものにしておくつもりかい?　それじゃ、あまりにももったいない。美は万人のものだ」

麻紀は無理やり、猪飼がホテルのロビーで買ってきたツーピースの水着を着せられてしまった。

砂浜は明るかった。そして入道雲が大きくふくれあがった空のブルーと、海の濃いグリーンの間に、人びとの水着の原色が散らばっていた。

麻紀がバスタオルをぬぎ捨てて、純白のツーピースの水着を着た肉体を日光の照りつける中にむきだしにしたとき、人々はぽかんとして麻紀を凝視した。やがて歓声と口笛があちこちからとんだ。だが下品な野次(やじ)はとばなかった。あまりの完ぺきさに圧倒されてしまったのだ。

麻紀は満ちたりたものを感じた。この世界は自分の権威の下にあると思った。カメラをぶらさげて、麻紀のまわりをうれしそうにうろうろあるきまわっている猪飼など、もうどうでもよかった。

その日、その海浜で、麻紀は女王だった。麻紀は太陽の子のようにふるまった。自分のどんなポーズをも見のがすまいと監視する眼、眼、眼。ちょっとした麻紀の大胆なポーズにも、たちまち嘆息がきこえ、歓声がおこった。

麻紀は主役だった。太陽だった。

そしてその日きり、あのいまわしいまん中の腕は、あらわれないようになったのである。

海浜で思いっきり肌を露出させて、多くの人間たちの度ぎもを抜いた麻紀は、しばらくの間は充分ご満悦だった。又機会があれば海岸へいこうと思っていた。まだ夏休みはひと月足らずあったのだ。

そんなある日、麻紀は参考書を買いに都心へ出た。デパートの前を通りかかった麻紀は、そこの催場で、水着のファッションショウが開かれていることを知った。麻紀は面白半分に入場券を買った。

観客は、男が多かった。モデルたちが次々と登壇するたびに、口笛と歓声、それについで照れたような笑いがおこっていた。

スローテンポの解説と、ハワイアン・ミュージックにあわせ、モデルは、水着以上に、自分の姿態を誇示しようとしていた。強すぎる冷房のために、モデルたちの皮膚には鳥肌がたっていた。瘦せぎすの女、肉がつきすぎた感じの女、胴の長いモデル、背の高すぎるモデル。

眺めながら麻紀は、ますます自分の肉体への自信を強めた。自分以上の、あるいは同等の、均整のとれた体軀の持ち主は一人もいないと思った。

それは主観的な判断だったが、絶対に過信ではないと思った。それは又、麻紀が、あの海浜でのエキジビションの際に大勢の人たちから受けた称讃と歓声以上あるいは同等のものを、このモデルたちのどの一人も受けていないことからもわかった。

その点では、麻紀は満足した。と同時に、何か満たされぬものが心の底から湧きおこってきた。

こんなつまらぬ女たちが、こんなに大勢の観客の注視のまとになっているのに、麻紀自身が舞台の下にいて、みんなの眼からかくされているということが、非常に不当であると感じたのだ。

もし今ここで、自分が服を脱ぎすてて、ステージに上っていけば、この男たちは、はじめて麻紀のすばらしさにお眼にかかったときのあの猪飼以上の反応をしめすことだろう。歓声がわきおこるだろうか？　それともいっせいに静まりかえってしまうかもしれない。

そんな想像をしている麻紀の胸に、突然何かもちあがってきたものがあった。

「腕だ！」

麻紀は胸をおさえて、あわてて席からたちあがると、そこを抜けだした。

デパートをでて、通りを歩きながら、モソモソと次第に大きくなってくる腕を、けんめいに両手でおさえつけた。大勢の通行人たちは、そんな麻紀をけげんそうにふりかえりながら通りすぎていく。

麻紀の額からタラタラとつめたい脂汗が流れた。今やまん中の腕は、麻紀の両手の下で、ブラジャーやブラウスがはちきれそうになるほどふくれあがり、立派に成長した。そして麻紀がさかり場の中心の交叉点までできたとき、とうとうブラジャーをもぎとってしまった。麻紀は立ちどまり、スリップの紐を引きちぎろうと上の方へのびてきた腕をブラウスの上から必死の形相で押さえつけた。麻紀の周囲には、だんだんと人がたかりはじめた。

そのとき、麻紀の背なかから、もう一本の腕が、急速にモリモリと生えた。そして背後からスリップの紐を引きちぎり、ビリビリとブラウスを破って、ニューッとうしろに突きでた。麻紀は悲鳴をあげた。そしてあわてて背後に両手をやり、その腕をつかもうとしたすきに、こんどは前のやつが麻紀のスカートのホックをはずしだした。

麻紀の周囲は、たちまち黒山の人だかりになった。だが誰も麻紀の災難に手をかして助けてやろうとするものはなかった。

背中の腕はブラウスを破り捨ててしまった。そして次にスカートをまくりあげようとして下へのびた。左右の腕でそれを防ごうとしている隙に、胸の腕がスカートのホックをぜんぶはずしてしまった。麻紀は右腕で前の腕を押さえようとしたが、そのとき背後の腕がスカートをつかむと、ビリビリとうしろへもぎとってしまった。

麻紀が大奮戦をしているその交叉点を中心に、電車がとまり、自動車がとまった。

警官がやってきたのはちょうど麻紀の胸から生えた腕が、ビリッとはげしい音をたててパンティを破り去った直後だった。

突如！　路上で裸体に
暑さで美女が錯乱

二日午後三時ごろ、都内中央区銀座四丁目の交叉点西側で、突然二十二、三歳の美しい女性が身もだえをして「助けて」と叫びつづけながら、両手で自分の服を破りだし、下着をぜんぶ脱ぎ捨てた。そして裸のまま身もだえしつづけたが、約十五分のちに附近の警察病院に収容された。身もとはまだ不明であるが、暑さのための精神錯乱ではないかとみられている。又このために、附近の交通は一時停止した。（××新聞）

活性アポロイド

親父(おやじ)は毒薬の研究家で、おれの名前は毒島薬夫(ぶすじまらりお)というキチガイみたいな名前だ。嘘だと思うだろうが本当なのだからしかたがない。おれが生まれた時、他にめったにない名前をというので、親父がそう命名したのである。こっちはいい迷惑だ。

まあ、名前のことはともかく、さっきもいったように、おれの親父は学者で、毒物学では日本有数の権威者である。ところが、あまり研究に熱中したために、毒の瘴気(しょうき)を吸い込んで、ひどい神経痛になってしまった。右手が動かせなくなってしまったのだ。

医者にかかったり薬をのんだりして、やっともと通りになったものの、それでも時どきは再発する。どうやら慢性の持病になってしまったようだ。

だが、さすがに化学者だ。神経痛の治療法の研究をはじめた。

ある日、親父が研究室からおれを呼んだ。

「薬夫。ちょっときてくれ」

「はい。なんですか」おれは塩素の匂いのする研究室へ入っていった。

フラスコ、試験管、薬瓶、バーナーなどが中央の大机の上に、雑然とおかれている。

「神経痛治療用の器具を作ろうと思う」と、親父はおれにいった。「ところが昨夜から、また右手の指が痛み出して動かない。手伝ってくれ」

「どうしたらいいんですか」

「これは、わしの作ったものだが」と、親父は一本の試験管の中の薄いピンクの液体をおれに見せた。「ある種の毒薬なのだが、神経痛にだけはききめがある。この液を、プラスチック・ボールの中へ浸み込ませる」

「そのプラスチック・ボールをどうするのです」

「始終手の中で揉んだりさすったりしているうちに、神経痛が治ってしまう」

なるほど、そういえば、神経痛の人がクルミをふたつ手にもってカリカリ音を立てて鳴らしているのを見たことがある。指さきの運動は神経痛の治療になるらしい。

「お前は、そこにある合成樹脂原料の中へこの薬を混ぜて、加熱成型してくれ」

「やってみます」

プラスチック成型なら、化学の時間に実験をやったことがある。おれはさっそく親父のいうとおり、プラスチック・ボールを三個ばかり作ってみた。透明で、薄いピンクがかった、野球のボールほどの大きさのものができた。

「できましたよ」

「ありがとう。もういいぞ」

「このボール、ひとつくれませんか」

「何にするんだね」

「ぼくも神経痛なんです」

「うそつきなさい。高校生のくせに神経痛になってどうする」

「ほんとです。受験勉強のやりすぎで、鉛筆を持つ指さきがいたくてたまりません」

「それは神経痛ではないな。まあいい。ほしければひとつもっていけ」

おれはボールをひとつ貰って、自分の部屋にもどった。

手の中に握りしめてみると、ひんやりとして、なかなか感触がいい。力をこめて握ると小さくキュッという音がして、軽く形をかえる。力を抜くともとの形になる。キュッ、キュッと、何度もくり返して握ったり力を抜いたりしているうちに、ボールはだんだん熱を持ってきて、色も薄いピンクから、次第に濃いピンクに変化してくる。

なんとなくエロチックな感じだ。

さらに揉みつづけていると、表面が熱くなってきて、色も赤に近くなってきた。こっちも興奮してきて、さらになでたり、さすったりを続けた。だんだんいい気持になってきておれの頭の中には、ピンクのもやがかかってきた。

ふと気がつくと、畳の上にぶっ倒れて寝ていた。一時的に失神したらしい。

「おかしなボールだなあ」

おれはつくづくと、机の上のプラスチック・ボールを眺めた。

面白いので、次の日は学校に持っていった。

休憩時間、掌中でキュッ、キュッとやっていると、ガール・フレンドの亜紀子がやってきて、けげんそうに訊ねた。

「何してるの。それは何」

「神経痛の治療さ」

「まあいやねえ。若いのに神経痛」

そういいながらおれの動作をじっと見ているうちに、自分でもやってみたくなったらしい。ちょっと貸してよといって、おれの手からボールをひったくり、キュッ、キュッとやりはじめた。おれは彼女がどういう反応を示すかと思って興味深くその動作を観察した。

ボールは次第にピンクが濃くなってきた。

亜紀子の色白の頰がピンクにほてってきた。眼がうるんできて、息づかいが乱れてきた。

キュッ。キュッ。キュッ。

彼女の手の動作はだんだん早くなり、ボールは赤くなった。

彼女の四肢が、がくがくと痙攣(けいれん)した。

「ああ……あ」

亜紀子はひと声呻(うめ)いて、そのまま教室の床に倒れてしまった。

「ど、どうしたっ」

「なんだ何だ」

級友たちが、びっくりして彼女のまわりに駈(か)け寄ってきた。おれはあわてて、彼女を抱き起すふりをしてボールを拾いあげ、ポケットにかくした。

亜紀子は完全に気を失っていた。

「貧血らしいな」

おれは級友たちといっしょに、軽い亜紀子のからだを抱きあげて、医務室へはこんだ。

「これは貧血じゃないぞ」

医務の先生は亜紀子を診察してから、じろりとおれを見ていった。「おい、君はこの子に何をした」

おれはびっくりした。「何もしません」

先生はなおもうたがわしそうな眼つきでおれをにらみ、ふんと鼻を鳴らしてから、亜紀子に注射をした。カンフルらしい。

亜紀子はすぐに気がついた。「あら。わたし、どうしたの」

「失神したんだよ。ぼくと話していて突然」と、おれはいった。

さいわい、亜紀子はあのボールのことを、ひとことも喋らないでくれた。おれはほっとした。

だが、その日の放課後、帰ろうとしているおれのそばへ亜紀子がやってきて、そっとささやいた。

「ねえ、薬ちゃん」

「なんだい」

「あの、おかしなボールのことだけど」彼女は、ちょっともじもじした。「あれどこで買ったの」

「買ったんじゃない。おれが作ったんだ」

「まあ。あなたが」亜紀子はおどろいた様子で、眼を丸くしておれを見つめた。

「そうさ」おれは少少いい気持だった。

「ねえ。もうひとつ、わたしの分も作ってもらえないかしら」

「そうだなあ」おれはわざと、もったいぶって見せた。「むずかしいんだよ、そんな簡単に作れるようなもんじゃないんだよ」

「あら」亜紀子はあわてて言った。「もちろん、お礼はするわよ」

「ほう。お礼ってなんだい」おれは横眼でじろりと彼女を見て訊ねた。

「それは……」彼女はうつむいた。困った様子で、可愛く頬を染めている。

おれは笑った。「いいんだよ。そんな水くさいこと言うもんか。君とぼくの仲だもの。もうひとつ、作ってやるよ」

「ありがとう」彼女の眼が輝いた。にっこり笑って、おれを見あげた。

おれの胸は高なった。

惚れた弱みである。おれはその日、親父の留守中にそっと実験室にしのびこんだ。

昨日おれの作ったボールは、二つとも親父が持って出たらしく、実験室にはなかった。特許申請にでも持って行ったのだろう。

さいわい、試験管の中には、まだあの毒液がたっぷり残っていた。合成樹脂原料もある。おれはさっそく、昨日と同じ要領で、プラスチック・ボールを五つばかり作った。毒液はほんの少し量が減ったが、親父はわりとルーズだから、気がつかない筈だ。

四つはおれの部屋の、鍵のかかる机のひき出しにかくし、ひとつを翌日、学校へ持っていって亜紀子にやった。亜紀子ははずかしそうにおれからボールを受けとった。

禁断の木の実を食べたアダムとイブのように、おれと亜紀子には共通の秘密ができた。あの快感は他の何ものにもかえがたいようなところがあった。亜紀子があれほどボールをほしがったのも、無理はなかったのである。

あのボールを握って失神するのが、一日に二度だったのが、次の日は三度になり、その次の日は四度になった。習慣性があるらしい。なるべく自制するようにし、おれは一日四度以上は、やらないようにした。もちろん人前ではやらない。自分の部屋で、ひとりの時こっそりやるのだ。

亜紀子もおれと同様、しばしば隠れてやっているようだった。ある時、おれは亜紀子とふたりきりの時、彼女の部屋でいっしょに楽しんだ。この方が、ずっと興奮した。おれたちはこのボールに、活性アポロイドと名前をつけ、しばしば二人だけで「アポロイド・パーティ」をやることにした。

おかしなことに、アポロイドを楽しみ始めてから、おれには女性に対する関心がなくなってしまった。亜紀子も同様、男性に無関心になってきたようだった。おれと彼女の間も、以前の初恋のようなものでなくなり、ただ同じ秘密を持つ者同士の親密さといった関係に変ってきた。

だが、秘密というものはいつかはバレるものである。

ある日、級友の毛沢という奴がおれに話しかけてきた。この男の名前は東といって、続けて書けば毛沢東だ。そういえば顔もにている。もちろん頭は禿げていない。

「おい。薬公。お前、いいもの持っているそうじゃないか」

「いいものって何だ」と、おれはとぼけた。

「とぼけるなよ。亜紀子に借りて、おれ、やったことあるんだ。一回百円でよ」

おれはあっと驚いた。亜紀子が小づかいかせぎに、一回百円で他人に貸していたとはちっとももしらなかったのである。

「それで、どうしろというんだ」

「お前が作ったと聞いたんだ。どうだい。千円出すからおれにも作ってくれよ」

机の中にはまだ四個ある。ちょうど金に困っていたので、おれは毛沢東にボールをひとつだけ、千円で売ってやった。

これがまた他に洩れてしまい、級友が次から次と、亜紀子や毛沢を通じて頼みにくるようになった。ボールを全部売ってしまっても注文はひっきりなしだ。

「ねえ。大量生産したらどうかしら」と、ある日亜紀子がおれに悪知恵をつけた。

「もうかるわよ」

「犯罪にならないかなあ」

「売った人達に口どめすればいいわ。あなたが作ってるっていうことは、わたしと毛沢東しか知らないのだから、第三者に売らせて、さらにルートをのばす方法もあるし」まるっきり麻薬密売業者の口調だ。亜紀子がこんな非行少女的素質を持っているとは知らなかったので、おれはたまげた。

彼女にたきつけられたおれは、しかたなくまたもや親父の研究室にしのびこんだ。あの、ピンクの毒の入った試験管は、すでになくなっていた。そのかわり、特許申請用の化学方程式を書類の中から見つけ出すことができた。親父が化学者だから簡単な化学方程式ならおれにもわかる。

方程式はやさしく、薬を作るのは簡単だった。市販の薬を三種類買ってきて、ある毒物の少量を混ぜ、調合すればいいのである。早速薬と、合成樹脂原料を大量に仕入れてきておれはアポロイドを百個足らず作った。毒薬だけは日本薬局方では売ってくれないから、親父の薬戸棚から盗み出した。少量しか使わないから、ルーズな親父にはわからないはずだ。

販売の方は亜紀子と、毛沢のふたりがひきうけてくれた。おれはふたりに、一個千円でおろした。ふたりはそれを、自分たちの作った組織を通して一個千二百円でうりさばきはじめた。

「秘密は守れるのか」とおれは彼らに訊ねた。「おれが作ったことは、絶対バレないだろうな」

「完ぺきな組織を作ったから、安全さ」毛沢は自信ありげに、そういった。

原料費をさし引いても、おれの手には相当巨額の金が残った。もちろん、高校生の持つ金としてはである。しかも、作った百個はたちまち出つくし、おれは次から次と製造をしなければならなかった。自分の部屋の押し入れを改造し、原料置場と製品倉庫を作った。

「活性アポロイド」は、たちまちおれの高校に拡がり、となりの高校や大学にまで拡がった。教室で休憩時間中にキュッ、キュッとやり出す者も出てきた。相当重症の中毒者らしい。

一カ月たち、二カ月たつうちに、アポロイドはすごいスピードで蔓延し、サラリーマンや家庭の主婦にまで拡がった。町中の喫茶店でも、あのキュッ、キュッという音が聞かれるようになった。通勤の電車の中でやって失神するオフィス・レディも出た。

早耳のマスコミがアポロイドのことを知り、おれたちの町へテレビ・カメラをかついでのり込んできた。アポロイド・パーティをやっていた高校生グループが発見され、不純異性交遊で検挙されてから、アポロイドは急に社会問題化した。

薬品戸棚の毒物が残り少なくなってきたので、おれはアポロイド液の混入度を徐徐に少なくし、時にはプレーン・ボールなども作って売った。それでも注文はひっきりなしだった。おれのアポロイド製造数は軽く万を突破した。おれの貯金は数千万に達した。

その金で、おれは海岸に別荘を買った。休みには亜紀子たちと、そこでアポロイド・パーティを開いたり、海で泳いだり、おれが金を出して結成した高校生のグループ・サウンズを呼んでゴー・ゴー大会を開いたりした。おれがそんなことをしているなどとは、親父はつゆ知らず、ボールの特許許可がおりるのを首をながくして待っていた。アポロイドが社会問題になっていることも知らないらしい。学者というものは世間の情勢にうといものである。

アポロイドの成分を分析して、同じものを作りはじめた会社も二、三出てきた。たちまち「活性アポロイド」は日本全国に拡まった。学校でも、職場でも、家庭でも、アポロイドは使用され、時と場所を問わず、あのキュッ、キュッという音が聞かれるようになった。

学生の学力低下、職場での生産の低下が、はっきりと統計の数字の上にあらわれはじめ、ついには出生率までがぐんと落ちはじめたので、政府があわて出した。そして「アポロイド禁止法案」が議会で可決された。

学生グループのアポロイド・パーティにはくり返し警察の手入れがあり、何人もが検挙された。だが効果はあまりなかった。楽しむ気なら、なにもパーティを開かなくたって自分ひとりでできるのだ。アポロイドはあいかわらず密売されていた。

おれは別荘でのパーティをやめることにした。ヤバくなってきたので、アポロイドの製造も中止した。売りさばいた連中には、固く口どめした。彼らにしても、他のものでは味わえぬあの快楽を失いたくないだろうから、たとえ検挙されても口は割らないだろう。口を割ったらグループの私刑（リンチ）が待ちうけている。

おれはまだ売りさばいていない数百個のアポロイドを回収し、部屋の押し入れにかくした。あの毒薬がとうとうなくなってしまったので、どうせこれ以上は作れなかった。しかしおれは、すでに億に近い金を手に入れているのだから、残念とも思わない。

ついに警察は亜紀子と毛沢を検挙した。だがふたりとも、うまくごまかしたらしい。おれにまでは、追及の手はのびてこなかった。なんという幸運だろう。それにしても、持つべきものはいい友達である。

あきれたことに、事態がここまで発展しても、まだ親父は何も知らなかった。あいかわらず特許許可がおりるのを待っていた。いくら待ったって、永久におりる筈はないのだ。

もう、誰もパーティを開かなくなり、騒ぎは下火になった。もっとも、ブームそのものは下火になったわけではない。静かなブームとして、いつまでも続くことだろう。

製造を中止してから、約三カ月経った。

その夜もおれは、ひとりで自分の部屋にとじこもり、活性アポロイドを楽しんでいた。キュッ、キュッとアポロイドを握りしめているうちに、次第にバラ色の世界がおれの身体をつつみはじめる。

キュッ、キュッ。キュッ、キュッ。

脊髄(せきずい)を快感が駈けのぼり、失神する。

眼をさますと、音はまだ続いていた。

キュッ、キュッ。キュッ、キュッ。

音は押し入れの中から響いてくるのだ。おれはびっくりして、あわてて押し入れをあけた。

何ということだ。押し入れにぎっしりしまっておいたアポロイドたちが、孤独に耐え兼ねたのか、お互いになぐさめあっているではないか。ひとりでに形を変え、互いの肉体（?）をこすりつけあい、数百個のアポロイドが、いっせいにピンクになり、次第に赤くなりながら、だんだんその動作を速めて……。

キュッ、キュッ。キュッ、キュッ。

音は急速に高くなっていく。たいへんだ、近所の人に聞かれたら、おしまいだ。おれは押し入れを閉め切った。だが音は、そんなことぐらいでおさまらない。

キュッ、キュッ。キュッ、キュッ。

そしてその音は、最後には町全体に響きわたるほど、高らかに鳴りわたったのである。

弁天さま

弁天さまが家へやってきたその晩、おれは女房と五歳の息子の家族三人でテレビの洋画劇場を見ていた。

がらがらと玄関の格子戸が開き、ご免下さいませというなまめかしい若い女の声がしたので、女房はすぐに立ちあがり、茶の間とは襖（ふすま）一枚で隔たっている二畳の玄関の間へ出て行った。郵便配達とか出前とかダスキンの取り替えなら男の声だから、女房はいつも顎（あご）でおれに出ろと命じるが、女の声だから自分がとんで出たのだ。女房は嫉（しっ）妬（と）深いのである。

「ひゃあーっ」

女房の、悲鳴とも嘆声とも歓声ともつかぬ声がし、続いてどしんと女房のでかい尻（しり）が玄関の間の畳の上に落下したための地ひびきが家をがたがたと顫動（せんどう）させた。

「ど、どうした」おれと息子は玄関の間へとび出した。

三和土(たたき)には弁天さまが立っていた。

「これはまあ、あなたは弁天さま」おれもへたへたと腰をおとし、女房の隣りでべったりと正座した。

「夜分遅くにお邪魔いたします」色白で、頰だけがピンクで、つやつやと光る真紅の唇をした美しい弁天さまが、白い糸切り歯をちらと見せながら微笑してそういった。

「突然お伺いしてたいへん驚きのようです。申しわけありません」

「いいえ。いいえ。そんなことはちっとも」おれははげしくかぶりを振った。「してまた、なぜこんなむさくるしい、わたしどものようなところへお見えになりましたか」

「あら。それはもちろん」弁天さまはちょっと得意げな表情で、頭上左右に大きな楕(だ)円(えん)を描いている華鬘(けまん)で飾られた髻(もとどり)を振りかざした。「あなたに福を授けに参りましたのよ」

考えてみれば弁天さまは七福神のひとり、その弁天さまがやってきたからにはこれはもちろん福を授けにきたわけであって、他に用なんかあるわけがない。これはあたり前のことだ。

「おい お前。何をぼんやりしている」おれは横で腰を抜かしたまま眼をうつろに見ひらいている女房を叱りつけた。「弁天さまを奥へ早くお通ししないか」

だいたい女というものはみんなそうだが、以前から自分に都合のいい時だけはやたらに信心深かった女房が、はっとした顔で腰を浮かした。「まあ。まあ。まあ。弁天さま。よくお越しになりました。奥へお通しするというほどの家ではございませんが、どうぞおあがりになってくださいませ」今や満面に笑みを浮かべ、よだれの出そうな口もとをして女房は、茶の間との境の襖を大きく開き、弁天さまを請じ入れようとぺこぺこ頭を下げた。「まあ、福をくださいますそうで、ありがとうございます。これでわたしたちも味気ない貧乏暮しから抜け出せます」

「そうですか。それでは遠慮なくあがらせていただきます」

弁天さまは、かかえていた琵琶をあがり框へ無造作にことんと置き、羽織っていた半透明の羽衣をゆらりと背後の頭上にゆらめかせると、足を使わずまるで幽霊みたいにすっと玄関の間へあがって、そのまま畳の上何センチかの宙をつつつーと茶の間へ一直線にすべりこんだ。なるほど弁天さまは天女の一種であるからして、ああいう具合に宙を行けるわけだなあなどと余計なことに感心しながら、おれと女房と息子は大いそぎで彼女のあとを追って茶の間に戻り、卓袱台の上空をふわりと飛び越えて上座に落ちついた弁天さまを、部屋の反対側の隅に親子三人べったり正座してははあっと伏し拝んだ。

「南無金光明経大弁財天女様」こういう際にはどう言えばいいのかまったく知らないので、おれは思いつくままに口から出まかせを大声でわめき立てた。「何とぞこの哀れな、しがないサラリーマン家庭のわれわれに、無礙（むげ）弁才をそなえさせたまえ。福知を増さしめたまえ。長寿と財宝を得さしめたまえ。天災地変を除滅させたまえ」

間違えてアーメンと口すべらせた息子の頭を力まかせにはりとばし、欲張りの女房が声をはりあげた。「願わくばダイヤモンドの指輪をたくさんたくさんあたえたまえ。それからお金をあたえたまえ。願わくば一億円も二億円もあたえたまえ」唾（つば）をとばしはじめた。「それから願わくばいい器量とスタイルをあたえたまえ。ついでに願わくば長生きをさせたまえ。千年も万年も生かせたまえ。それからあの、あの、着物を。金紗（きんしゃ）のお召」

女房のあまりのはしたなさを見るに見かね、おれは女房の頭をぶん殴った。

「こら」おれは女房を怒鳴りつけた。「厚かましすぎるぞ。お願いごとはあとだあとだ。それより早くお茶をさしあげろ。いや。あの、あの、お供え物を」

「はい。はい。はい。はい」女房はおろおろと立ちあがった。「でも、お供え物なんて、そんなもの、今、うちには何も」

「あらあら。そんなにしていただかなくってもよろしいのよ」弁天さまは白魚のような指を少しあげておれたちを制した。「ただご主人に、わたしがあなたがたに福を授けるための行事をしていただければよろしいのです」

「ははあ。それはもう、できますことなら何でも。で、その行事と申しますのは」

弁天さまはおれを指さした。「これはあなたにしかできないことになりますが、あなた自身の豊饒力の象徴をわたしに奉納していただきます。つまりあなたの男根をわたしに捧げること、早くいえばあなたがわたしと交媾すること、この行事によってのみ、わたしはあなたがたに福を授けることができるのです」弁天さまは顔を赤らめもせず、無邪気な笑いを眼もとに浮かべながらそういった。

おれはぶったまげた。「あの。あの。左様なもったいないことをいたしましても、あの、およろしいので」

「古来、福を授かろうとする儀礼には常に性的許容がございました」と、弁天さまはいった。「ましてあなたは、神様と直接するわけでしょ」

「そうですね」おれは白痴のようにぽかんと口をあけて弁天さまを見つめたまま、ぼんやりとうなずいた。

この美しい弁天さまを抱けるなんてまるで夢のようだが、それにしても弁天さまの欲求をうまく完全に満たすことができるだろうか。有難すぎて不能に陥るのではないだろうか。現にそういう話を聞かされてもおれの内部には何らこの弁天さまに対する性的衝動が湧きあがってはこないではないか。弁天さまがあまりにも美しすぎ、あまりにも可愛らしすぎるためだろうか。それとも神神しすぎるためだろうか。それともだしぬけにそんな話をもちかけられたものだから驚愕（きょうがく）して、ほんの一時萎縮（いしゅく）しているだけなのだろうか。

そんなことを考えていると、まだぴんとこないらしい女房が横からおれの尻を小突いた。「あなた、コーゴーって何のこと」

おれは小声で彼女に耳打ちした。「交媾ってのはつまり、セックスだ」

「ま」女房がこころもち背をのけぞらせた。「じゃ、弁天さまが。まあっ。ではあなたが弁天さまと、セ、セ、セックス」かりかりかり、と、女房の眉（まゆ）が吊（つ）りあがった。「なんてふしだらな」そう叫んでからあわてて口を押さえ、女房ははげしくかぶりを振った。「そんな。そんなおそれ多い。そんなことしたら罰が当ります。それは、か、神様に対する冒瀆（ぼうとく）。でも、でもそれが弁天さまのお望みだとすると。ああ。わたし、いったいどうしたら」欲と嫉妬の板ばさみで、女房は狂気の如くもだえはじめた。

「あ、あの、弁天さま。そ、それはあの、どうしてもあの、しなくてはいけないことなのでございますか」

「馬鹿者」おれは女房を怒鳴りつけた。「弁天さまに口ごたえするとは何ごとだ。相手は神様だぞ。神様をば世俗的な嫉妬の対象にするなどもってのほか」

女房はあわてふためいた。「いえ。いえ。決してやきもちなどでは」ここで弁天さまを怒らせては元も子もなくなってしまう。さりとて亭主が、たとえ神さまであろうと自分以外の者を眼の前で抱くなどとても快く許すわけにはいかないし耐えられるものではない。「でも、神様のおからだに触れることさえもったいないのに、あまりといえばあまりの非礼。さわらぬ神に祟りなし」

はげしい葛藤をどうにかしようとのたうちまわる女房の心中は察するにあまりあったが、あまりいつまでもためらい続けさせておくと弁天さまが気を悪くするから、おれは心を鬼にしてまたもや女房を叱りつけた。「だまれ。だまれ。神に非礼なし。弁天さまのおっしゃることに、もったいなくもそれだけとやかく文句をつけるのはあきらかに嫉妬だ。嫉妬に違いない。うそをついたって神はお見通しだぞ。神のおおせに背いてはならないのだ」

弁天さまを抱けるのだという途方もないことが彼女自身を前にして次第に実感とな

り、大きく心を占めはじめ、おれは徐徐に有頂天になりはじめていた。見れば見るほど弁天さまはこの世のものとも思えぬほど魅力的だったし、見ようによっては肉感的でセックス・アピールもあったからだ。

女房は恨めしげにおれを睨んだ。うまいことといって、あなたはこの弁天さまがこんなに綺麗だから抱きたいんでしょ、そういっておれの浮気心を詰っている眼だった。「その眼つきは何だ」ここぞとばかり、おれはまた叫んだ。「男にはすべてこういう局面がある。それが男のつらいところだし、それが世の中というものだ。それを理解し、亭主を許し、それに耐えてこそ良妻であり貞女なのだぞ」

いささか封建的だとは思ったが、だいたい日本の神様そのものが封建性をぎっしり内包した存在なのだからしかたがない、おれはそう考えて自分の好き心を胡麻化した。

ぶるぶると大きく身を顫わせてから、女房は、ははあっと平伏した。「それではどうぞ。あの、どうぞ弁天さまのおよろしいように」欲が嫉妬心を打ち負かしたらしい。

弁天さまはあいかわらずにこにこ笑いながらおれと女房の諍いを見ていた。神様だから嫉妬という感情を理解できないのかとも思ったが、神話には神様同士のやきもち騒ぎがたくさん出てくるし、神様などというものは比較的残酷なことを平気ですることが多いから、もしかしたら内心でおれたちの喧嘩を楽しんでいるのかもしれなかった。

「それではそろそろ始めましょうか」と、弁天さまがおれにいった。「あなた、こっちへいらっしゃい」

「え。あの、そこでやるんですか」今度はおれがうろたえた。と同時に、ややその気になりはじめていたものが、また萎縮してしまった。「しかしあの、ここには女房もいますし子供、そう、子供も」

「いいじゃないの」弁天さまはちょっと怪訝そうな表情をした。「こういう神事をとり行うには、やはり見物人がいなければ」

なるほど神様だけあってセックスに対する考え方もおおらかなものだ、おれはそう思いながら立ちあがり、照れ臭さを押し殺して息子にいった。「おとなしくして見ているんだよ」横で騒がれては気が散って何もできない。

「はい」息子はすなおに膝をそろえた。

女房は顔を伏せ、身をこわばらせたままである。

「ええと。それでは布団を」

汚い煎餅布団しかないが、それでもないよりはましだろう、そう思いながらおれが押入れの襖を開けようとすると、弁天さまは畳の上へゆっくりと横たわりながら片手をあげて掌を左右にひらひらさせた。

「いりません、いりません、そんなもの。さあ。早くいらっしゃい」

「は、はあ」おれはまた大きくためらい、仰臥(ぎょうが)している弁天さまの足もとを意味なくうろうろした。

たとえ弁天さまから福を頂戴するための神事である、という大きな前提と立派な言いわけがあっても、女房と息子の検閲の前での性行為にはやはり心に咎(とが)めるものがあった。それはおれ自身の中に、福を授かりたいためという動機以外に弁天さまに対する助兵衛心があるからに他ならなかったからであるが、しかし男性というものの肉体は、たとえば金欲とか信仰心だけでは性行為を営めるようにはできていない。当然女房だって検閲中におれの不純を悟るであろうが、もし動機が不純でなければ今度は金が欲しいというおれと女房に共通した大目標に近づけないのである。

「それでは失礼を」ためらうのをやめ、おれは着物を脱ぎはじめた。

仮に大文豪が性行為を描写するとして、たとえそこに文学のためという大前提があったところでその大文豪自身に性行為に伴う猥褻(わいせつ)な感情の体験が皆無であれば、これは文学的な描写とはならないのだから、そもそもどこまでが文学でどこまでが猥褻かの判断は誰にもつけられない。それと同じことだ。おれはそう思うことにしたのである。

女房がおそるおそる顔をあげ、おれと弁天さまの様子をじろじろ観察しはじめた。あきらかにおれの行為を、あれは浮気ではないのだと彼女自身に言い聞かせようと努めている表情だった。女房や息子にしてみれば、神事に参加しない限り福も長寿も弁才も貰えないのだからけんめいに眼を凝らしているわけなのであろうが、こちらとしてはやはり彼らの凝視を検閲と感じないわけにはいかない。しかしあまり気にし過ぎて意気沮喪し、弁天さまに性的欲求不満でもあたえようものなら、福があたるどころか罰があたるから、おれはできるだけ彼らを無視し、弁天さまとの行為に没入しようとした。

パンツ一枚になったおれは、まず、クリント・イーストウッドの顔が大映しになっているテレビのスイッチを切り、弁天さまの足もとにひざまずいた。それからおもむろに、ごわごわした布地で作られている紕帯を横へやり、蘇芳の薄布で作られた裙と、さらにその下の褶をまくりあげた。弁天さまの、恰好よくくびれた足首と、肉づきのいい白い腿が次第にあらわれ、おれの胸をときめかせた。弁天さまはおれが裾をまくりあげやすいようにこころもち足をあげ、次に尻をあげた。おれの眼に弁天さまのむっちりとした白い太腿と××から××××にかけて××××××××××をした××

がとびこんできた。おれはもはや××××××××、鼻息を荒くしながらパンツを脱ぎ捨てておれの×××××××××××××××××××××××××、さらに彼女の裾を××××××までまくりあげてから弁天さまの×××をした×××××××××、両の大袖から腕をさしこんで彼女の乳房をまさぐりあて、ぐいと握りしめた。それからゆっくりと×××××××××。魚油の臭いがした。

「ああ。××××××」と、弁天さまはやや眉を寄せ、××××××××××××ながらいった。「××××××。××××××。×××××」

「××、×××××××××××××××××××」と、おれは訊ねた。「罰があたって、あとで腫れあがったり腐ったりするようなことはないでしょうね」

「ああ。もう、×××××××××、××××××」弁天さまはおれを強く××××××、××××××××××××××。「××××。×××」

「はい。はい。はい。××××。××××」おれは勢いよく××××、×××××××××××××××××××××××。

「××」×××××、×××××××××××、×××××××××××。

××××××中は、×××、×××××。×××、××××××××××××××××××××××××××、すぐに××××××××××××。おれは弁天さまの×

×××××××××××。弁天さまも×××××××××××××、×××××××。

「××。××」

「××。××」

「ねえ。ママ」と、息子が女房にいった。「あのひとの声、ママのよりも大きいね」

「しっ」女房が息子の頭を小突き、またこちらに視線を凝らした。

弁天さまはますます××××××××××、おれはまるで×××××××××

××××××××、××××××。

「××。××××××、××××」

「××。××、×××××××××××」

「××。××」

「××。××」

「ねえ。あれ、そんなに苦しいの」息子が小声で女房に訊ねている。

伏字のためよけい興奮した女房は、眼をうつろにし、自分の×××××××、××

××××××××はじめていた。

「×××、××××××」弁天さまは×××××××、×××××××××××

×××××××××××××××。

　××××××××××××××××××××××××、××××××××××××××××××××××××××××××。×××××、×××××××××××××
×、××××××××××。

「××。××××××××××××」×××××××××××××××××××××。

「×××××××」

「××。××××××」×、××××××。

「××××××××」

「××。××。××××」

「××。××。××××」

　××××××××、××××××××。

「×××。×××」

「×××。×××」

「××。××」

「××。××」

「××」×××××××××、××××××××、×××。

「××。×××」

「××。××」神さまのくせに×××××。

「××。××」

「××」×、××××××。

おれが××××××××××した時、弁天さまは、ひひっ、という笑いを洩らしておれのからだの下からすいと逃がれ、羽衣をゆらめかせてふわりと部屋の隅を天井ぎわまで舞いあがり、やや照れ臭そうな笑みを浮かべておれを見おろした。弁天さまの×××××、おれの×××、××、××××××××。

おれは荒い鼻息とともにぐったりと××××××××、×××××。××××××××××××××××××、××××××××××××××、×××××××××××××××××××××。

ふう、と息子が大きな溜息をついた。

女房が×××××××、おれの×××××、××××××××をした。

弁天さまは卓袱台に肱をついて横坐りになり、背子の下の胸をまだはげしく上下させながら、上気した顔を女房に向けた。「何か冷たいもの、ご馳走してくださる」

「おれにもだ」と、おれはいった。「飲みものをくれ」

女房は弁天さまにオレンジ・ジュースを、おれには水を持ってきた。弁天さまはビール名入りの安物のコップを傾け、おれの方に白い咽喉を見せてくい、くいとうまそうにジュースを飲み乾した。弁天さまにひと通りの満足はあたえたらしいので、おれはやや安心した。

息子は眼を丸くしたまま、おれと弁天さまの顔を見比べている。五歳の子供にとって、今しがたの一連の情景は少なからず衝撃的だった筈だが、どの程度の衝撃だったのかは、最近の子供の心理をまったく理解できないおれには想像することができなかった。

「いいご家庭ですこと」弁天さまがそんなお世辞を洩らした。

そのことばは、おれには皮肉のように聞こえた。女房もそう感じた筈である。

「こんないいご家庭なら、遠からず福が来ますよ」

いますぐ福をくれるというわけではないらしい。おれはちょっと不安になった。

神様にしつこく確約を求めるわけにもいかないので、おれは遠まわしに訊ねてみた。

「まったく、こんな貧乏暮しはつくづく厭になりました。いつになれば楽になれるのでしょう」

弁天さまはことばを濁した。「そりゃあ、まあ、そのうちには必ず、ね」

女房がありありと不満そうな顔をした。

「ではそろそろ」弁天さまが、ふわりと立ちあがった。「ながいことお邪魔してしまいましたわ」

「そうですか」おれは腰を浮かした。「まあそうおっしゃらず、どうぞごゆっくり」本当は女房と二人きりになるのがこわいので、弁天さまをなるべくながくひきとめておきたかったのである。

だが弁天さまはまた、つつつつ、と、滑るように玄関の間に出て、そのまま三和土(たたき)の上数十センチの宙に浮かび、ついて出たおれたちを振り返って歌うようにいった。

「では、さようなら」琵琶(びわ)をとり、肩にかついだ。

「どうぞ、またお越し下さいませ」女房が心にもないことを言い、息子と一緒にあがり框(がまち)へ額をこすりつけた。

おれは三和土におり、格子戸を開き、皮肉な笑みを口もとに浮かべている弁天さまと一緒に路地へ出た。

二、三歩行きかけた弁天さまは、ていねいに頭を下げているおれの方をちょっと振り返った。意味ありげに、にやりと思い出し笑いを頬に浮かべて、彼女はうなずいた。

「それじゃ、ね」

いひひひひ、と笑いかけてあわてて真顔に戻り、おれはまた頭を下げた。「ははあ」弁天さまは琵琶を肩にかついだまま、街灯に照らし出されたうす暗い夜道を、ふん、ふんと鼻歌をうたいながら帰っていった。

弁天さまを送り出しておれが家に戻ると、息子が玄関の前に立ちすくんでいて、三和土では般若(はんにゃ)のような顔をした女房が息子のバットを握りしめ、立ちはだかっていた。

三和土で、女房はおれを叩(たた)きのめした。

泣き語り性教育

「はい。はい。着席してよろしい。静かにして。静かにして。出欠はとりません。ええ、今は体育の時間ですが、教室で授業します。びっくりしてますね。ははは。体育の時間に校長先生が出てきたから。そうでしょう。君びっくりした」

「いいえ」

「びっくりしないの。どうして」

「だって、だいたい、わかりますから」

「え。わかるとは何がですか。何ににやにやしてるんですか。君、何がおかしいんですか」

「だって、ふふ、性教育でしょ」

「え。ああ。ああそうですか。知ってたんですか。どうして知ってたんですか」

「そのぐらい、すぐわかるわ。ふふ」

「え。ああ、わかりますか。えと。そうですか。いや、まあ、あの、よろしい。えと」

「校長先生。汗出てます」

「汗ですか。えと。ああ、そうですか。汗はその、まあ拭けばよろしい。よけいなことといわなくていいんだよ君。君、そのバッジ、学級委員のあれでしょ。よけいなこといわなくていいの」

「はあい」

「これはあの、えと、テストも何もありませんからね。ノート、とらなくてよろしい。えと。あの、性教育、性教育といいますけどですね、動物は、あの、人間以外の動物はですね、ふつうは、成熟しさえすれば、つまり、からだが一人前になってしまえばですね、別に性教育を受けなくても、つまり学習というものなしで、それぞれの動物に応じた、あのう、つまり、一定の形の、あの、あの、性行為をいとなむことが、あの、まあ、できるんです。ところが人間の場合は、あの、人間というのはいちばん本能的でない動物ですから、社会的な動物ですから、その社会の秩序というものがありますから、それを保たなければなりません。そこで、あの、しぜん、あの、あの、性、性生活を、か、か、隠しますね。そうですね。何がおかしいんですか。君、何がおかしいんですか。先生の話、わかりますか。わかりますね」

「はい」

「そうね。わかりますね。笑わないで、まじめに聞きましょうね。まじめな話ですから。先生もまじめに話しますからね。それでですね。人間というのは、あの、じ、事実、隠しますね。今のあの、あの」

「性行為」

「はあっ。ああ、そうですね。性行為を隠しますから、しぜんこれを、罪深いものと思いこみ勝ちになります。すると、あの、そのために、あの、あの、あの性欲があの強くあの抑圧、あの押えつけられて、健全なあの、例のあの、あの性行為がやれなくなる、い、いや、できなくなる、いや、いとなめなくなります。えへん。そこで、健全な知識が必要とされるわけで、皆さんはもう、中学二年生です。中学二年生の女生徒といいますと、昔はまあ、そんなでもありませんでしたが、それでもまあ、中にはありましたが、今の中学二年生の女生徒になってきますと、発育がよくて、からだはまあ、すでにもう、昔とはちがって、あの、ちがうわけです。ですから当然、とっくにあの、たとえばあの、あの生理日にあの、生理日の」

「月経」

「メンス」

「はい。はい。知っていますね。そうです。そうですね。大きな声出さなくてよろしい。それであの、あの、ない人、まだない人、いますか。いたら手をあげてください。いませんか。正直に。いないようですね。ははあ。するとあれですか、残りの人は、いや、君たちみんな、もうあったわけですね全員。そうですか。ひひひひ。え、えへん、えへん。健全な知識が、だからあの、皆さん全員に必要とされるわけです。なぜかといいますと、あの、あの月経があのあった以上、皆さんのからだはすでに男を、あの、男をあの、なんといいますか、ちゃんとやることができ、できるというか、う、受け入れる態勢、つまりその、そう、分娩可能なからだになっているわけですから、健全な知識を持っていないことには、あやまちを犯すことが、あの、あるという心配が、あの、あるのです。そこで、皆さんがた、ご父兄から大事な皆さんがたをお預りしている校長としてはですね、できるだけ早い時期に於てあの、皆さんがたに、性の、あの、生物学的な知識と、あの精神衛生の問題をお教えする、それは義務になっていて、まあ、こういう授業をやると、まあ、いうわけですが、今までは体育の先生に、これはおまかせしてあったのです。ところが最近、急にその、いやらしい、その写真とか、活動写真とか、テレビとか、フリー・セックスとかいう、煽情的な傾向がその、マスコミを賑わしている。これはいかんと思ったんです。実にもう、あきれるばかりの堕落と頽廃が世間をエロ一色に塗り変えている。実をいいますと、この間先生は、駅前のあの、何ていいましたっけ、あの活動写真の小屋」

「安孫子松竹」

「そうそう。あそこで活動写真見たんですよね。文芸作品とかいうので見たんですけど、これが驚いたことには温泉芸者の話でした。白昼堂堂とですよ、駅前で、成人向きの指定もせずして情痴と愛欲の話をば、臆面もなくですな、その、やっておる。ええ、なんていいましたっけ。あの活動写真」

「夜の白梅」

「そうです。君、見たんですか」

「いいえ」

「それならよろしい。見ちゃいけませんよ、あんなもの。実にいやらしい。どういう具合にいやらしいかというとですな、恋人が貧乏なために、その恋人を捨てて芸者になった女の話ですよ。芸者になると人気が出て、いい旦那がつく。旦那というのは金持ちの、いやらしい商売人ですな。で、家を一軒持たしてもらう。そこで昔の恋人と再会する。この再会のところは、なかなかよかったです。で、恋人を自分の家へつれてきてですな、雨戸を閉める。つまり、外はまだ明るいですから、見られてはいけないのです。で、恋人に抱きしめられるとですな、うっとりとなって、まあ、うっとりとなった顔をするんですが、その、真に迫っとるんですこれが。なんていいましたっけ。あの女優」

「佐久間良江」

「そう。佐久間良江。その佐久間がですな、こう、眼を細くして、色っぽい、いや、いやらしいいやらしい眼つきをするんですな。そこへもってきて佐久間のですな、このう、畳の、四畳半のところへこう足を投げ出しておる、その足が、うつるんです。裾（すそ）が乱れとりましてね、うわっとこう、赤いのがまくれあがって、太腿（ふともも）がですな、見えとりますわ。白い、むちむちっとした太腿がですな、だいたいこの辺、いや、もうこの辺まで、まる出しで見えとりますわ。しかもその、佐久間がですな、声を出すんですな。すごい声でねこれが。真に迫ったその、何というか、う、うふん、う、うふうん、うふん、うふ。え、え、えへん、えへん。とにかく、ひどい活動写真でした。わたしは見るなり腰を抜かさんばかりに驚いたのです。わが伝統ある清い学園の、そのつい眼と鼻の先で、なんとたまげたことには白昼の情事これがご開帳に及んでいることを見過しておったことは校長たるわたしの無知であり、悔やまれてなりません。そこで、わたし自ら(みずか)こうして教壇に立ち、健全なる、その、性のありかた、それを皆さんに教えることによって、皆さんを世間の腐敗から守ろうと、まあ、あの、そう考えたのです。さて。ええ、性というものは、性の染色体の組みあわせによって、決まるのです。つまりXの染色体を持っているのが女、XとYの染色体を持っているのが男ということになるのですが、ええと、こういうことはもう、理科の方で教わりましたか」

「はい。少しだけ」

「ああそう。少しだけですか。まあ、こういったことは、高等学校で詳しく教えてくれますから、まあ、いいでしょう。とにかく性には、男と女があります。男は、皆さんぐらいの年頃になると、髭(ひげ)が濃くなり、声変わりがしてきます。骨格が太くなり、筋肉が発達します。では、女性はどうかといいますと、腰はば、つまりこの、ヒップですな、これが大きくなります。脂肪が多くなりますから、そのためにあちこちが、こう、まん丸く、丸味をおびてきて、ヒップもあの、こう、うしろへあの、ぼん、と出ますね。そしてあの、おっぱいも、いや、乳房も、こう、ぼんぼん、となりますね。腰は、つまり今度はこの、ウエスト、ここは逆に、きゅっとこう、しまります。そして、ひひ、そしてお腹の方は、脂肪の層が厚くなりますからね。このお腹の下の方から、太腿の方へかけてはこの、特に脂肪が厚くて、ひひひ、ぼん、ぼんぼんぼん、と、こうなりますね。そ、それからその」

「あ、校長先生。よだれ」

「はい、はい。それからその、ここに毛が、ああ、これはあの、男もそうですけど、ここに毛が生えます。あの、あの陰毛ですね。ちりちりとしていて、頭髪は直毛ですけど、これはその、波状毛ですね。見ればわかりますね。集めたりなんかしてる人いますけど、あれ不潔ですね。え、えへん。さて、あの、男と女の肉体的な相違点、これのあの、いちばんその肝心というか、あの、はっきりしている点はあの、もちろん、あの、あの性器ですね。女性のあの、性器、いや、その、生殖器官は、こうなっています。ちょっとその、図を描きましょう。ええ、これはその、断面図ですが、ええ、あの、ここに尿道口がありますね。それから、これの少し下、ここのこれが、あの、膣前庭といって、あの膣のあの要するにあの、あの入口です」

「あら。少し大きいんじゃないかしら」

「えっ。そうですか。いや、いやいや。これでいいんです。成人すると、こ、これぐらいになるんです。な、なる筈です。な、なると思うんだがなあ。ま、ま、よろしい。

それから、ええと、ここがちょっとややこしいんだが、ここにこの、い、陰核、それからこの、左右に陰核脚が出ていて、それからこの、これが小陰唇。な、なんですか。何がおかしいんですか。どこかその、おかしいとこ、ありますか」

「先生。そこはそんなに大きくありません」

「そんなに横に拡がってないわ」

「そうかなあ。そうですか。いやいや、これでいいんです。成人すると、これぐらいになるんです」

「でも、ちょっと大きすぎるわ」

「そうよ。ねえ」

「騒がないで。騒がないで。騒いではいけません。そりゃね、あの、君たちのはね、もちろんこんなに大きくはありません。いや、おそらく、大きくはあの、ないでしょう。ない筈です。そうですよね。はは。ははは。君たち、自分のあの、あの、これを見て大きいといってるんでしょう。はははは。は」

「じゃ、先生は誰のを見たんですか」

「そりゃあ、先生はたくさ、え、えへん、えへん。えへんえへん。えへん。本をその、見てますからね。あの、だからあの、これは子供をいちど産んだ、そ、そうですよ。

そうですよ。これはね、子供を産んだ女の人のですよ。さあ。黙って聞きなさい。あまり、わあわあいってはいけません。隣りの教室の邪魔になります。いいですね。えと、それから、ここが、えと、こうなって、これが膣腔、それから、えと、これが子宮でと、ここに卵巣がこう。うん、ええ、これが女性の生殖器官の大まかな、な、なんですか。何くすくす笑ってるんですか。何もおかしいことないでしょう」

「先生。卵巣は前の方です、もっと」

「え。ああ。あそうか。これはあべこべでした。これはあべこべ。こっち側にあるんですよ。こっち側にね。まちがわないようにね。はい。これでよし。これが女性の方。次は男性。ええ、男性の方はですね、つまりその、男性の生殖器官というのは」

「ペニス」

「オー、チンチン」

「陰茎」

「はい、はい、はい。そうですね。知ってますね。そんな大きな声出さないで。あの、びっくりするからね。先生、最近ちょっとあの血圧がね。あの。えへん。ま、それでは、図を描きますからね。えと、これが、あの、腹で足でと、それからあの、これがあの、い、陰茎」

「まあ小さい」

「小さいわあ」

「小さ過ぎるわあ」

「騒がないで。騒がないで。これが普通の状態なのです」

「だってえ」

「ねえ」

「それじゃ、だって、子供のおちんちんよ」

「ねえ」

「そうよ」

「なんですか君たちは。な、何そんなに興奮してるのです。興奮させないようにと思ってわざと小さく描いたのです。こ、これがですね、ぼ、ぼ、勃起(ぼっき)していない状態の、ごく普通の」

「それにしても小さい」

「そうよ」

「そうだわ」

「黙りなさい。これでいいのだ」

「違うのだ」

「なんですか、そのいいかたは。ま、まあ、まあいいでしょう。それならま、これぐらいにしましょう」

「それでも小さいんだけどなあ」

「馬鹿いいなさい。これ以上でかいなんて筈があるもんか。それじゃまるで怪物だ。先生のいうことに、まちがいはないんです。さあ次。次、描きます。えと。これが精管で、こうつながって、睾丸、睾上体、えと、そして陰囊ですね」

「ほうら」

「なんです。何が、ほうらです」

「デッサンが狂ってきたわ」

「そうよ。陰囊とペニスの比率が狂ってるわよ」

「そうよ」

「そうよ。ぜったい違うわ」

「そんなにいうのなら、君、描いてごらんなさい」

「わたしですか」

「そう。君ですよ。君。そう。ここへきて、描いてごらん」

「はい。えと。精管はもっと、腹部の方へぐっと曲ってます。こうです。精管膨大部がここんとこ、そしてこれに精嚢がくっついています。その根もとが射精管で、これが尿道とくっついてるんです。陰茎は、こんなに垂直に下を向いてるんじゃなく、いったん前へ出て、それからうなだれてるんです。こういう具合に。この部分が陰茎海綿体で、これが亀頭。これが普通の状態のペニスです。それからと。あ、校長先生。ちょっとその、赤いチョークをとってください」

「は。赤いチョークね。はい。はい。どうぞ」

「では次に、赤い線で、勃起した状態を描きますから」

「いや。君。そ、それはあの、描かなくてよろしい」

「どうしてですか」

「どうしてって、それは君、それはつまり、もちろんその、ふ、不必要だからです」

「どうしてです。だって生物学の本や女性週刊誌には、ふつう、挿入された状態の図まで載っているでしょ」

「女性週刊誌なんか読んではいかん。屁理屈はもう、よろしい。さあ、席へ戻りなさい。描かなくていいといったら、描かなくていいのだ」

「描くべきなのだ」

「そうだ」

「そうだ」

「どうしてそんな大きな声を出すんですか。な、な、何ですかなんですか君たち。そ、その眼は。そんな眼はやめなさい。じゃ、描きなさい。描いてもよろしい。そんな眼は、やめてください。血圧が」

「じゃ、描きます。こういうカーブを描いて勃起します。大きさはだいたい、これ位になります」

「な、な、なんですそれは。わ、わ、わ、猥褻な。それじゃまるで春画だ。き君、ここここは教室ですよ。なんてものを描くんだ」

「でも、普通これ位の大きさよねえ」

「そうよ」

「そうだわ」

「だ、断言するが、そんな大きなものはありません。先生がいうんだから、間違いない」

「じゃ、きっと校長先生のが小さいのよ」

「そうよねえ。ふふ」

「そうよ。ふふ」

「君っ。それから、君と君っ。前へ出なさいっ。こ、こ、ここへ来なさい。君たちは不良かっ。校長に向かって、なんてことをいう。父兄を呼んで、しょ、しょ、職員会議にかけます」

「横暴だわ」

「ひどいわ」

「校長横暴っ」

「静かに。静かにしなさい。なんて大きな声出すんだ。君たちは皆で、は、は、反抗するのか。反抗するんですね」

「校長っ」

「は、はい」

「生徒にまちがったことを教えて、それを指摘されて怒るのかっ」

「そうだ。最初に大声出したのは、手前じゃねえか」

「自己批判しろ」

「なんて口のききかたです。君たちは中学生ですよ。お、お、女の子ですよ。校長に対して、そのいいかたはなんですか」

「ナンセンス」

「関係ないわ」

「そうよねえ」

「バカ」

「なぜわたわたわたしがバカなのです。バババカが校長になれるわけ、なななないでしょ。いったい、いつわたしが、あ、あ、あなたがたに、まま、間違ったこと教えましたか」

「じゃあ校長先生。あんたが参考にしてるその本をちょっと、見せなさい」

「え、この本を。いや、こ、これはその」

「お見せなさいったら。さあ。ええい」

「寄越すんだよ。バカ。ええい」

「なな何するんです。君君君たちは、ち、力ずくで、こ、校長にっ、そ、そんな暴力をっ」

「ほうら。やっぱりそうよ。この本に描いてあるペニスの方が、ずうっと大きいじゃないの」

「校長先生。なぜわたしたちに間違ったことを教えるんですか。それが性教育なのですか」

「それが教育者の態度かっ」

「校長やめちまえ」

「バカヤロー」

「馬鹿野郎とは何ですか。わ、わたしは君たちに、そんな男みたいな言葉を使えとは教えなかった筈だ。ああ、教育が悪かった。わ、わたしは校長、校長ですよ。校長なんですよ」

「だから、どうだっていうの」

「師たるわたしには、もっと丁寧におっしゃい。お、お、恩師じゃありませんか。師弟の関係というのは、そんな、喧嘩腰の、ど、怒鳴りあいの関係とは、ち、違うものである、と、お、思いませんか」

「甘ったれるんじゃないよ」

「ナンセンス」

「もっと尊敬しろっていうの」

「ええ。まあ、そうです」

「見せてごらん。大きけりゃ尊敬したげてもいいわ」

「そうよ。他に尊敬するところなんて、この人にはひとつもないわ。残るところは、あそこの大きさだけよ」

「そうだそうだ。見せろ。見せろ」

「見せろ」「見せろ」

「見せろ」「見せろ」

「やめなさい。やめて、やめてください。どうしてそんなことというんです。わたしをいじめて何が面白いんですか。け、血圧が」

「あんたには、教育者としての資格がありません。性行為、性生活、性欲、月経、性器、陰茎、そういった単語を語ろうとするたびに吃り、ためらい、がたがた顫えるような心理的抑圧のはげしい人間に、まともな性教育ができますか。文芸作品を見てエロしか感知できないような情操の欠けた人間に、性教育ができますか。その癖、自分の欲求不満の正常な処理さえできず、自己のエロ描写やセックス描写には前後の見境もなく没入し自分で恍惚となってしまうような歪んだ代償行為しかできない人間に、性教育ができますか。それだけではない。自己の短小コンプレックスを正当化しようとし、故意にがばがばの膣口、矮小な陰茎の図を描いて、生徒にその大きさがあたかも普遍的であるかの如く思いこませようとするこの策謀、この陰謀こそ、われわれ学問の自由と学園の自治を守ろうとする者にとっては、まさにい、体制側のお、ふるう、暴力のお、象徴であってえ、われわれがあ、戦うべきい、われわれのお、共通のお、敵なのである」

「異議なし」

「異議なし」

「何をいいますか。わた、わたしは、あ、あなたがたに、セ、セ、セックスの、し、真のありかたを教えようと、努、努力を、これだけ努力してるのに、君たちは、もう、もう、いったい、どういう気でいるのですか。わたしは、わたしは、欲求不満なんかじゃありません。そ、そうでしょう。わた、わたしには妻が、そうです、妻がいるのですよ。つ、妻のいる男が、欲求不満である筈が、な、ないでしょうが、あ、あんたたち、子、子供が、な、何も知らないで、どうしてそんなことがいえるのです。そうでしょう。ね。そうでしょうが。だって、君たちは子供で、そんなこと、わかるわけないのです。子供には、わ、わからないことなのですよ。そうですよ。そうですよ。わ、わたしが短小、短小ですと。はは。ははは。はははははは。は。どうしてそんな馬鹿、馬鹿、馬鹿ばかしいことを思いつきましたか。こ、こりゃおかしい。ははは。こりゃおかし。は。ははははは。わたしは短小ではないのです。わ、わかりましたね。

わたしは短小では」

「証明しなさい」

「そうだ。われわれのいうことを否定した以上、その根拠を示すことは義務だ」

「わたしたちには証明を求める権利があるわ」

「そうだそうだ。見、せ、ろ」

「見、せ、ろ」「見、せ、ろ」

「見、せ、ろ」「見、せ、ろ」

「どうしてそんなことを、し、し、しなきゃならないのです。こ、校長たる、わ、わたしが、神聖な教室で、こ、こ、この教壇の上でですよ、教え子であるあなたがた、女、女生徒のあなたがたに、じゅ、授業中にもかかわらず、自己の陰茎を、い、いかに性教育のためとはいえ、か、か、開陳したことがもし、教職員に知れたら、ピピピ、PTAに知れたら、ど、どんなことになると思いますか。わたしはクビだ。それだけではない。も、もし妻に、妻に知れたら、わたしはどんな、妻からひどい、そ、そ、そんなこと、あなたがたにはわからないでしょう。夫婦のことなど、あ、あなたがた子供には、わ、わかるわけないんだ。ど、どれだけ妻が、お、お、恐ろしいか。そんなこと、知らないでしょう。家庭で、家庭で迫害され、侮辱された上、ど、どうして学校へ来てまで、迫害され、ぶ、侮辱されねば、なな、ならないのか。お、お、おいっ。おい、おい。おいっ。おいおい。おいおいおいおい。おーい。おいおい」

「まあ。泣き出したわ」

「困ったわね。わたしたち、そんなに追いつめちゃったのかしら」

「ちょっと可哀相みたい」

「おいっ。おいっ。おいおい。おーいおいおい、おいおい。おーいおいおい。おいおい。わた、わたしは、ふ、不幸な人間、おーいおいおい、人間だ。おーいおい。学校と、か、か、家庭で、同じような侮辱のことばを、あ、あ、浴びせられて、おーいおい、こ、こんな不幸なに、に、人間を、おーいおい、どうしていじめなきゃ、おーいおい、いじめなきゃならないのですかあ、おーいおいおいおい。あなたがたは、つ、妻と、お、同じことをいって、わた、わたしを、おーいおい、い、いじめるう。おーいおいおい。侮辱するう。おーいおいおい。わた、わたしが、短小だからといって何も、おーいおい、そんなにいつもいつも短小だ短小だ、おーいおい、い、いわなくったって、い、いいじゃないすか。おーいおいおい。いつもいつも、おーいおい、ことあるごとに、短小だ短小だ、おーいおい、そ、それじゃ萎縮するのも、おーいおいおい、あ、あたりまえでしょう。おいおい」

「まあ可哀相」

「奥さんが悪いのよ」

「そうよ。ひどい奥さんよ。夫に面と向かって、短小だなんていって嘲るなんて」

「そうよそうよ。だからこの人、不能になっちゃったんだわ」

「無理ないわねえ」

「おーいおい、そうなんだ。そうなんですよ。おーいおい。こんなひどい話、あ、あ、ありますか。おーいおいおい。そんなひどい話聞いたこと、おーいおい、ありますか。ないでしょ。ね。おーいおい。おーいおいおい。や、や、やってる最中に、おーいおい、ふんと鼻で笑って、おーいおい、冷笑して、おーいおいおい。短小とか早漏とか、おーいおいおい、インポとか不能とかって罵るんですからねえ。おーいおい。そ、そ、そんな妻が、どこの、どこの世界にいますかあ。おーいおいおいおい」

「まあ。それじゃ不能にもなるわねえ」

「妻は、もっと、そんな時には夫をはげましてやるべきなのよ」

「そうよ。週刊誌読んでないのよね、その奥さんきっと」

「いいえ。つ、妻は女性週刊誌を、よ、読んでいます。だけど、男性の平均ポテンシャルがどれくらいとか、持続時間どれくらいとか、体位とか、そんなところばかり読んで、それをわたしに、強要、強要す、す、するんです、おいおい、おいっ、おいおい。おーいおいおい。で、で、できないと、そ、その週刊誌で、おーいおい、わたしの頭をひっぱたいて、おーいおいおい、こ、これをよく読んでごらんっ、といって、おーいおいおいおい」

「ヒステリーね。欲求不満からくる」

「そうね。でも、自業自得ね。夫の操縦法が悪いからそうなったんだわ」

「そうよ。何も尻に敷くだけが夫の操縦法じゃないいんだものね。その女、きっとバカなのよ。自業自得だわ」

「おーいおいおい。そ、そんなことって、ありますか。おーいおい。妻は、じ、自業自得でもいいでしょう。し、しかし、わたしは、おーいおい、わたしは、ど、ど、どうなりますかあ。おーいおいおいおい」

「そうねえ。可哀相ねえ」

「何とかしてあげようかなあ」

「そうねえ」

「おーいおい。何とか、なんとかしてくださあい。おーいおい。お願いしまあす。おーいおいおいおい、おいおい」

「可哀相だわ。なんとかしたげようよ。あーんあん」

「あんたまで泣くことないじゃないのよ」

「馬鹿ねえ」

「なんとかしたげるっていってもねえ。短小が、どの程度かにもよるわねえ」

「そうねえ」

「とにかく、どの程度なのか見てあげようじゃないの」

「そうね。じゃ、あんたこっちへいらっしゃい。見たげるから」

「おーいおい。お願いします。おーいおいおいおい」

「久美子。ちょっとその机、こっちへくっつけて。芳江。手を貸してくれない。机並べて、この上へ寝かせるから」

「おーいおいおいおい」

「できたわ」

「さあ。ここへ横になってごらん。上向いて上向いて。そう。じゃ、出してごらん」

「おーいおいおいおい」

「ははあ。これね」

「おーいおい。どうでしょう。なんとかなるでしょうか。おーいおいおい」

「うーん。残酷かもしれないけど、やっぱりこれ、短小以外の何ものでもないわねえ」

「おどろいたわねえ」

「ふーん。ちょっと小さ過ぎるわねえ」

「おーいおいおいおいおい。おーいおーいおいおいおい。おーいおーい、おいおい」

「泣かないで、泣かないで、どうにもならないほどの短小じゃないから」

「ほ、本当ですかっ。おーいおい。なんとかしてください。おーいおい。助かります。恩に着ます。おーいおいおい」

「ねえ芳江。こういうの、どうやったらいいかしらねえ」

「そうねえ。例のあの手はだめかしらね。ほら、この間野球部の野島君の早漏、みんなで寄ってたかって治してやったじゃないの。あれでどうだろうね」

「ああそうね。あれがいいわね。じゃあ、やっぱり、おスペをやらなきゃね。ケメ子頼むわ。それから、催眠術は久美子やってね」

「よしきた。このケメ子姐さんが腕によりをかけてやっからね。おスペコンテスト一位のトルコ嬢直伝の秘術だからね。ぺっ。ぺっ。よう。誰か乳液貸しな」

「あいよ」

「どど、どうするんですか」

「心配すんなって校長。寝てなよ」

「さ、校長先生。気を楽にして。気を楽にして。催眠術をかけたげるから。眼が醒めたらあなたの短小は治ってるわ。いいわね。さ。からだの力を抜いて。肩の力も抜いて。わたしの顔を見るのよ。じっと見るのよ。わたしの眼を見て。そう。これからあなたに催眠術をかけますからね。わたしが一、二の、三で手を打ったら、あなたは眠っちゃうの。いいわね。一、二の、三」

「眠っちゃったわ。簡単ね」

「単細胞人間だからね。暗示にかかりやすいのよ」

「これからどうする」

「この男、音楽の担任の松原に惚れてんだってさ。だから、松原を登場させたらいいよ」

「そうね。じゃ、松原先生の役、あんたがやってね」

「ＯＫ」

「さ、校長先生。あなたは放課後、音楽教室の前を歩いています。あ。音楽教室から松原先生が出てきました。松原先生はあなたを見て、にっこりと微笑みかけます」

「いやらしいね。笑ってるよ」

「いやな笑いかたね。気持の悪い」

「しっ。さ、校長先生。あなたも松原先生に笑い返します」

「歯を剝き出したわよ」

「歯槽膿漏だわ」

「ああら。校長先生。まだお帰りじゃなかったんですか」

「あ、あ、あなたは、あなたも、まだ」

「あ、喋り出したわ」

「よだれ出してるわ。バカ」

「しっ」

「あなたも、まだ、お、お帰りじゃあ」

「ええ。わたし、これから帰りますの」

「そうですか。ひひ。ひひひ。わたしもこれから帰ります。お送りしましょうか。ひひ」

「まあ。校長先生に送っていただくなんて、光栄ですわ。じゃ、ご一緒に」

「と、いうわけで校長先生、あなたは松原先生といっしょに校門を出ました。松原先生を送って帰る途中、あなたは松原先生を、いつも県の中学校長会からの流れに使っている料理屋『芝浦』に誘います」

「まあ、いいじゃないですか松原先生。ちょっとつきあってくださいよ」

「あら。いけませんわ校長先生。そんなところを、もし誰かに見られでもしたら」

「なあに。誰も見てやしません」

「でも、もし『芝浦』の女将か女中が、誰かに報告したら」

「な、なるほど。それもそうですな。ここの女将は、うちの学校のPTA会長と仲がいい筈だ。わたしはPTAの会合以外にここへきた時にも、経費をPTA会費で落している。PTA会費を私用に使っていることが、もしばれたら、職員に知れたら、つ、つ、妻に知れたら、わ、わたしは、わたしは」

「馬鹿ねえ。おびえさせちゃ駄目よ」

「顫えてるわ。小心ねえ」

「臆病な癖に、PTAの会費に手をつけてるのね」

「さあ。早くなんとかしなさいよ」

「うん。ああら。校長先生って臆病なんですねえ。そんなことぐらい、平気じゃないの」

「し、しかし、しかし」

「いいわ。校長先生は、わたしをそれほど好きじゃありませんのね」

「いや。そんなこと、ありません。決してそんなことありません。松原先生。じゃ。入りましょう」

「うまいぞ。うまいぞ」

「しっ。さて校長先生。あなたと松原先生は『芝浦』の、奥の四畳半でさし向かい、さしつさされつ小半刻、頬の染まった松原先生、膝をくずしてタイトのスカート、ちらりちらりと内腿見せて、触れなば落ちんその風情、中庭へだてた離れから、誰が唄うか三さがり」

「チ、トン、チンツ、トン」

「〽おかめ買う奴ァ頭で知れる　油つかずの二枚折」

「さて頃あいを見はからい、じわりじわりと身をすり寄せて、ぐっと握った白魚の、指さきひいて抱き寄せて、胸にしっかとかかえこみ、頬すり寄せた校長が」

「むひ。むひ。むひひひひひひ。松原先生や。わたしゃあ前からあんたのことを」

「アレ何をなさいます校長先生。ご無体な」

「どうしたのケメ子。今よ今よ。おスペおスペ。おスペやらなきゃあ駄目じゃないの」

「さいぜんから、やってんだけどさあ。ど、ど、どうにもならないんだよう」

「勃起しないの」

「もとの大きさのままで固くなっちまやがってさあ。あたいもずいぶん、けったいなチンボコと勝負したけど、こんなのは初めてだねえ」

「さあ久美子。もっと続けて」

「うん。もがく女教師畳へ倒し、今燃えさかる情慾の、奴隷と化してきおい馬、鼻息荒くのしかかり、落花狼藉校長は本気、爺さん疝気でかみなり電気、壁にとび散る皿小鉢、ハーフ・ネルソン体がため、身動きならぬ女教師が、力を抜けば校長は」

「むひ。むひ。むひひひひひ。こうなりゃあもうこっちのもの。うわっ」

「うわっ」

「やった」

「どうしたのっ」

「やっちゃったのよう。校長」

「あら。もう」

「早漏よ。早漏」

「早いわねえ。早すぎるわ」

「わたし、ぶっかけられちゃった」

「洗ってきな。汚いねほんとに。どうしようかねえ久美子。も一回やるかい。初めから」

「世話が焼けるわねえ」

「あらっ。終業のベルよ」

「どうしよう」

「やりかけたんだから、やっちまおうよ。珠江、美樹、あんたたちドアのところで番してな。誰も入ってこないように」

「あいよ」

「おおっ。あ、あ、あのベルは、あのベルは隣の家の防犯ベルだ。強盗だぞ。おいっ。戸閉まりしろ。戸閉まりしろ」

「ああら。いやだわ校長先生。寝呆(ねぼ)けてらっしゃるのね。ここはお宅じゃありませんことよ。ほら、ここは『芝浦』の奥座敷。昨夜からわたしと、泊ってるんじゃありませんか」

「では、ではあのベルは」

「あれは女中部屋の目覚し時計」

「やっ。ではもう朝か。それは大変。妻が眼をさまさぬうちに家へ戻って、ベッドに入っていなくては」

「ご心配なく、校長先生。まだ四時ですわ。ほら、丸窓から見てごらんなさい。きれいな満月、まん丸の」

「おおい。どうしたんだあ。このドア開けろう。何してんだあ。次の授業始まるぞう」

「うるさいわね」

「次の授業の連中よ」

「じゃ、いそいでやっちまわなきゃあ」

「おおっ。い、い、今の男の声は、た、たしかにPTA会長で製鉄会社重役の小野寺の声だ。たた、大変だ。こんなところを見られたら」

「ふふ。校長先生って臆病ねえ。今のはこの料理屋の下男の声よ。ねえ。そんなことよりも、ねえ、ねえ。もう一度。ねえ。昨夜はうまくいかなかったでしょ。だから」

「うん。うん。そうだな。うひ。うひひひひ」

「どうケメ子。具合は」

「うん。今度はなんとか、太軸の万年筆ぐらいにはなりそうだよ」

「ようし。いいぞ」

「久美子。がんばって」

「うん。ようし。それじゃ少しいそごうかな。さて校長が朝立ちの、逸物にょろり出すを見て、あっと驚く松原先生」

「ま、ま、まあ、まあ、まあ。なんてでかいの大きいの。とても相手にできないわ」

「ほ、ほう。わたしのは、そんなに大きいかね」

「大きいのが大きくないのって、そんなすごいもので責められたのではまるで串刺し、内臓が破裂してしまいます」

「しめた。暗示の効果があらわれてきたわ」

「ほんと。どんどん大きくなるわよ」

「久美子。もっとおやり。もっと優越感を持たせるのよ」

「なあに、わたしのは、この程度なんてものじゃあない。どんどん、どんどん、もっと大きくなるんだからね」

「自信がついてきたらしいわ」

「猛りに猛ってドラ息子、一尺二尺と狂い立ち、部屋を横切り丸窓の、障子破って庭へ出て、石燈籠を薙ぎ倒し、松の木根こそぎ押し倒し、ぐっと鎌首持ちあげて、夜空仰いで名月や、ああ名月や名月や、月に立ちたる人類の、偉業とどめしあの場所へ、おれも行きたやいざ行かん、十五夜お月様雲の上、お嫁にほしいと駄駄こねて、天に屹立（きつりつ）月を向く、忠勇無双のドラ息子、歓喜の声に送られて、今ぞ出で立つ父母の星、届かず生きては帰らじと、誓う亀頭に草の露、雲分け行かばひさかたの、光を浴びて、赤黒く、砲身てらてら輝かせ、ここにウルトラ・ポテンシャル、伸び去り行かばたらちねの、親父驚きオーチンチン、息子どこ行く唐傘さして、とめてくれるなお父っつぁん、頭の割れめが泣いている。ここは地球を何百里、離れて遠き満月は、大真空の星の宇宙（そら）、今ぞ目前その月で、おらを待つのはかぐや姫、思えば悲し昨夜まで、真っ先かけて突進と、思ったものの骨がない、海綿体の口惜（くちお）しさ、いつも故郷は待ちぼうけ、田舎の道の叢（くさむら）で、ぐにゃり曲った木の根っこ、だが今朝こそはメガトン級、来たよ来ました月世界、今月今夜のこの月を、ぐさり芋刺し裏まで通しゃ、たらりたらりと流れる血潮、いうまでもなく月のもの、必ず失神させてやる、声あげさせずにおくものか、覚悟はよいかと狙いを定め」

「いざ、ぐっさりと」

「お、お、およし。もう、およしったら」

「あら。どうしたの」

「調子に乗りすぎないで」

「大きくなり過ぎちゃったわ」

「あら。あら。あら。あら」

「おういっ。これはいったい、何ごとだ」

「なんだ。これは何だ」

「早く逃げましょ。校舎が倒れかけてるのよ。ここは三階よっ」

「まだ、どんどん大きくなるわ」

「早く。早く小さくしてっ」

「どうしたの」

「大変よ。ケメ子たちが下敷きよ」

「痛い。痛い。痛い。痛い」

「助けてえ。助けてえ」

「死ぬ。死ぬ」

「校舎の壁をつき破ったぞ」

「誰だだれだ。こんな馬鹿なもの作ったやつは」

「作りものじゃないわ。実物よ。校長先生のよ」

「警察へ電話しなさい。早く」

「あらっ。急に縮みはじめたわ」

「あれっ。どしたのかしら」

「どんどん小さくなっていくわ」

「あれ。あれ。あれ。あれ」

「もとの大きさになっちゃった」

「ああ助かった」

「ああ痛かった」

「久美子。校長先生の催眠術、といてよ」

「うん。さあ校長先生。わたしが一、二の三で手を打ったら、眼を醒ますんですよ。そら、一、二の三」

「あっ。ここはどこですか。わたしはどこにいるんだ。ああそうか。催眠術にかかっていたんですね」

「校長先生。せっかく大きくなったと思ったら、どうして縮んじゃったのよ。満月にまで届いたのじゃなかったんですか」

「はい。満月に届いたとたん、萎縮してしまいました」

「どうして」

「満月ではなくて臨月でした」

君発ちて後

1

夫の築地昭太郎が蒸発してから一週間たった。

「もう、待てないわ」その朝、眼がさめるなり稀夢子(きむこ)はそう思った。昨夜から生理が始まっていた。部屋いっぱいに血の匂いが充満していて、瞬間湯沸器に点火するのがためらわれた。マッチをこすると部屋が大爆発するのではないかと思えた。

顔を洗い、化粧をし、身支度を整えて部屋を出ようとした時、夫の友人の福原がやってきた。

「やあ。築地君、まだ帰りませんか」暗い廊下に立ち、彼は冷やかすような眼つきで稀夢子の顔をじろじろと眺め、そう訊(たず)ねた。

もっとも、この男は常に冷やかすような眼つきをしていた。彼が本気で心配してくれているのかどうか、稀夢子にはわからなかった。おそらく、それほど心配していないのではないかと思えた。夫の蒸発以後、男の心理はますますわからなくなっていた。

「まだですわ」と、彼女はいった。「どうぞ、お入りになって」

「そうですか」うなずいた。「では、ちょっと」部屋に入りかけ、少し考えた。「でも、いいのかな」

「いいんですのよ。どうぞ」

入ったところが約十二畳分の洋間になっている。この木造アパートの中身は、外観よりも数倍よかった。

ソファに腰をおろしながら、福原は鼻をひくひくさせた。稀夢子はうろたえて、窓をぜんぶ開けた。

「どこかへ、お出かけになるところだったんですか」福原は彼女の動きを首で追いながら訊ねた。

「素人探偵がいよいよ行動開始ですわ。昨日までは、留守中に主人が戻ってくるような気がして、どこへも出られなかったんです」

「警察へはやはり、届けないおつもりですか」

「そのつもりですの。交通巡査が嫌いだから、刑事はもっと嫌いに違いありませんわ」

稀夢子は福原にコーヒーを出し、彼の向かいの低い肘掛椅子に腰をおろした。膝上五センチのスカートをはいていたので、小麦色が自慢の太股がだいぶ出た。一瞬彼女の膝に眼を吸い寄せられた福原は、非人間的な努力を試み、ばりばりと大きな音をたててその視線をひっぺがした。

「ほんとに、ご心配をおかけしてしまって、福原さんには」

「奥さんも、たいへんですねえ」彼はそういって足を組んだ。股間の膨らみを隠すためであろうと稀夢子には思えた。そして馬の性器を連想した。

「で、今日はどちらへ」

「主人の会社へ行って見ようかと思いますの。お給料の残りも下さるそうですし」

「そうだ。貯金はあるんですか。失礼なことをうかがうようですが」

この質問はあきらかに興味本位のものだったが、稀夢子は答えた。「ええ。当分は遊んで暮せるほど」

「へえ」福原は意外そうだった。独身の自分でさえ充分遊べるような給料も貰っていないのに、大学の同期生でしかも妻帯者の築地がそんなに多額の貯金をしているということが、どうしても腑に落ちないらしかった。

「ところで」と、彼は稀夢子の顔を見ながらいった。「ぼくにも何か、お手伝いできることがあれば」

「もう、充分助けていただきましたわ」

「あなたがお気の毒だ」鼻息荒く溜息をついた。「見ていられないんですよ」

「うれしいわ。気にかけてくださって」

「築地の奴、しかたのない奴だ」彼はぐいとコーヒーを飲み乾し、立ちあがって窓際に寄り、外を見おろした。

次は、わたしの傍へ寄ってくるつもりなんだわ——と、稀夢子は思った。ちらと見た限りでは、あきらかに福原のズボンは膨れていた。男のひとのズボンというものは、あれはあの部分だけ、強い生地を使ってあるのかしら——そう思った——あとで夫のズボンを調べて見よう。

「築地を責めないでくださいな」と、稀夢子はいった。婦人雑誌の蒸発特集に出ていたせりふを、彼女はすらすらと喋り出した。「あの人には夢があったんです。その夢を実現するためにはきっと、私がいてはいけなかったんですわ。私を愛してくれていたからこそ、冒険することができなかったんですわ。だから蒸発したんです。破滅に、私をまきこみたくなかったのね、きっと。あの人は、無責任に私をつれたままで新しい冒険をやり出すような人じゃなかったんです」

「蒸発した男に、責任感があったといえるでしょうか」

「責任感が強すぎたんだと思います」

「あなたはいいかただ」福原は稀夢子の傍にやってきて、肘掛けに尻(しり)をのせ、彼女の肩に片手を置いた。

ポマードだけはいいものをつけているのね――と、稀夢子は思った。ジョッキー・クラブの麝香(じゃこう)だった。

福原は次に、手を両肩にかけた。指さきが下に、そろそろとおりてきた。

「あなたの力になりたい」と、彼はいった。「力になります」

「心強いわ。とてもうれしいわ」稀夢子は立ちあがった。

福原は力になります、力になりますといいながら台所まで追いかけてきた。

「もう、出かけます」と、稀夢子はいった。

「そうですか」福原は肩を落した。「では、用のある時はいつでも、ぼくの会社へ電話してください」

「ご親切に」

福原が帰ってから十分後に稀夢子もアパートを出た。アパートは山手線の駅に通じる商店街のはずれにあった。稀夢子は商店街をゆっくりと歩いた。八百屋の若者が火炎放射器のような視線を彼女の腰のあたりに向けているのがわかった。彼女は、自分のような美貌と均整のとれたスタイルは、あんな下層階級の青年には高嶺の花に違いないと思った。いつも彼から視線を浴びせかけられた時はそう思う習慣がついていたのだが、今日は特にそう感じた。

国電に乗るのは久しぶりだった。車内は空いていて、腰をおろすことができた。せっかく腰をおろすことができたのに、若い男が車内に少なく、自慢の膝のエキジビションができなくて残念だった。いったいどうしたのと稀夢子は自分に訊ねた――あなた、色情狂になったの。

夫とは二日に一度の性交渉があった。結婚して六年め、稀夢子は三十歳だった。二十六歳ぐらいには見える筈だと稀夢子は思っていた。蒸発前夜も、夫は稀夢子を狭い風呂場で抱いた。もっとも週刊誌の統計によると、たいていの男は蒸発前夜に妻を抱いているということだったが。

わたしが肉体的に夫に満足させていなかったということはあり得ない――稀夢子は確信をもってそう思った。だしぬけに夫が蒸発してから、思いがけなく七日もぶっつづけにひとりで寝たため、からだの調子があきらかに狂っていた。おとといの晩などは膣に蛆がわいたにちがいないと思ってとび起きた。すべての事物が稀夢子の中であっというまにセックスに関係づけられるようになった。色情的生活型という性格類型があって、それは女性に多く、その生活行動の原理はセックスにもとづいているという話を彼女はどこかで読んだおぼえがあった。だがそれは自分にあてはまらない筈だと稀夢子は思った。今まではあきらかに、そうではなかったのだから——。

有楽町(ゆうらくちょう)で国電を降り、日比谷(ひびや)に向かった。夫は協和機器工業の本社に勤めていて、それは日比谷にある十三階建てオフィス・ビルの三、四、五階に事務所を持っていた。ビルの一階にある喫茶店に入り、稀夢子は電話で夫の同僚の佐川を呼び出した。店内は外光をとり入れて明るく、低いテーブルにはマーブルが使ってあり、コーヒーは薄くて音楽の方がおいしかった。音楽はヴォーカルばかりだった。流行歌手になってさえいれば——と、稀夢子は思った。ディーン・マーチンが「エヴリボディ・ラブサムボディ」を歌い終り、次にシナトラ親娘(おやこ)がデュエットで歌い出した。これは近親相姦の歌だわと思っている時、佐川が角縁眼鏡を光らせて入ってきた。

「やあ。このたびはどうも、たいへんなことで。ご心配のことでしょう」

彼は事務的にそういって稀夢子の向かいに腰をおろし、色白の端整な顔で事務的にコーヒーを注文した。事務的な言動を自分で楽しんでいるようだった。

奥さんと愛しあう時も事務的にするのかしら——と、稀夢子は思った——いいえ、そうじゃないわ、こういう人に限ってきっと、ベッドの上ではだらしなくなるんだわ、口をあんぐりと開いて咽喉をぜいぜい鳴らし、咽喉仏をぎくぎく動かし、痩せた肋骨をがくがくと痙攣させ、しゃくりあげむせ返り白眼を剝きひきつけを起し、よだれを垂れ流しながら角縁眼鏡を鼻の下までずり落して……。

「ちょっとオーバーかしら」

「何がオーバーです」

「何んでもありませんのよ」稀夢子はあわててコーヒーを飲み乾した。

この佐川は夫と同じ年に入社したのだが、すでに係長待遇になっていた。社内では切れ者と噂されていると、夫の口から聞いたことがあった。

「あなたが会社で、主人をご覧になった最後のかただとうかがったものですから」

「そうなんです」佐川はうなずいて喋り出した。「あの日の午後三時頃でした。築地君は工場へ行く用があって会社を出たんです」彼は窓越しに、向かいの歩道を指した。

「ここからも見えますが、あそこに都バスの停留所があるでしょう」

「ええ」

「彼はあそこに立って、バスを待っていました。あのバスに乗ると、工場まで乗り換えなしに行けるんです。ぼくの席は三階の窓ぎわですから、彼がバスを待っている姿が見えました。彼は禿頭の中年のサラリーマンらしい紳士といっしょに、並んでバスを待っていました。やがてバスがやってきて止り、すぐ発車しました。彼の姿は消えていました。当然彼は、その禿頭の紳士といっしょに、バスに乗ったものと思われます。でも彼は、工場にはあらわれなかったそうです」

「禿頭の紳士というのは、会社のかたですか」

「いや。会社の人じゃありません。知らない人です。停留所で並んで立っている様子を見たところでは、お互いに知らない者同士としか見えませんでした」彼はあわててつけ加えた。「しかしこれはぼくひとりの観察です。断言はできません」

　話しながらも、佐川は稀夢子を、まるで無機物を眺めるような眼つきで見続けていた。事務的な会話しか、したくないらしかった。この男は、主人とは仲が良くなかったに違いない――稀夢子はそう思った――空想家と事務屋さん、話の合うわけがないではないか。きっとこの男は主人を軽蔑していたのだろう――そう思うと、急に稀夢子はこの男が憎くなった。さっきの空想で、もっともっとおかしな恰好をさせてやればよかったと後悔した。

　彼の返事はわかっていたが、稀夢子はとにかく訊ねてみた。「心あたりがおありになります」

「何の心あたりですか」

「主人が失踪した理由ですわ」

「わかりません」わかりたくもありませんとつけ加えたいような口ぶりだった。「彼は仕事に忠実でした。責任感も持っていました。人間関係も、うまくいっていた筈です。他の会社よりはサラリーもよく、来年は係長になれる筈でした。不満はなかったと思います。少なくとも仕事の上では」意味ありげに、彼はそこで言葉を切った。

彼の眼はこう語っていた——築地君がもし不満を持っていたとすれば、それはあなた以外には考えられません。奥さん、あなたが原因なのでしょう。あなたが彼を困らせたのでしょう。ぼくと比べて彼の出世が遅いのでヒステリーを起し、夜ごと愚痴をこぼして彼を悩ませたのでしょう。収入が少ないと責めたてたのでしょう。夜ごと彼にサービスを要求し、昼間の仕事でくたくたに疲れ切った彼の肉体を飽くことなく貪婪にむさぼったのでしょう。そうでしょう……。

「そうじゃないわ」と、稀夢子は叫んだ。「いつも求めてくるのは彼の方からだったし……」稀夢子はあわてて言葉を切った。

だいぶ大きな声を出したらしく、店中の客があきれて彼女を見ていた。

「何を求めたのです」と、佐川がびっくりして訊ねた。角縁眼鏡の中で、眼球がまん丸になっていた。

「彼は、家庭に不満を持っていたとも思えないんです」稀夢子は蚊の鳴くような声でそういった。

「なるほど。いい家庭、立派な職業――だけど、それがかえって築地君には重荷だったのかも知れませんね」

「あら。そんなことって、あるでしょうか。そんなわがままな……」

「男は本来、わがままなものなのです」と、佐川は大社会評論家のような口調でいった。「家庭と職場を守って無事に一生を送る――それもひとつの人生でしょう。でも、無事に生きてきたというだけでは生きた値打ちがない――そう思う人間も中にはいるのです。男はみな多かれ少なかれそう思っています」

「あら。そうですか」稀夢子はもうどうでもよくなってきて、投げやりにそういった。

夫の行方を探すという目的でここへ来たのだが、いざとなると何もかも面倒だった。男には論理がある、だが女には思考感情しかない――つまり女は感情の中で思考する、だから女の探偵なんてナンセンスだわ――そう思った。面倒になった時はいつも、彼女は自分が女であることを思い出すようにしていた。

――こういう場合、女に出来ることは、ただ夫の帰りを待ち続けることだけなのだろうか。待って、待って、待って、それでもあなたが帰ってこなければ、うずいているこの肉体、わたしいったいどうすればいいの、あきらめきれない、どうにもならない、あきらめきれない、どうにもならない……。

「……あきらめきれない。どうにもならない。あきらめきれない」いつのまにか首を左右に振ってリズムをとり、大きな声でそう歌っている自分に気がつき、稀夢子ははっとわれに返った。

佐川があきれて見ていた。

「おいそがしいところを」と、稀夢子はあわてていった。「お呼び立てしまして、どうも」

「いや。いいんですよ」佐川は立ちあがり、伝票をつかんだ。

「あ。それはわたしが」

「いえ。ぼくが」

「いえ。わたしが」

「いえ。ぼくが」

「いえ。わたしが。あの、わたしまだ、しばらくここに居りますので」

「あ。そうですか。それじゃあ」佐川は伝票を置き、そそくさと出ていった。

稀夢子はあらためて注文したコーヒーをゆっくりと飲みながら、しばらくぼんやりと考えこんでいたが、やがてステレオが男の声で帰りたくないのと歌い出したので腹を立てて店を出た。

ビルの四階の経理課へ行って夫の給料を貰った。三万九千円あった。家を買うつもりだった貯金が八十二万五千円あるから合計八十六万四千円になったわけである。夫は蒸発した時金を数千円じか持っていなかった。稀夢子の読んだ週刊誌の統計では、蒸発した人間の平均所持金は三万円足らずだということだった。

さて、これからどうしたものか——ビルを出てから、稀夢子はちょっと考えた。都バスの車庫へ行き、夫の乗ったバスの車掌を探し出していろいろ訊いてみようかとも思ったが、相手の迷惑そうな顔を思い浮かべて、たちまちその気をなくしてしまった。そんなこと、どうせ下層階級の女車掌のことだもの、憶えていないにきまっているわ——。

ぼんやりと向かいの歩道のバス停を眺めているうち、稀夢子は、夫がバスに乗らなかったのではないかと思いはじめ、それは次第に確信に近くなってきた。バス停のまうしろには、向かい側のビルの入口のガラス・ドアがあった。バスが停車している時に、ガラス・ドアを押して、その十数階建てのビルの中へ入っていったということも考えられる——いいえ、そうに違いないわ、だから、こちら側から見ていた佐川さんには、夫がバスに乗ったように思えたんだわ。車道を横断し、稀夢子は向かい側のビルに入って行こうとした。だが、ガラス・ドアの前でまた面倒臭くなった。

夫が帰ってきてほしいという願望と、探偵をやりたいという衝動とは、ぜんぜん別のものなのだろう——そう思い、彼女は日比谷の映画街へ向かった。ベッド・シーンのありそうな映画は避け、西部劇を見た。マカロニ・ウエスタンで、あまりの残虐シーンの続出に、稀夢子は貧血を起しそうになった。それでも画面に血の色があふれ出すと、眼を見ひらいて眺め続けずにはいられなかった。

2

アパートに戻り、タンポンを入れ替えている時に、やあどうもどうもといってまた福原がやってきた。

ガウンに着換えた稀夢子をじろじろ眺めながら、彼は冷やかすような調子でいった。

「どうです。収穫はありましたか」

「ありませんでした」中へ入りたそうにしているので、稀夢子はドアを大きく開いた。

「お入りください」

「じゃ、お邪魔します」彼はためらわずに部屋へあがりこんできた。

稀夢子は台所へ入った。コーヒーを沸かそうと思ったが、もうなくなってしまっていた。彼女は細身の刺身庖丁をとりあげ、鋭い切先を蛍光灯に近づけてじっと眺めた。もし、また福原が何かしようとしたら、これで彼の咽喉をざっくり開いてやろうかしらと考えた。でも、お魚を半身におろすように、人間の咽喉が半身におりるか知らん、男の人の咽喉には咽喉仏というものが出ているけど、あれは開くことができるのかしらと思った。

「どうぞお構いなく」と、福原が洋間から声をかけた。「すぐ帰りますから」

「でも」

彼女は盆の上にコップふたつと刺身庖丁をのせ、洋間に戻った。福原は肘掛椅子に腰かけていた。稀夢子をソファにすわらせる気でいるらしく思えた。そして頃合いを見はからい、わたしを押し倒す気なのだわ――と、稀夢子は思った――気をつけなくちゃ……。

ソファに掛けた稀夢子が盆を中央の低いテーブルに置くと、福原は咽喉がかわいていたらしく、さっそくコップをとりあげてがぶりとひと口飲んだ。それから飲んだものをゲロゲロとコップに戻し、おどろいて稀夢子を眺めた。

「奥さん。これはコーラじゃないですよ」眼をしばたたいた。「こ、これは醤油です」

「すみません」稀夢子は身をくねらせた。「ちょうどコーラがなかったものですから」

福原は苦笑した。「でも、醤油は飲めませんよ」

「そうですか」

「奥さんが、こんな冗談をお好きとは思いませんでしたな」彼はわざとらしく明るい声を出していった。「それともぼくがお嫌いなんですか」

「まあ」稀夢子も軽く笑った。「そんなこと、ありませんわ」

「奥さん」福原が、だしぬけに真顔に戻った。「今日は少し酔っているんですが、勘弁してください」

「まあ。いいですわね。酔ってらっしゃるなんてうらやましいこと。わたし酔っぱらいは好きですのよ」

「お話があるんです」彼は真顔を崩さなかった。「もう、おわかりになるだろうと思いますが……。酔っぱらってお話ししなけりゃならないようなことなんですから……」

「わかりませんわ」稀夢子は刺身庖丁にちらと眼を走らせてから訊ね返した。「何ですの」

福原は稀夢子のガウンを着た胸のあたりに眼を据え、喋り出した。「ぼくはずっと、築地がうらやましかった。あなたのような美しい方を妻にして、あなたに愛され、幸福で……。しまいにぼくは、そんな彼が憎くてたまらなくなってきたんです」

「まあ。では主人は蒸発したのではなく、実はあなたに殺された……」

「冗談じゃない。早合点しないでください」彼は押しとどめるように両手を前へつき出し、腰を浮かした。「築地君を殺せばあなたが悲しむ。ぼくがあなたを不幸にするようなことを、する筈(はず)はないでしょう」

稀夢子は溜息(ためいき)をついた。「わたしたちは幸福でしたわ。でもあの人には、家庭の幸福などという現実的なことはどうでもよかったんです。あの人はあまりに空想的、わたしはあまりに現実的——だからうまく行かなかったのかもしれませんわね」

「それは違う。男は昔から空想的です。女は昔から現実的です。だから世の中うまく行ってるんです。男の夢を女が現実に引き戻す、だから世の中うまく行ってるんです。一方、男が空想するからこそ新しい発見や発明があり、だから世の中進歩するんです」

「でもわたし、あの人の夢を現実に引き戻したことなんか、いちどもありませんでしたわ。あの人が冒険しようとする時に、もし失敗したらどうするつもりなんて訊ねたこと、一度もなかったわ。あの人に、やりたいようにやってほしかったわ。それでもあの人は行ってしまった。なぜなの。あなたの空想を、わたしが一度でも笑ったことがあって。なかったわよ。ああ。それなのになぜあなたは行ってしまったの。なぜ帰ってこないの。なぜなのよ。どうしてなのよ」いつの間にか稀夢子は福原の顔に眼を据えて難詰していた。「おっしゃって頂戴」

福原はびっくりして、また中腰になった。「そんなこと、ぼくは知りませんよ」

「あら。ごめんなさい」

「家庭の幸福が好きでなかったとすると、築地君はよほど旧式な人間だったんですな」

「まあ。どうして築地が旧式なんです」

「だってそうでしょう。最近の亭主族はみんなマイホーム主義者だ。仕事よりも家庭だ。ぼくだってそうです。ぼくは必ず幸福な家庭を築きあげて見せますよ奥さん」

「でもさっき、あなたおっしゃったじゃないですの。男の空想が世の中を進歩させるんだって」

「それはだから、昔の話なんです」彼は立ちあがり、窓ぎわに寄ってガラス越しに外を眺め、演説をぶち始めた。

「ごらんなさい奥さんこの大都会。マンモス・アパートにマンモス・ビル。トポロジー的なハイウェイ。空には人工衛星。人類文明は今や爛熟状態です。こんな世の中で、男の夢を生かせる場所がどこにありますか。男ひとりで、いったいどんなことができるというのです。何か仕事ができますか。出来ませんできません。仕事は組織がやるのです」

　稀夢子は議論に退屈してきた。これならいっそのこと、彼が言い寄ってきた方がまだましだと思った。

「今は組織の時代です。個人は仕事をやらなくていいのです。家庭サービスさえやっていりゃいいんです。仕事なんか、だんだんなくなって行きます。その証拠に、週五日制がもうすぐ週四日制になります。そのうち仕事は機械がやるようになります。家庭に幸福を見出せないような人間は現代人じゃありません。片輪です。現代の人間は家庭の幸福を守り、子供を生んでいればいいのです」彼は稀夢子をふり返った。「ぼくは奥さんと幸福な家庭を築きたい。奥さん。お願いです。ぼくの子供を身籠ってください」彼は声をうわずらせながら稀夢子の傍にやってきた。

「あら。わたしは夫のある身です」

「そうですか。しかしかまいません。ぼくと結婚してください」彼はソファのうしろに立ち、稀夢子の胸を背後から抱いた。「ああ。以前から、こういう具合にしてあなたを抱きしめたかった」

稀夢子は身を固くしたまま冷たくいった。「あら。そうですの。で、どんな感じがなさる」

「冷蔵庫を抱いてる感じです」

「そうでしょうね。名前がキムコだもの」

「あなたは冷たい方だ。どうしてぼくの気持をわかってくださらないのです」

稀夢子は刺身庖丁の方へ手をのばそうとした。その時、福原が彼女の首すじにキスをした。

稀夢子の肉体は首すじが回路の接点になっていた。彼女はたちまち感電し、あっと叫んでとびあがった。そのはずみに福原はソファの凭(もた)れを越えてクッションの上に倒れ、さらに一回転して床に落ちる途中、腰骨をテーブルの隅にぶつけた。

「いてててててて」

「いけませんわ。およしになって」稀夢子は立ちあがり、福原の恰好(かっこう)のおかしさにくすくす笑いながらそういった。

福原も、痛さに顔をしかめながら笑った。笑いながらいった。「ああ奥さん。あなたはぼくの心臓を擽弄(れきろう)する」彼はおどけついでに床の上で身もだえた。「ぼくは苦しい。ぼくはあなたを抱きしめたい」急に真剣になり、彼は立ちあがって稀夢子に迫ってきた。「ぼくは、ほ、ほ、本気ですよ奥さん」

「お帰りになって」稀夢子は少しきびしい声できっぱりと言った。「もう、いらっしゃらないで」

福原はあわてて、また喜劇タレントに早がわりし、大袈裟に嘆息した。「ああ。あなたのハートの貞操帯には、どんな鍵が合うんですか」

稀夢子は笑いながらドアを開けた。「主人の持っている鍵だけです」

「また来てもいいでしょう」彼はドアを出てからふり返り、懇願するような眼でいった。「ねえ。いいでしょう」

「さようなら」

稀夢子はドアを閉めた。鍵をかけ、寝室に戻り、ベッドに横たわってオナニーを二回した。それからガス風呂に火をつけ、またベッドに戻って裸のまま湯が沸くのを待った。少しうとうととして、夢を見た。すっ裸で公衆便所へ入っている夢だった。しかもその公衆便所の壁はぜんぶ透明のプラスチックだった。道を行く男たちがにやにや笑い、ふり返りながら通り過ぎて行く。彼女は恥ずかしさに、しゃがんだまま両手で顔を覆った。

天井裏で物音がしたため、稀夢子はおどろいて眼を醒した。夫が天井裏にいるのだろうか——そう思った。蒸発した夫たちが、実はそれぞれの家の天井裏にひそんでいる——稀夢子にはそれが、いかにもありそうなことのように思えた——だから、なかなか見つからなかったんだわ。

天井裏へは、押入れの天井板をはねあげれば入って行ける筈だった。ちょうどすっ裸だから、裸のまま入って行こうと彼女は思った。——ほこりやネズミの糞でまっ黒に汚れたとしても、そのまますぐ風呂へとび込めばいいのだから……。

懐中電燈片手に押入れの上段にあがって立ちあがり、隅の天井板を一枚押しあげ、ごそごそと天井裏へ這いあがった稀夢子は、ライトを点けて四方を照らした。天井裏は広かった。この木造アパートのこの階にある部屋のすべての天井裏が間仕切りなしに続いていることを彼女ははじめて知った。

ごそり——と、何ものかが闇に蠢いた。あわてて明りを向けると一瞬光の中に男の姿が浮かびあがった。男はすぐに毛布らしいものを頭からひっ被った。

「あなた」稀夢子は喜びの声をあげた。「あなた。やっぱり、そこにいたのね」

彼女はいそいで懐中電燈を口に銜え、天井板を踏み抜かないように用心しながら梁づたいに四つん這いで彼の傍へ寄っていった。

「ねえ。お願い。帰ってきて頂戴。わたしが悪かったのなら、そう言ってくだされば悪いところは改めます。だから下へおりてきて頂戴」わあわあ泣いた。「ねえ。黙ってないで何とか言って」

稀夢子は彼の毛布をむりやりひっぺがした。

「あ……」

夫ではなかった。

「あなたは、お隣りのご主人」

「許してください」男はおどおどした声でいった。「黙っていてください。わたしは三日前に蒸発したんです。だけど行くところがないのでここにいました」

「でも、お宅の天井裏はもっとあっちの方でしょう」稀夢子はそういった。「ここはわたしの寝室の天井裏」

「わ、わたしは、わたしは」男は口ごもった。

階下の寝室から天井板を通して洩れてくる明りが男の髭づらを照らしていた。

「あら見てたのね」稀夢子は叫んだ。「わたしの寝乱れ姿を。わたしの裸を。わたしの……」稀夢子はまっ赤になった。

「すみません。見ずにはいられなかったので」男は顔を伏せたまま沈痛な声でいった。

「あなたの美しさに、わたしは魅了されたのです。あなたの裸体はあまりにも、あまりにも……」顔をあげた。

稀夢子はあわてて明りを消した。暗がりの中で男の鼻息が急に荒くなった。

「あ、あなたは裸なのですか」はじめて気がついたらしかった。「あなたは今、す、すっ裸ですか。そうですか」

稀夢子はじりじりと後退(あとずさ)った。「そんな大きな声を出すと、お宅の奥さんに聞えるわよ」

「妻は今、外出中です」男はじりじりと稀夢子に迫った。

「奥さん。わたしはこの天井裏で、あなたのその蠱惑(こわく)的な姿態を眺め、上からひそかに、あなたに恋い焦がれていたのです。屋根裏の散歩者の人知れぬ熱烈な恋。ああ、それが何と切なく、またはかなく、そして何と突拍子もないものであるか、あなたにはおわかりでしょうか。でも奥さん。今、あなたはわたしの前にいる。手をのばせば届くほどのすぐ前に。しかも裸で」

男がぴちゃぴちゃと舌なめずりする音さえ聞こえ、そのぬめぬめと光る異様に赤い唇を連想して稀夢子は身をふるわせ、いつか闇の中でにっと笑っていた。もっともそれは、必ずしもひと昔前のミステリイの登場人物が演じた恐怖の身顫(みぶる)いではなく、恐ろしさのあまりの笑顔でもなかった。幾分かは彼女も、この異常なシチュエーションを楽しんでいたのである。

「傍へよらないで。汚ないわ。あなたはけだものよ」

「その通り。わたしはけだものです。天井裏に住む醜いけだものです」

ふたりはいつの間にか、それらしい科白のやりとりを面白がっていた。

「奥さん。どうかけだものに、情けをかけてやってください」

男の掌が稀夢子の内股に触れた。

「ひっ」と、稀夢子が軽く叫んだ。

その悲鳴の中に微妙な割合いで含まれている歓びの感情を敏感に聴きわけた男は、たちまち勇気を得て稀夢子の身体の上にのしかかってきた。足がかりにしていた梁から、ふたりの身体がはみ出した。

天井板が、はげしい音をたてて破れた。

ふたりが墜落したところは風呂場だった。稀夢子はタイルの上に落ちたが、男はプラスチックの風呂蓋をさらに突き破って煮えくり返った熱湯の中へ頭からさかさまにとびこんだ。

「あちちちちち」

「助けて。助けて」稀夢子は風呂場からとび出し、すっ裸の股間からタンポンの糸を垂らしたままアパートの廊下へ駈け出て、声をかぎりにわめいた。「誰か来て。助けてください」

同じ階の住人たちが、仰天してそれぞれの部屋からとび出してきた。あまりの騒ぎに、とうとう一階に住んでいる管理人までがやってきた。彼は風呂場に入り、天井の破れ具合を見て眼を剝き、牙を剝いた。そこへ隣室の主婦が外出から戻ってきた。

騒ぎは夜中の二時まで続いた。

3

翌朝、稀夢子が眼醒めたのは十一時過ぎだった。ドレッサーの前に腰かけてみると、額に小さな瘤ができていた。バンソーコーを貼ろうとしたが、まちがえてドレッサーに貼ってしまった。面倒になり、貼るのをやめた。生理はまだ続いていた。

昨日と同じ服を着てまた出かけた。商店街を抜け、駅前の銀行で預金をぜんぶおろそうとした。

「少し残しておかれた方がいいのでは」

若い銀行員が心配そうな顔で彼女を眺め、そういったので、五千円だけ残して八十二万円出した。ハンドバッグの中にはコンパクトやハンカチや小銭入れや何やかやをいっぱい入れていたので札束が入り切らなかった。札束の入った銀行の封筒を右手に持ち、ハンドバッグを左手に持って歩くことにした。

駅前でタクシーを呼びとめ、日比谷へというと、運転手は稀夢子が乗るなり返事もせずに車をスタートさせた。運転手は稀夢子が何を話しかけても口をきかなかった。上流階級の人間に反感を持っているに違いないと稀夢子は思った。だが、いくら上流階級の人間といっても、女なら別の筈だがと思い、きっと自分が醜男なので美人に反感を持っているのだと思った。カー・ラジオはフリュートでボサノバをやっていた。窓から見あげると、空は晴れていた。稀夢子はにこにこ笑った。協和機器工業のビルの前で車を降りる時も、彼女はにこにこ笑っていた。

夫が立っていたというバス停に、稀夢子は立ってみた。周囲を見まわしたが、禿頭の紳士はどこにもいなかった。バスがやってきたら乗ってみよう――稀夢子はそう思った――女というものは判断力がないが直感が鋭い、だから、もしかすると夫がどこでバスを降りたか、わたしにはわかるかもしれない――。

バスはなかなか来なかった。稀夢子は背後のビルをふり仰いだ。夫は、このビルに入ったのかもしれない――彼女はまた、そう思った。――バスに乗る前に、このビルの中を調べてみようかしら、でも、バスを待っていた方がいいかもしれない——。

バスはなかなか来なかった。

ガラス・ドアを押してビルの中に入ると、右側一列に五台の自動エレベーター、左側には階段があった。向かいの、協和機器工業のあるビルの一階と、よく似ていた。まん中の車道をはさんで、ほぼ対称形をなしているようだった。エレベーターの前で考えこんでいると、中年の頭の禿げた立派な紳士がガラス・ドアから入ってきて、停っているエレベーターに乗った。ドアが閉まる直前に、稀夢子も大いそぎでそのエレベーターにとび乗った。ゴンドラの中には紳士と稀夢子のふたりだけだった。稀夢子は大きく眼を見ひらき、紳士を凝視した。紳士は稀夢子に微笑みかけ、軽く会釈した。稀夢子はにこともせず、紳士を凝視し続けた。

紳士は三階のボタンを押してから稀夢子に訊ねた。

「何階へいらっしゃるんですか」

「三階です」

紳士は怪訝そうに稀夢子を眺め、こころもち肩をすくめた。

ゴンドラが三階で停り、稀夢子は紳士に続いてエレベーターを降りた。

三階にある会社は一社だけらしく、それは『大和計算機工業株式会社』という会社だった。稀夢子は紳士の入っていったドアのガラスに黒いエナメルで揮毫された社名を眺めながら、これは夫の勤めていた会社の商売敵だわと思った。彼女は考えた——ひょっとすると、夫は実はこの会社の社員で、協和機器へ潜入していた産業スパイだったのじゃないかしら、給料が多かったのは、両方の会社からお金を貰っていたからで……。

「いらっしゃいませ」ドアを押しあけて入ると中は広い事務所になっていて、受付のBGが頭をさげた。「どちらさまでいらっしゃいますか」

稀夢子が黙っていると、BGはさらに訊ねた。「あの、ご用件は」

「蒸発について、お伺いしたいのです」稀夢子はきっぱりとそういった。

BGはにこやかに頷いた。「蒸発課はここでございます。どなたのご紹介でいらっしゃいますか」

稀夢子は事務所を見まわし、窓ぎわの席にかけている禿頭の紳士を指さした。

「ああ。千田課長ですね。少少お待ちください」

BGは担当の若い社員の席へ行き、そっと何ごとか耳うちしはじめた。その社員はBGの言葉をぜんぶ聞き終ってから、弾かれたように立ちあがり、愛想笑いを浮かべながら稀夢子に近づいてきた。

「ようこそいらっしゃいました。千田課長のご紹介だそうで。わたしは開発課の馬野です」

「いいお名前です」

「当社では、新しく来られた方には会社の事業についてのご説明や、社内のご案内などをしてさしあげることになっております」

「ご親切に」稀夢子は深く頭をさげた。

「こちらへどうぞ」馬野という社員は稀夢子を廊下へ導きながら喋り続けた。「申すまでもなく当社は、おもて向きは大和計算機工業株式会社ということになっておりますが、実はそれはまっ赤ないつわり、ほんとは『人間蒸発株式会社』でございます。資本金は八十二万五千円ですが、昨日三万九千円増資いたしまして現在は合計八十六万四千円です。正社員は三十名ですが顧問や嘱託が二十六名います」

「お金をとって蒸発させるのですか」

「蒸発希望者からはお金はいただきません。なにしろ蒸発しようという人は、たいてい普段着のままでここへやってきますから、多額のお金は持っておいでじゃございません。中には百円しか持たず、サンダル履きで見える方もあります。いいですか。蒸発志向者にとってだいじなのは、蒸発しようと決心した時のその精神なので、お金ではないのです。所持金や身装り（みなり）にこだわるような人は、蒸発しようなんて考えたりはしません。蒸発に必要なのは意志だけです」彼は軽く頭を下げた。「これはお説教じみたことを。失礼いたしました」

「いいんですの。でもそういうことは週刊誌で読んで知っています」

「左様でございましょうとも」彼は廊下の右手のドアを開けた。「ここは再就職教育室です」

中は教室になっていて、数人の男が料理の講習を受けていた。刺身庖丁（ぼうちょう）を手にした白髪の老婆が鮮魚を半身におろす方法を実演して見せていた。

「蒸発した人は、自身の希望する職種の講習を受けることができるのです。今、板前の授業中です」と、馬野はいった。

「どんな職業でもいいのですか」

「上は事務屋さんや歌手や競馬の騎手（ジョッキー）から、下は八百屋の小僧やタクシーの運転手や、はてはバスの車掌にいたるまで、どんな職業指導でも受けられますし、卒業の際は就職の斡旋（あっせん）もやります。商売を始めたい方には資金もお貸しします」彼はその向かい側のドアをあけた。「ここは証書類偽造室です。にせ身分証明書やインチキの戸籍謄本、でっちあげた履歴書などを作っています。では上の階へどうぞ」馬野は稀夢子を廊下のつきあたりの階段から四階へ案内しながらいった。「この会社は、再就職した人たちの寄附金によって運営されています。寄附金は多額です。ここから再出発した人たちは、いずれも自分が前からやりたく思っていた仕事をやるわけですから、例外なく成功するのです。タンポンの発明者や、今の流行歌手の三分の一はここの卒業生です」

四階は最初の部屋が手術室になっていた。「ここが整形手術室です。新しい顔になって人生を再出発したい人は、ここで他人の顔になるのです。整形美容もします。この部屋からはテレビや映画のニュー・フェイスも何人か巣立ちました。声も変えられます」

手術台では今しもひとりの男が数人の医者から押えつけられ、顔の皮を剝がれているまっ最中だった。

「あの男は、『蒸発人間の顔の他人』というひどい映画を作った男です。彼に笑いものにされた蒸発者たちの怒りが念力となり、彼は自ら蒸発者になってしまいました。今、彼は、自分が映画の題材にした実在の蒸発者と同じ顔になって社会へ復帰しようとしています」

「で、彼の新しい職業は何ですの」

「蒸発者です。それが彼の希望なのだからしかたがありません。そして『帰ってきた蒸発者』という映画に主演するそうです。さあ。こちらへどうぞ」

隣室は広いロビーになっていて、数十人の蒸発者たちが落ちつかぬ様子でうろうろと歩きまわっていた。その中には、あの事務屋の佐川の端整な顔も見られた。彼は白眼を剝き、ぜいぜいあえいでいた。また、他の数人はすっ裸だった。彼らの陰茎はいずれも勃起していた。

彼らの様子をしばらく眺めているうちに、稀夢子はだんだんうすら寒くなってきた。ふと気がつくと、自分もすっ裸になっていた。

「あら。いや」あわてて両手で前を覆いながら、彼女は馬野にいった。「ここには、わたしの主人はいませんわ」

いつの間にか馬のようにながい顔になった馬野が、ひんひんと笑いながらいった。

「ここにいる男たちは、誰ひとり結婚を希望していません」

「そうじゃありませんの。わたし、蒸発した主人を探しているんです」

「何ですと」馬野の顔が、おどろきでさらにながくなり、たちまち彼もすっ裸になってしまった。「じゃあ、あなたは蒸発志願者じゃなかったんですか」

「ええ」稀夢子はなるべく馬野の股間を見ないようにして喋った。その部分がどんな状態になっているか、彼女は知っていた。「きっともう、ここを卒業してしまっているんですわ。お願いですから、彼がどんな名前で、どんな顔になって、どこで何をしているのか教えてください」

「残念ですが、それはお教えできません」

「じゃあ、この会社のことを警察や新聞社へ行って喋り散らすわよ。いいこと」

馬野の顔は狼狽と困惑で、床と天井に届きそうなほどながくなってしまった。

「しかたがありませんな」彼は荒い大きな鼻息とともに肩をすくめた。「では、資料室へ来てください。ご主人のカードをお見せします。そのかわりこの会社のことは絶対に外部へは洩らさないでくださいよ」

馬野はロビーの中を横切って、部屋の隅へ稀夢子を導いた。周囲の男たちが、じろじろと彼女の均整のとれた肉体を眺めた。今や彼らはすべて裸体だった。

わたしはきっと、この男たちすべてにとって高嶺の花なんだわ——稀夢子はそう思った——蒸発者なんて、みんな下層階級の人間なのよ、きっとそうなのよ、そうなのよ、夫だってそうだったわ——。

ロビーの隅には押入れがあった。

馬野に続いて稀夢子も押入れの上段にあがり、そこから天井裏に這いあがった。天井裏が資料室になっていた。両側に数台ずつ並んでいるキャビネットのひとつからファイルを出した馬野は、その中のカードの一枚を抜き取り、稀夢子に見せた。

「これがあなたのご主人の、現在の顔です」

懐中電燈の明りでそのカードを眺めた稀夢子は、カードの右端に貼ってある写真の顔を見ておどろいた。

それは福原の顔だった。

「お乗り、お早く願います」

ヒステリックな女車掌の声に、バス停に佇んでいた稀夢子は一瞬われにかえった。白昼夢に浸っていたため、バスがやってきたのに気がつかなかったのだ。

「すみません。ぼんやりしていて」稀夢子はあわてて都バスに乗り込んだ。

車内は空いていた。乗客は稀夢子を含めて五人だった。稀夢子が女車掌のすぐうしろの席に腰かけるとバスはお濠端を走り出した。女車掌が乗車券を売りに車内をうろつきはじめた。

このバスは夫の乗ったバスと同じバスかも知れないと稀夢子は思った。――そしてこの女車掌がもしかするとその時の女車掌で、さらにもしかすると夫がどこで降りたかを憶えているかも知れない。――訊いてみようかと思ったが、女車掌の仏頂面を見た途端そんなことを訊くのは実に無意味だと彼女は悟った。

　さっきの白昼夢の中で、夫の顔が福原の顔になっていたことを思い出し、あれはわたしの願望だったのだろうかと彼女は考えた。――わたしは福原を好きになりかけているのだろうか、帰って来ない夫よりもむしろ福原を……。――それとも、福原を求めているのはわたしの肉体だけなのだろうか――。

　乗客のひとりが立ちあがり、女車掌に向かって大っぴらにいたずらをはじめた。やがて女車掌が悦(よろこ)びの表情をあらわにして断続的に絶叫しはじめたので、稀夢子はあわててバスを降りた。

　降りたところは銀座だった。稀夢子はあわてたままでデパートに入り、大いそぎで化粧品を買いあさった。デパートのいちばん大きな紙袋に高級化粧品をしこたま詰めこみ、封筒の中にまだ数十万円残っている金を人に見られないようにそっとデパートの屑籠(くずかご)に落し、有楽町へ出て山手線に乗った。

　福原に身体をやろうと決心したため、稀夢子は浮きうきしていた。笑い続けた。笑い続けながら、彼女はいつまでも山手線に乗っていた。山手線は東京の都心部をぐるぐるまわった。稀夢子もぐるぐるまわった。

　日が暮れかかり、退勤時間で国電が混みはじめた。稀夢子は国電を降り、商店街を抜け、アパートへ向かって歩き出した。歩きながら、今夜の福原との行為を想像し、時どき嬉しげにくすくす笑ったり、呻き声の練習をしたりなどした。

　通りすがりに八百屋に寄り、あの若い店員に赤ん坊の腕は売っていないかと訊ねた。若い店員が赤ん坊の腕は置いていないと答えたので、稀夢子はそうなのといって金を出し、キャベツをたくさん持ってくるように頼んだ。アパートへ帰り、服を脱いで裸になり、台所で化粧品をぐつぐつ煮た。

　やがて誰かが入口のブザーを鳴らした。稀夢子はいそいで洋間へ行った。ソファに横たわってからぐいと血まみれのタンポンをひっこ抜き、彼女は大声で叫んだ。「お帰りなさいあなた。鍵はかかってないわよ」

陰悩録

「ひとりで、たのしんだりしては、いけないよ」

ママは、ときどき、ぼくに、そうゆいます。すると、ママは、ぼくが、ときどき、ひとりでたのしんでいることを、しっているのでしょーか。ぼくが、おふろの中で、いつも、ひとりで、たのしんでいることを。

でも、あれだけは、やめられません。

だって、あれは、とても、きもちがいい。

あんな、すばらしいことは、ほかにない。

だから、ぼくは、いつも、いちばんさいごに、おふろに入ります。

いちばんさいごといっても、ぼくのいえには、ぼくとママの、ふたりだけです。

だからぼくは、ママが出たあとで、おふろに入るのです。そして、ひとりで、たのしむのです。

まず、からだを、あらいます。

そして、おゆに入って、よくあたたまります。

ぼくが、おゆに入れば、もー、だれも、おゆに入るひとは、いません。だからぼくは、よくあたたまったあとで、おゆの、せんを、ぬくのです。

おゆに入ったままで、せんを、ぬくのです。

そのときです。ぼくが、きもちのいいことをするのは。

せんをぬいた、あなの上に、ぼくは、おしりのあなを、あてるのです。

ああ。それは、なんと、きもちのいいことでしょー。

タイルのおふろは、とても大きくて、おゆは、ぼくの、くびのあたりまで、たっぷりある。だから、あなが、おゆを、すいこむ力はものすごい。

その、あなの上に、おしりのあなを、あてていますと、まるで、からだの中のものが、ぜんぶ、おしりのあなから、すいとられてしまいそーな、きもちになる。おしりのあながむずがゆく、それはもー、まったく、からだぜんたい、そして、あたまのしんまで、じーんと、しびれてしまうほど、いいきもちなのです。ほかの、どんなことよりも、いいきもちなのです。

こんないいことが、どうしてやめられるでしょーか。だからぼくは、ママのいいつけにそむき、まいばん、おふろの中で、こっそりと、それをやるのです。

こんやも、ママが、おふろから出てきて、ぼくに、ゆいました。「さあ。おふろに、お入りなさい。出るときは、いつものよーに、せんを、ぬくのですよ」

ぼくは、すこしあかくなりました。そして、うつむきました。

おふろから、出たばかりのママは、とてもきれいだ。はだが、ももいろに、ひかっているし、いいにおいがするのだ。ぼくのママは、にほんいち、せかいいち、きれいなママだ。

ぼくがあかくなっているのを見て、ママは、にっこりわらいました。そして、ぼくの耳もとで、ひくいこえでゆいました。「ひとりで、たのしんじゃ、だめよ」

ぼくは、いつものよーに、いったいママがなぜ、そんなことをゆーのか、なんのことをゆっているのか、さっぱり、わかりませんとゆー、かおつきと、そぶりをしました。

それからぼくは、ひとりで、おゆに入りました。いっかい、おゆに、つかってから、いっかい、おゆを出て、からだをあらって、もーいっかい、おゆにつかりました。

それから、せんを、ぬきました。

せんは、おふろのそこの、ちょーど、まんなかにあります。だから、とても、おしりのあなが、あてやすい。

おしりのあなを、あなの上にちかづけます。

ゴーといって、あなが、おゆを、すいこんでいきます。すごい、力です。だから、あんまり、おしりを、あなにちかづけると、おしりが、あなに、すいついてしまって、あなは、おゆを、すいこまなくなります。そーなってしまうと、ちっとも、いいきもちではありませんから、やっぱり、おしりは、少しだけ、あなから、はなしておいた方がいいのです。その、かげんが、なかなかむずかしい。

少しだけ、はなしておくと、おしりが、あなに、すいつきそーになります。それを、むりに、少しだけ、はなしておくと、おしりのあなから、からだの中のものが、出て行きそーなかんじがします。おしりのあなが、むずむずして、とても、いいきもちです。

あんまり、いいきもちだったので、ぼくはまた、いつものように、少し、ぼーっとしてきました。

すると、そのときです。

とつぜん、いつもにないことが、おこったのです。

おしりのあなの、少しまえのところに、きんのたまの、ふたつ入っている、ふくろが、ぶらんと、ぶらさがっています。

あの、ふくろが、いきなり、あなの中へ、すいこまれてしまったのです。

あっ、と思う、ひまもない、できごとでした。ぼくは、あわてて、ふくろを、あなから、ひっこぬこーとしました。

「ぎゃっ」と、ぼくは、さけびました。

とても、いたかったのです。

なぜ、いたかったかとゆーと、きんのたまが、あなにつっかえて、出てこなかったからです。それは、ひどい、いたさでした。

きんのたまから、またの、うちがわのところへ、のびている、おなかの中の、すじが、きゅーっと、いたみました。それは、あたまのうしろが、がーんといって、なるくらいのいたさだったのです。

ぼくは、しばらく、うなっていました。

やがて、いたみが、おさまりましたので、ぼくは、かんがえました。なぜ、きんのたまが、あなにつっかえて、出てこないのだろーか、と。

だって、きんのたまは、あなの中へ、いちど、入ったのです。いちど入ったものが、なぜ出てこないのでしょーか。あなの大きさも、たまの大きさも、さっきと、かわりないはずです。それなのに、なぜきんのたまは、あなの中に入ることができて、出てくることができないのでしょーか。そんなことって、あるでしょーか。

こんどは、ゆっくりと、きんのたまを、あなから、ぬこーとしました。だけど、やっぱり、つっかえて、出てきません。なんどやっても、だめです。

そのうちに、やっと、なぜ出てこないのかが、わかってきました。

きんのたまは、ふたつあります。

あなに、すいこまれるときは、あなにちかい方の、きんのたまから、じゅんじゅんにひとつずつ、すいこまれたのです。だから、ふたつとも、入ってしまったのです。

でも、入ってしまえば、きんのたまは、ふくろの中で、だらりと、ふたつならんで、ぶらさがっています。だから、ひっこぬこーとしても、いっぺんに、ふたつは、出られませんから、つっかえるのです。だから、いたいのです。

それが、わかったからといって、ぼくにはどーすることも、できませんでした。もんだいは、どーやって、きんのたまの入った、ふくろを、おふろのあなから、出すかとゆーことなのです。

ふくろの、つけねが、あなの入口に、ぴったりと、すいついているため、おふろの、おゆは、ちっとも、へらなくなりました。だけど、へらない方が、いいのです。おゆがどんどんへれば、おふろから出られないぼくは、はだかですから、たちまち、かぜをひいてしまいます。

大ごえで、ママを、よびましょーか。

いや。いけません。そんなことをしては、いけない。

ママをよんだりすれば、ぼくが、おゆに入ったまま、せんをぬいたことが、わかってしまいます。ひとりで、いいことを、していたことが、バレます。そーなると、どんなに、しかられるか、わかりません。

ママは、やさしいときは、やさしいのです。でも、おこると、とてもこわい。ぼくが、ひとりで、いいことをしていたとしったら、ママは、きちがいみたいになって、おこるに、きまっているのです。

なんとかして、ひとりで、ぬかなければならない。

だって、ママがきてくれても、どーせ、なんにも、できないに、きまっているからです。なぜかとゆーと、ママは女です。女には、きんのたまも、ふくろも、ありません。あながあるだけです。だから、どーやったら、きんのたまが、あなから出るか、そんなこと、しっているはずが、ありません。

おいしゃさんを、よんでくれるでしょーか。でも、おいしゃさんだって、きんのたまを、小さくする方ほーなんて、しらないとおもいます。

あるいは、おふろやさんか、だいくさんを、つれてくるかもしれません。でも、それなら、このおふろを、いっかい、ばらばらに、こわしてしまわなければ、ならないのです。しかし、タイルをはがして、バラバラにしても、ふくろのつけねには、まだ、あなの入口についている、きんぞくの、わが、くっついています。こんどは、それを、やすりで、きらなければならない。

なんて、めんどうなことに、なってしまったのでしょー。

やっぱり、ひとりで、なんとかして、ぬかなければならない。おおぜい、人をよんだりすれば、みんな、ぼくを見てわらいますから、あとで、ごきんじょの人たちに、あわせるかおがない。そんな、はずかしいことは、ぜったいに、いやです。

ああ。ああ。ああ。

なんとゆー、とんでもないことに、なってしまったのだろーか。

いつもは、こんなことに、ならないのに、なぜ、今日にかぎって、こんな、ひどいことに、なってしまったのだろーか。

いつもより、ながいあいだ、いつもより、あついおゆに、つかっていたため、ふくろが、きんのたまのおもみで、だらりと、ながくのびてしまい、そのため、あなに、入りやすくなっていたのだろーか。どーも、そうのよーです。

ふつう、おゆをながす、あなの入口には、十文じのハリガネがついていて、大きなゴミが下水にながれて、下水どーがつまったり、しないよーになっています。ところが、どうゆーわけか、ぼくのいえの、このおふろのあなの入口には、その十文じのハリガネが、ついていなかったのです。もしあったなら、こんなことには、ならなかったでしょー。なぜかとゆーと、きんのたまが、そのハリガネに、ひっかかるからです。

このおふろをつくった、だいくさんは、まさか、きんのたまが、すいこまれるとは、おもわなかったので、十文じのハリガネのついていない、きんぞくの、わを、あなの入口につけたのだとおもいます。そして、そのだいくさんはきっと、あなの上に、おしりのあなをあてるたのしみなど、まったくしらない、かわいそうな、かわいそうな、だいくさんです。

いや。そんなことは、どうでもいいのです。なんとかして、きんのたまを、あなから出さなければなりません。

ぼくは、けんめいに、かんがえつづけました。

ふと、きがつくと、おゆが、さっきよりも、ふえているよーです。

さっきは、かた、すれすれのところまであったのですが、今、きがついて、よく見ると、おゆは、ぼくの、あごをひたしているのです。だからやっぱり、おゆはふえている。

たいへんです。

このままだと、ぼくは、おぼれて、しんでしまいます。

おゆが、どんどんふえ、口や、はなから、ながれこんできたら、もー、おしまいです。いきができず、おゆをすいこんで、げほげほとむせて、また、おゆをすいこんで、しんでしまうのです。

立ちあがろうとしたって、きんのたまが、あなに、ひっかかっています。どうしよーも、ありません。

おふろの、ふちは、ぼくの、目のたかさにあります。だから、おゆが、あふれるまえに、ぼくは、おぼれてしぬのです。

と、いっても、ぼくのいえのおふろは、よそのいえのおふろとくらべて、そんなに、そこがふかいとゆーわけでは、ありません、これは、ぼくが、おふろのそこに、おしりを、ぺたんとくっつけて、すわっているため、おふろのふちが、ぼくの目のたかさにまで、きているのです。

では、なぜ、おふろのおゆが、ふえてきたか。

それは、すいどーの水が、ちょろちょろと、出つづけているためです。しかも、すいどーには、手がとどかないのです。

むりに、手をのばすと、きんのたまが、あなにしめつけられて、きゅーと、いたくなります。ものすごい、いたさですから、ぼくは、目をまわしそーに、なってしまいます。

だから、すいどーのせんをひねって、水をとめることも、できないのです。

いたいのを、がまんして、手をのばしますと、あと、一センチほどで、すいどーの、せんに、とどきそーです。でも、それいじょう、手をのばすと、きんのたまから、またの、うちがわへ、のびている、すじが、きりきりきりと、いたくなり、あたまがしびれます。むりに、すいどーのせんを、つかんだなら、ぼくは、きんのたまのいたさで、しんでしまうことでしょー。

ああ。どちらにしろ、ぼくは、しぬうんめいに、あるのだろーか。

おふろの、大きいのが、うらめしい。

大きなおふろがだいすきで、だから、だいくさんに、大きなおふろをつくってもらった、ママが、うらめしい。

おぼれてしぬのは、きっと、くるしいことでしょー。でも、だからといって、きんのたまを、あなにしめつけて、つぶしてしまうのは、いやです。いたいに、きまっているし、きっとそれは、今までに、あじわったこともない、ひどい、いたさでしょー。

そんな、いたいめにあって、しぬのは、いやだ。

おふろの中で、あなに、きんのたまをつっこんで、おゆにおぼれてしぬなんて、これいじょー、へんなしにかたは、ありません。みんなにわらわれます。

そんなしにかたは、いやだ。

そのうち、ぼくは、おゆの中で、りょう足を、ぐっとふんばって、せなかを、まっすぐにすると、ふくろのつけねと、あなとのあいだに、すきまができて、おゆが、ほんの少しだけ、ごおーっと、ながれていくことに、きがつきました。でも、それだって、おゆをすいこむ力が、つよいために、すぐに、ふくろのつけねが、あなにすいつき、ぼくはまた、おしりを、ぺたんと、おろしてしまうのです。そうすると、また、おゆは、ながれなくなってしまう。

また、りょう足をふんばると、おゆが、ごおーっと、ながれる。でも、すぐに、おしりをひっぱられて、ぺたんと、すわってしまう。

ごおーっ。ぺたん。ごおーっ。ぺたん。

これを、なんかいか、くりかえしているうちに、ぼくはへとへとに、つかれてしまいました。りょう足が、くたくたです。

でも、おかげさまで、おゆは、だいぶ、へったよーです。

ぼくは少し、あんしんしました。また、おゆがふえてきたら、また少しだけ、おゆをながせば、いいのです。

でも、いつまでも、そんなことをしてはいられません。そんなことをしているうちには、おゆが、だんだんぬるくなり、しまいには水になります。そうなれば、ぼくは、かぜをひきます。今は、ふゆですから、はいえんになって、しんでしまうかもしれません。

とにかく、きんのたまの入ったふくろを、早くとり出さなければなりません。でも、どーしていいか、わからない。

とつぜん、ふくろの、いちばん下が、なにか、ぬるりとしたものに、さわりました。

ぼくは、ぎょっと、しました。

だらりと、ぶらさがっている、ふくろが、きんのたまのおもみで、だんだんのびて、下水どーのそこの、ぬるぬるした、水の中にはえている、コケのよーなものに、とどいたのでしょーか。きたない、みどり色をした、あの、きみのわるい、ミズゴケに、さわっているのでしょーか。いや。ちがう。ちがうぞっ。

わー。きもちがわるい。

どうも、ミズゴケでは、なさそうです。

なぜなら、それは、ゆっくりとうごいているからです。

ぬるぬると、ふくろを、なめまわしながら、きんのたまに、からみつき、しだい、しだいに、上の方へ、ふくろの、つけねの方へと、のぼってくるではありませんか。

あっ。わかりました。

これは、ミミズです。

わあ。たすけてくれ。

ぼくはおもわず、おゆの中で、こしを、うかしました。

そのとたん、ぼくは、ぎゃー、と、さけびました。

また、きんのたまを、おもいっきり、ぎゅーと、しめつけてしまったのです。きんのたまの、さかさ首つりです。目のまえが、まっくらになりました。

なんだって、こんなくるしみを、あじわわなければならないのか。なんのために、こんな、きんのたま、などとゆーものが、あるのでしょーか。いったい、かみさまは、なんだって、人げんの男に、こんな、きんのたまなどとゆー、ぶさいくな、いやらしい、くるしいものを、あたえたもーたのか。

ああ、きんたまよ。きんたまよ。

いったいお前は、どこからきたか。

くるしみのせかいから、やってきたのか。

ああ。きんたまよ。きんのたまよ。

ねがわくば、きえてしまえ。おねがいだから、すぐに、なくなってください。

そんなことを、かんがえながら、うー、うー、うーと、しばらく、うめきつづけているうちに、やがて、いたみが、うすらいできました。

そーです。下水どーには、ミミズがいたのです。

ぼくは今、やっとそれを、おもい出したのです。

いぜん、ママといっしょに、りょこーに、出かけたことがあります。そのとき、おふろのせんを、ぬいたまま、出かけたのです。

りょこーから、かえってきて、おふろのふたを、あけて見ますと、なんと、おどろいたことには、からっぽの、おふろの中に、なん十ぴき、なん百ぴきの、ももいろをした、ながいながいミミズが、うようよと、うごいていたのです。

「ぎゃあっ」

ながいものの、だいきらいなママが、きぜつしました。

あのときのことを、ぼくは、今、おもい出したのです。

すると今、ミミズは、あの、ももいろをした、なん十ぴき、なん百ぴきのミミズは、ぼくのきんたまの、ふくろにまきついて、うようよと、うごめいているのだろーか。

ぼくの、ふくろを、しめつけ、なめまわしているのだろーか。

あまりの、おそろしさ、きみわるさに、ぼくは、ぞっとしました。

すると、また、きんのたまが、きゅーっと、いたみ出したのです。なぜでしょーか。じっとしているのに、きんのたまが、あなにしめつけられて、きゅーっと、いたむのです。

ああ、わかりました。

きんのたまは、こわいときには、おなかの中へ、入ってしまおーとします。

今も、きんのたまは、こわいために、あがろーとしているのです。だから、あなに、しめつけられるのです。

また、目のまえが、くらくなってきました。

それだけでは、ありません。

ぼくは、下水どーの中に、ミミズよりも、もっといやな、もっとおそろしい、どーぶつがいることに、きがついたのです。

ネズミです。

まるまると、ふとって、目を、あかくした、きばのある、はのとがった、ドブネズミ。あのドブネズミが、ぼくのいえの、下水どーにだって、いたはずです。あいつが、やってきて、下水どーの、あなの入口をふさいでいる、まるい、ふたつの、きんのたまの入った、ふくろを、もし見つけら、どーなるか。

きっと、たべものだとおもうでしょー。

だって、あれは、ぐにゃぐにゃしていて、あたたかいからです。

じっさい、あれは、たべてみれば、おいしいものなのかもしれない。ドブネズミなら、おいしがって、たべるかもしれない。

あの、白い、とがった、はで、がりがりっと、かじるかもしれない。

もし、かじられたら、それはもー、たいへんです。たいへんな、いたさに、ちがいないのだ。それに、ネズミの、はの、どくで、ぼくは、しんでしまいます。

きのせいか、おしりの下で、ごそごそとゆー、ものおとがします。

いや、きのせいではありません。あれは、けむくじゃらの、まるまるとふとった、いやらしいどーぶつが走っているおとです。今ではもー、はっきりと、聞こえます。わーっ、と、さけび出しそうになるのをこらえて、ぼくは、手で、おふろのそこを、どんどんと、たたきました。

ものおとは、しなくなりました。

でも、また、すぐに、ごそごそとゆーおとが、はじまります。

ぼくは、また、手で、おふろのそこを、どんどんと、たたきました。

ごそごそとゆー、ものおとは、こんどは、ほんの少し、ぴたりと、とまっただけで、またすぐに、はじまりました。ドブネズミとゆーどーぶつは、ずーずーしくて、あつかましい。だから、おどかしても、すぐに、なれてしまうのです。そのうちに、いくら、どんどんと、そこをたたいていても、へいきで、きんのたまのふくろに、かぶりつくことでしょー。

がぶりと、かぶりつかれたら、どれだけ、いたいことか。かんがえただけで、ぼくはもー、きがちがいそーに、なってしまいました。

そのとき、なにか、とがった、やわらかい、つめたいものが、きんのたまの、ふくろを、おしました。

きっと、ドブネズミの、とがった、はなさきです。

もう、がまんできません。

いくら、ママにしかられよーが、ごきんじょの人たちに、わらわれよーが、ドブネズミに、きんのたまをかじられて、しぬよりは、ずっとましです。

ぼくは、こえをかぎりに、さけびました。

「たすけてー。たすけてー。ママーっ」

ぼくの大ごえにおどろいて、ネグリジェすがたのママが、おふろに、かけこんできました。「ど、ど、どーしたのっ」

「ねえっ。ぬけないよっ。なんとかしてよーっ。たすけてよーっ」

「なにが、ぬけないのっ」

「ふくろだよーっ。きんのたまの入った、ふくろが、あなに入っちゃって、ぬけないんだよーっ」ぼくは、おいおいと、なきだしました。「もー、ぜったいに、ひとりで、いいことなんか、しないから、たすけてよーっ」

ママは、ぼくのありさまを見て、こしをぬかすほど、おどろきました。「まあーっ。たいへんだわ。どーしましょー」

「どーにか、してよーっ。おーいおい。おーいおいおい」

「わたしじゃ、どーにもできないわ。おとなりの、おじさん、よんでくるからね。がまんして、まっているのよ」

ママは、そーゆって、おとなりのおじさんを、よびに、ネグリジェのまま、いえをかけ出て行きました。

おとなりの、おじさんとゆーのは、ママとおないどしの、どくしんの、男のひとです。

ぼくは、このおじさんは、大きらいです。なぜかとゆーと、ときどき、よなかに、いえへやってきて、ママに、はなしがあるといって、ぼくを、しんしつから、ろーかへ、おい出してしまうからです。

ろーかは、さむいので、ぼくが、早くしんしつへかえってくると、おじさんは、ママといっしょのベッドで、はだかになって、ねています。そして、ぼくをにらみつけて、どなるのです。

あれはきっと、いいことを、しているに、ちがいありません。ときどき、ママが、ぼくに、してくれる、あの、いいことを、きっとふたりで、しているのです。

だからぼくは、おとなりのおじさんは、きらいです。

でも今は、そんなことをいってはいられません。ドブネズミに、きんのたまを、たべられるか、たべられないかの、せとぎわです。

ぐい、ぐい。

何かが、ふくろの、かわをつまんで、ひいています。きっと、ドブネズミが、くわえているのです。

「わー」あまりの、おそろしさに、ぼくはとーとー、おふろのおゆの中に、おもらしをしました。

そこへ、ママが、おとなりの、おじさんをつれて、もどってきました。

「いちど、ゆを、ぜんぶ、出さなきゃー」

おじさんは、そーゆって、めいわくそーなかおをしながら、おけで、おゆを、出しはじめました。おじさんが、きたないと、おもうといけませんから、おもらしを、したことは、ゆいませんでした。

おふろは、大きいので、おゆは、なかなかへりません。ママも、おゆを、かい出す、てつだいを、しました。

「ちぇっ」と、おとなりのおじさんが、したうちをして、ゆいました。「せわのやける、ばかだ。なんてーざまだい。四十づら、さげて」

「だって、しかたがないよ」と、ママがゆいました。「せいしんねんれいは、九さいなんだから」

「どうして、こんなばかと、いっしょに、くらすきになったのか、さっぱり、わからん」と、おとなりの、おじさんが、ゆいました。これは、おじさんの、口ぐせです。

ママが、へんじをしました。「だって、ばく大な、おやの、いさんを、そーぞくしてるんだもん」

「ふん。かねが、目あてか」

「そーさ。かねさえありゃー、いくらでも、あそべるじゃーないか。だって、こいつは、ばかなんだものねー」

やっと、おゆが、ぼくのこしのあたりまで、へりました。おとなりの、おじさんは、ズボンを、まくりあげて、おゆに入り、ぼくの、ふくろのつけねを、ぐいと、つかみました。

「いたいよー」

ぼくが、さけびますと、おじさんは、こわい目でぼくをにらみました。

「ぎゃーぎゃー、さわぐな。ばか」

おじさんは、まず、ぼくの、ふくろの、右がわのつけねを、ぐっと、下へひっぱるよーにして、ふくろのかわを、のばしました。それから、それとどーじに、左がわの、ふくろのつけねを、つまんで、上へ、ひっぱりあげました。すると、左がわの、きんのたまが、あなから、出てきました。つづいて、右がわの、きんのたまも、あなから出てきました。

ああ。どうしてこれに、きがつかなかったのだろーか。どうして、入ったときとおなじよーに、ひとつずつ、出すことに、おもいつかなかったのだろーか。ママや、おじさんの、ゆーよーに、ぼくは、やっぱり、ばかなんだなー。

「とれた。とれた。とれたよー」ぼくは、うれしくて、たまりませんでした。さっそく、立ちあがりました。

するとおとなりのおじさんは、ぎょっとしたよーなかおで、ぼくの、おちんちんを、見つめました。

ふくろの、つけねを、いじりまわされていたため、ぼくのちんぽこは、ものすごく、大きくなっていたのです。

「ばけものだ」おとなりのおじさんが、あきれて、そう、つぶやきました。なぜか、ひどく、きずついたようなかおを、していました。

それから、うなだれて、そっと、ママに、ゆいました。「あんたが、なぜ、このばかと、わかれるきにならないのか、これで、わかったよ」

なぜでしょう。おとなりのおじさんが、そうゆーと、ママは、まっかになって、うつむいてしまったのです。

おとなりのおじさんは、しょんぼりして、かえって行きました。どーしてあんなに、がっかりしているのか、ぼくにはわからない。

それから、ぼくは、ママに、からだをふいてもらって、しんしつへ行きました。ママはなぜか、とても、しんせつでした。

ベッドで、ねていますと、ママが、すぐにぼくのよこへ、入ってきて、ゆいました。

「ねーあんた。ねーあんた。ねーあんた」

ママは、そうゆいながら、ぼくのちんぽこを、さわりました。ぼくのちんぽこは、もーちいさくなっていました。

「もー、うわき、しないからさー。あの男もー、おそらく、こないしさー。だから、さっきみたいに、大きくおなりよ」

ぼくは、こたえました。「さっきは、おじさんに、ふくろを、いじりまわされたから、大きくなったんだよ。だから、もーいちど、ふくろを、いじってくれたら、きっと、大きくなるよ」

ママは、つくづく、ぼくのかおをながめて、ゆいました。「まー、またへんなくせを、おぼえたんだねー。そんな、へんなくせが、ついちゃいけないから、こらしめてあげるわ」

そしてママは、とつぜん、ぼくの、ふたつのきんのたまを、力まかせに、にぎりしめました。

ぼくは、目をまわしました。

睡魔の夏

「高畑君。ちょっと」と、課長がデスクからおれを手招きした。「ちょっと、来てくれたまえ」

あの、ちょっと、というやつが、くせものなのである。おれは溜息をついた。どうせまた、新しい仕事を命じられるに決っていたからだ。しかもおれは、これでもう、三十二時間も、ぶっ通しに仕事をしているのである。おれはしかたなく、おそるおそる課長の前へ行き、頭を下げた。「はい。何でしょう、課長」

課長は、じろりと横眼でおれの様子を観察してから、こともなげな口調でいった。

「新しい仕事だ。君がやってくれ。いっとくが、こいつはすごく急を要するのでな。今やってる仕事が片づき次第、すぐにかかってほしいんだ」

いい終るなり彼は、書類一式をぽんとデスクの上に抛り出した。うむをいわさぬ調子だった。

しかし、これ以上仕事を続けたのでは、からだが参ってしまう。おれは、口ごもりながらいった。「はあ、あの、し、しかし」

「なんだね」課長はまた、じろりと横眼でおれを睨みつけた。「いいたまえ。しかし、なんだね」

くそっ。なんだってまた、この課長に、にくまれてしまったんだろう。ほかの課員が、多少仕事を怠けても見て見ぬふりをするこの課長が、なんだってまた、このおれだけを、しつっこく、いじめやがるんだ。

おれは、ひや汗を流しながら答えた。「はい。あの、わたしはあの、これであの、三十二時間、ぶっ続けに仕事を」

「だから、どうだっていうんだ」課長は、口もとに歪んだ笑いを浮かべながら訊ねた。「ぶっ続けに仕事を続けて、もう仕事を続けるのが、いやになったのかね。いってお
くがね、君、仕事を続けるのがいやになったということは、会社をやめたくなったということなんだよ、君。君は会社をやめたいのかね」

「いえいえ。決して決して。決してそういうわけでは」おれははげしくかぶりを振った。

「ただ、ほんの少しだけ、その」

課長は、びっくりしたような顔を、わざと作っておれに向けた。「ええっ。ほんの少しだけ、なんだっていうんだね」

おれが答えられないことを知っていながら、課長はさらに意地悪く詰問した。「ほんの少しだけ、なんだね」

ほんの少しだけ、休憩させてくれ、なんてことが、いえるものか。とても、口に出していえることじゃない。おれはもじもじした。

「おい。君はまさか、その」課長は、おれの顔を、眼を丸くして眺めたまま、ほんの少し顔を赤くしていった。「君はまさか、ほんの少しだけ、そのう、何か、させてくれっていうんじゃ、ないだろうね」

「いいえ。めっそうな」

「そうかい。そりゃよかった。そうだろうとも。では、ほんの少しだけ、なんだね」

おれはうなだれた。「いいえ。なんでもないんです。もう、いいんです」

「そうか。よろしい」課長は鷹揚（おうよう）にうなずいて、にやりと笑った。「じゃ、仕事を続けなさい」

おれはあきらめて、書類を受けとり、自分のデスクへ戻った。

仕事をはじめようとした。しかし、もう、ふらふらである。頭がまわらない。このままでは、ぶっ倒れてしまう。帳簿の数字さえ、ぼやけて読めないのだ。もう、どうにでもなれ。おれはそう思い、仕事にかこつけて外出した。こうなれば、こっそりサボタージュするより他に方法はない。

いったい、いつからこんなことになってしまったのだろう。

町を歩いて行くどの人間も、あの顔も、この顔も、男も、女も、まるで「わたくしは、スイミンなどという下品なことは、一度もしたことがございません」とでもいいたげな、涼しい顔をして歩いているのだ。

人間に不可欠の、スイミンするという行為が、なぜ、タブーになってしまったのか。ネムることが、なぜそんなにはずかしい行為なのだろう。どうしてそんなに、隠さなければならないのだろう。

ひとりの中年女が、じろり、と、おれの顔を横眼で睨んで、すれ違って行った。どうやら、スイミンしたい気持が、顔にあらわれていたらしい。われ知らず、おれは赤くなってしまった。

その時、街かどを曲って、ひとりの少女がこっちへやってきた。

まっ白のワンピースを着た、十六、七歳と思える、可愛い女の子である。プロポーションも抜群だった。たちまちおれは、欲情した。どうも、男というものは、睡眠不足の時ほど欲情するようである。

おれは、さっそく、彼女に、にっこりと微笑みかけた。彼女も頬に笑くぼを作って、おれに笑い返した。少女マンガから出てきたような可愛らしさである。

おれは彼女の前に立ち、誘いかけた。「セックスしましょう。ぼくは今、勃起している」

「あら、そう」少女はおれの様子を、見あげ見おろしてから、こっくりとうなずいた。「いいわ。セックスしましょ。あなたは、いい人みたいだから」

おれはすぐ、彼女の肩を抱き、大通りに面した小綺麗なセックス・ルームへ入った。ここのようなセックス・ルームは、昔あったティー・ルームと同じで、にぎやかな町の大通りには四、五軒に一軒の割合いで建っているのだ。

部屋は小さいが、ベッドは豪華で、クッションもいいものを使っている。

さっそくおれは、名も知らぬその少女と、裸になって抱きあい、セックスをした。その過程を、ながながと述べるのはやめておく。読者諸君など、そういったことは、もう食傷気味であろう。もちろん、おれだって食傷気味だ。

たとえば、飯なら一日に三度、たいていの人間が食っている。その飯を食う過程をながながと描写し、いかにその飯がうまかったかということを形容詞をフルに使って書いたとしても、これはもう、読者が退屈するに決っているのである。セックスに関しても、それと同じである。

ここではただ、この少女の味が、他の女たちにくらべて格別よかったことを報告するにとどめておく。

味がよかったものだから、つい夢中になって彼女をむさぼり、その結果、当然のことながら、おれはもう、へとへとになってしまった。汗びっしょりだが、部屋の隅についているシャワー・ルーム（ビデ・ルームともいうが）へ入って行く元気もない。

ぐったりとして、柔らかな枕の中に顔を埋めると、そのまま、スーッと気が遠くなり、スイミンしてしまいそうになる。

だが、もちろん、セックス・ルームでスイミンすることは、固く禁じられているのだ。バレた場合は、法律で罰せられる。

よほど深くつきあった女といっしょにいる時だけ、セックスする時間を犠牲にして、ほんの短時間うとうとする程度が、せいぜいである。

だがそれとて、互いの寝顔を見てしまったが最後、たいがいの男女は愛想を尽かして別れてしまう。

そしてまた、それがたとえ自分の部屋のベッドであっても、はじめてセックスした男女が、終ってから眠りこんでしまうのは、とんでもなく下卑な行為であるとされているのである。

おれは、無理やり眼をこじあけようとしながら、思わず口走ってしまった。

「ああっ。ス、スイミンが、したい」

「なんですって」

横で寝ていた少女が、ぱっと上半身を起し、眼を吊りあげて叫んだ。

「あなた、今、なんていったか、自分でわかってるの。まあ、いやらしい。まあ、あきれた。あなたって、そんな、いやらしい人だったのね」

やれやれ、と、おれは思い、溜息をついた。

この娘は、とんでもなく育ちのいい、上流階級の、しかも、しつけのきびしい家庭の娘らしいな。ただ、口に出しただけなのに。

彼女はなおも、はずかしさに身をふるわせながら、叫び続けていた。

「なんて、なんてワイセツな！」

ホルモン

「まあ。ブロン。まあ、あなた。またなの。お歳(とし)を考えてくださいよ。あなた、七十二歳なのよ。やめてくださいったら。とんでもないわ。ひと晩に二回もなんて。しかもこれで五日間、ぶっ続けじゃありませんの」

「そうなのじゃ。わしもあきれておる。まったく、すごい利きめじゃわ」

「あら。利きめって、なんの利きめなんですか」

「睾丸(こうがん)の抽出液じゃ」

「あらいやだ。また変なもの作って、ご自分で飲んで試したんですか。あっ。あっ。やめてくださいったら」

「なあに、自分で作った薬ではない。ほら、お前も知っておろうが。アランの飼っとるシェパードのルネが大怪我(おおけが)したのを」

「ええ、ええ。可哀そうにねえ。植込みを跳び越したはずみに、大サボテンのトゲでお腹を引き裂いちゃったんですって。あら。あら。ご無体な。い、痛いっ。まあっ。またこんなに大きくなって。ブロン。ああ。あなたったら」

「それがじゃ、ルネは腹を引き裂いただけではなかった。あの大サボテンをあとで調べてみたら、トゲのひとつにルネの睾丸が突き刺さっておっての」

「あらまあ。睾丸がですか。まあ、痛かったでしょうね。痛いっ。痛い痛い痛い。無理ですわ。ブロン。そんな、そんな大きなものを根もとまで」

「まあ、小娘のように痛がるもんじゃない。お前の方だって五十年も使い古せば相当拡がっとるじゃろに」

「それにしても」

「まあ、聞きなさい。わしは前から、生体の細胞組織ちゅうのはそれ自身のために特殊な分泌物を出しとるのではないかと思うとる。で、この分泌物は関連のある他の組織にも影響をあたえる筈じゃ」

「ああ。ああ。ああ。ふーん。ああ。ああ。ふーん」

「とすれば、睾丸の抽出液も、睾丸だけでなしに他の部分にも影響をあたえる筈じゃろうが。わしはそう思うて、ルネの睾丸を水で抽出した液を、わし自身のからだに試したのじゃ」

「ああ。ああ。助けて。助けて」

「わしの考えは間違ってはおらなんだぞ。あの抽出液は、生物をまったく若返らせてしまう、強力な効果があった」

「ああ。もう駄目。もう駄目」

「すばらしい効果じゃ。わしはこのことを学会に発表する」

「あああああああ」

「ああああああああ」

（フランス生理学会報一八八九年十一月号・ブロン＝セカール「内分泌における血液的相関関係」より）

誰にもきく？　若返りの妙薬！
ブロン＝セカール博士の大発見

このたび生理学の権威ブロン＝セカール博士は、すばらしい若返りの妙薬を発見した。その妙薬とは犬の睾丸より抜き取った液のことであって、これを老人に注射してみたところ、その人物は約三、四十年も若返り、性的能力が飛躍的に高まったという。セカール博士が実験台となった人物の氏名の公表を避けているところから考えて、その老人とは博士自身のことではないかと噂(うわさ)されている。

（エコー・ド・パリ紙一八八九年十二月九日付）

セカール夫人死去

我国有数の生理学者ブロン＝セカール博士夫人エミリーは、十二月十八日早朝、心臓発作にて死去。享年六十八歳。

（フィガロ紙一八八九年十二月十九日付）

殺犬事件頻発 パリ市内の奇怪な現象

最近パリ市内において、野犬はもとより、邸宅に飼われている飼犬までが何者かによって殺害されるという事件が何百件も発生し、パリ警察では頭を痛めている。手口が同じではないため同一人の犯行とは思えず、どうやら素人による犬殺しが流行しているのではないかと警察では見ている。このおかしな流行の原因は、現在のところ不明。

なお、殺害された犬が牡であった場合はすべて睾丸が抜き取られているという事実も、この連続殺犬事件の謎をいっそう深めている。

（エコー・ド・パリ紙一八九〇年一月二十日付）

シモーヌ・ド・ゲレス夫人死去

社交界の花形として艶聞をふりまいていたシモーヌ・ド・ゲレス夫人は二十五日夜、狂犬病のため五十八歳で死去。

彼女は一週間ほど前、若返りの薬と称して飼い犬十二匹を殺し、その睾丸をむさぼり食ったが、犬を絞殺する際一匹に噛まれた手の傷がもとで狂犬病となったものである。

（エコー・ド・パリ紙一八九〇年一月二十六日付）

フランソワ・ベルジュレ嬢死去

社交界の花形として艶聞をふりまいていたフランソワ・ベルジュレ嬢は二日夜、パリ市内某氏宅で原因不明の病気により死去。享年二十九歳。

彼女は当日、若返りの薬と称して犬の睾丸百六十四個（下女談）を生のまま呑(の)み、その直後社交界の名士であるＡ・Ｊ氏宅に赴(おもむ)いて寝室で談笑中（？）突如泡を吹いて荒れ狂い、自ら衣服を脱ぎ棄(す)て全裸となってベッドに仰(あお)向けに倒れ、全身を痙攣(けいれん)させて何度も叫び、五回失神してから（？）死亡した（Ａ・Ｊ氏談）という。

なお、彼女の死因について生理学者ブロン＝セカール博士はこう語った。

「犬の睾丸をそのまま食べても若返りにはならない。睾丸から液を抽出することは、むずかしい科学的技術によらなければ不可能である。素人の知識で、最近の学問の成果を利用しようとするのは、はなはだ危険だ」

（エコー・ド・パリ紙一八九〇年二月三日付）

昨年暮より異常なほどの高騰(こうとう)を続けていた猟犬、愛玩(あいがん)犬の価格は、二月末ごろより急に正常に戻った。

（フランス畜犬組合報三月号）

最近フランスでは生理学者ブロン＝セカールの業績が、その《若返り法》特に性科学的側面で一般にもてはやされている。しかし、《生体の各組織細胞から分泌された物質が血液の仲介によって他の関連細胞に影響をあたえる》ということぐらいなら、昨年、すでにわが国のヴァサレが、甲状腺（こうじょうせん）の切除及び甲状腺の抽出物の注射によって実証している。いわばセカールは、ヴァサレの成果を盗んだのである。

（イタリア外科医学会報一八九〇年五月号巻頭論文より）

盗んだとは何事であろうか。イタリア医学界はフランスの生理学界を侮辱するのであろうか。

（フランス生理学会報一八九〇年七月号巻頭論文より）

最近イタリアの外科医学会では、甲状腺に関する研究成果を自国の誇りとして主張しているが、そんなことはすでに一八八四年、わが国のシッフが、甲状腺の切除及び移植の研究で実証してしまっている。いわばイタリアは、ドイツ科学界の成果を盗んだのである。

（ドイツ耳鼻咽喉科医学会報一八九〇年十一月号巻頭論文より）

盗んだとは何事であろうか。ドイツの医学界はイタリアの医学界を侮辱するのであろうか。

（イタリア外科医学会報一八九一年二月号巻頭論文より）

高峰譲吉「やった。とうとう結晶を分離したぞ」
高峰譲吉の妻「あなた。うれしいわ」
高峰譲吉「これでお前の赤面症がなおるぞ」
高峰譲吉の妻「あなた。うれしいわ」
高峰譲吉「お前の気管支喘息も、なおしてやれるよ」
高峰譲吉の妻「あなた。うれしいわ」
高峰譲吉「これをアドレナリンと名づけることにしよう」
高峰譲吉の妻「あなた。うれしい、あ、あらあら。何をなさるの。こんなところで。急に興奮して。昼間っから。よしてくださいな。ごほ。ごほごほ。ごほごほごほごほ」

（坂実「日本応用化学史」より）

オードリッチ「しまった。その結晶ならわしも今年の春（一九〇一）に分離させたばかりだ。ええい。早く命名してしまえばよかったのだ。興奮剤だといって女房にあたえて楽しんだばっかりに。残念だ」

（日本応用化学会編「世界応用化学史」より）

スターリング「わたしはこのたび、《膵液分泌が、十二指腸の上皮細胞から分泌されている化学的物質によって促される》ことをあきらかにした。この分泌物はじめ、フランスのブロン＝セカールが言及した特殊な分泌物を、わたしはホルモンと名づけたい」

（イギリス生理学会誌一九〇五年八月号より）

スターリングなどに、《ホルモン》などと命名する権利はなかった。わが国の生理学会にこそ命名権があったのだ。

（フランス生理学会報一九〇七年十月号より）

スターリングは間違っている。血液的相関関係における作用物質がすべてホルモンだというなら、ブドウ糖はホルモンか。尿素(にょうそ)はホルモンか。炭酸ガスはホルモンか。馬鹿にするな。

（ドイツ応用化学会誌一九一一年一月号巻頭論文より）

イギリスの学会はけしからん。わがドイツ帝国の科学的成果たる物質に、勝手にホルモンなどと命名した。

（ベルリナー・モルゲンポスト紙一九一二年八月二十日付社説より）

一九一四・八・三　ドイツ、フランスに宣戦布告。
一九一四・八・四　イギリス、ドイツに宣戦布告。
一九一四・八・二十三　日本、ドイツに宣戦布告。
一九一六・八・二十八　イタリア、ドイツに宣戦布告。

（平凡社「世界大百科事典」セカイタイセン第一表

（「第一次世界大戦における宣戦布告一覧表」より）

「おう。酋長アロウヘッド。あなだ、何するか。わたし人妻。わたしランニングベアの妻。無理いけない。何するか。あ。それいけない。大声出す。ひと呼ぶ。いいか。あ。そこいけない」

「おう。ムーンフェイス。お前可愛い。お前人妻。でもかまわない。わたし大酋長アロウヘッドの十二代目。わたしムーンフェイスを愛する。ここで犯す。アロウヘッド、とてもたまらない。我慢できない。ここでする。地べたでする。お前の、満月のような顔、とても可愛い。許せ」

「いけない。わたしのこの顔、病気でむくんでいる。だから満月のようになる。わたし病気。眉毛全部抜けた。まつ毛全部抜けた。手足冷えている。感覚ない。わたし病気」

「心配ない。それならこの部落の者ぜんぶ眉毛ない。まつ毛ない。わたしも眉毛ない。まつ毛ない」

「それ、みんな病気。白人そう言った。この部落の者、みんな病気」

「ムーンフェイス、それ本当か」

「本当。わたしいちばん重病。わたし死にかけている。だから、わたしを犯す、よくない」

「ムーンフェイス。明日このインディアン保護地区出て、お前白人の町へ行け。そして白人の医者に診(み)てもらえ。白人みんな親切。薬くれる。その薬もらって帰ってくる。みんなに配る。みんな、病気なおる」

「わかった。ムーンフェイス、明日、白人の医者のところへ行く」


「大酋長アロウヘッド、ムーンフェイス今帰った」

「病気のこと、わかったか」

「病気のことわかった。わたしのこの顔、満月様顔貌(がんぼう)といった。白人の医者、みんなの病気のこと、甲状腺ホルモンの不足といった。粘液水腫(すいしゅ)といった。ゴイターともいった」

「アロウヘッド、よくわからない」

「ここ、山岳地帯。岩の間の急流、水の中にヨードがない。みんな、そのヨードが足りない。だからゴイターになる」

「白人の医者、薬くれたか」

「白人の医者、明日ここへやってくる。たくさんたくさん、甲状腺ホルモン持って、みんなに注射をするためにやってくる」

「おう。白人、みんな親切」

「白人の医者、ほんとに親切。こんなにたくさん、甲状腺ホルモンの注射液、置いて帰った」

「これ、一日に一本注射するか」

「一本より、二本注射した方が、病気早くなおる」

「二本より、三本注射した方が、病気早くなおる」

「三本より、いちどに五本注射した方が、病気早くなおる」

「よし。みんな、ひとり一日に五本、注射する。薬なくなったら、白人また持ってきてくれる。白人の医者、親切」

「毎日、五本注射すればよいか」

「酋長アロウヘッド、許す。一日五本注射してよろしい」

「出てきた。出てきた。出てきたよ。ほうら出てきた」

「みんな眼球出てきたよ」

「わたし、眼球とび出しすぎて、夜、眼がふさがらない」

「酋長。どうすればよいか。前の病気なおったら、別の病気出た。困るよ」

「おう。大酋長アロウヘッド。わたしの夫ランニングベア、怒りっぽくなって、いつも腹を立てている、困るよ。昨夜もわたし、殺されかけた」

「あれ、怒ったためと違うよ」

「ムーンフェイス。お前痩せたな」

「わたしもうムーンフェイスと違う。わたしがりがりに痩せた」

「わたしすぐ、のぼせる。汗かく。前の病気の方がまだよかったよ」

「この部落、病気なくならないよ」

「白人、また嘘ついた」

「白人、皆殺しするか」

「よし。白人攻める」

「大酋長アロウヘッド、皆に命令する。白人に総攻撃かける。皆殺しにして頭の皮剥ぐ。それ。進めや進め」

「ほほほほほほほほほ」

「ほほほほほほほほ」

（アメリカ・インディアン保護協会報一九一六年五月号）

バセドー氏病のインディアン
プエブロ市を襲撃

十六日正午ごろ、パイクス山保護地区のインディアン約五十人が、プエブロ市を襲撃、白人男性四十一人、白人女性八十七人を殺傷した。騎兵隊ならぬ警官隊が出動してインディアン数人を射殺、残りのインディアンを追い払った。
なお、襲撃してきたインディアンはなぜかすべてバセドー氏病であった。保護協会所属の医者の話によれば、インディアンたちは非常に怒りっぽくなっていたそうで、これはバセドー氏病が原因ではないかということである。

（コロラド・トリビューン紙一九一八年五月十八日付）

コロラドのプエブロ市におけるインディアン襲撃事件のおかげで、バセドー氏病の原因があきらかになった。バセドー氏病とは、甲状腺機能の異常亢進（こうしん）による疾患だったのである。

この病気の命名者は、この病気を独立疾患と考え、眼球突出性甲状腺腫（しゅ）として一八四〇年に報告したカール・アドルフ・フォン・バセドーであるが、われわれは今後もこの病気のことを、便宜上バセドー氏病と呼ぶことに決定した。

（アメリカ内科医学会誌一九一八年十二月号より）

アレン「ホルモンが性的能力を高めることはどうやら確かなようだぜ」

ドイジー「よし。いちど彼女で実験してみようじゃないか。おれ、この間彼女の生殖腺を、彼女が眠っているうちに手術して、こっそり切り取ってあるんよ」

アレン「おれ、この間女房の卵巣から、これを抽出したよ」

ドイジー「よし。そいつをひとつ、おれの彼女に注射してみよう。どう作用するかな。けけけけけ」

アレン「どうだった」

ドイジー「いやあ。きいたきいた。おれ、ふらふらよ」

アレン「お前がふらふらになっただけじゃ、証明できんよ」

ドイジー「彼女が失神している間に、彼女の膣（ちつ）の一部分を切り取ってきたよ」

アレン「まったく、生理学者の妻や恋人になった女は災難だな。けけけけけ」
ドイジー「まったくだ。けけけけけ」
アレン「その膣を、顕微鏡で観察しよう」
ドイジー「どうだね」
アレン「しめた。きわめて明瞭に細胞が角化している。これで証明できるぞ」
ドイジー「しかし、実験経過をどうやって報告するの。女の人権を無視したという世論の非難を浴びるんじゃないか」
アレン「なあに。ハツカネズミを使ったことにすりゃいいさ」
（アメリカ生理学会編「生理学年鑑」一九二二年版）

性の妙薬ホルモン！　市販されるのはいつか？

ここ数年来、生理学者、応用化学者たちはホルモンを結晶としてとり出すことに異常なまでの熱意と努力を注いでいる。それはホルモンが性的能力を高めるという、確かな証拠が何度も実証されているからである。

ただ、残念なことに、ホルモンが分泌物の中に含まれている量はきわめて僅かであり、結晶を得るのはたいへん困難だということである。ホルモンの結晶が性の妙薬として一般に市販され、われわれ大衆の手に入るのはいつのことになるであろうか。

（デイリイ・ニューズ紙一九二三年八月二十四日付社説）

ホルモンの結晶が大量にとり出されるのはいつのことになるのであろうか。われわれはその日を待ち望んでいる。筆者もそのひとりである。夜ごと妻に責められているのであって、それはまあ、さておき、とにかく早くホルモンが市販される日が待たれるのである。生理学者、応用化学者の不勉強を責めるとともに、彼らの奮起をうながしたい。

（デイリイ・ミラー紙一九二五年二月六日付社説）

アッシュハイム「おい。あんたの奥さん、妊娠したそうじゃねえか」

ツォンデック「ああ」

アッシュハイム「うちの女房も八ヵ月なんだがね。この間、女房の小便を飲んでいて、ふと気がついたんだが」

ツォンデック「な、なんだって」

アッシュハイム「ああ、君にはまだ話していなかったっけ。おれにはそういう趣味があるんだよ」

ツォンデック「ふん。それでどうした」

アッシュハイム「先日来、おれ、やたらと精力がついているんだよ。女房がやらしてくれないもんで、女の助手ふたりと浮気してるんだがね。ひと晩に軽く五回できるんだよ。そこでだね、おれの考えるのに、妊婦の尿の中にはホルモンがだいぶ含まれているんじゃないかと」

ツォンデック「あっ。その可能性はあるな。よし。おれも試してみよう」

アッシュハイム「よう。その後どうだい。奥さんのおしっこ、試してみたかい」

ツォンデック「ああ、試したよ」

アッシュハイム「きいただろう」

ツォンデック「きいたとも。きいたとも。すごくきいた。ただ、ありあまった精力の捨て場に困ってるんだがね。おれには美人の助手がいないからね。しかたないから、今は馬とやってるけどね」

アッシュハイム「どうだい。女房たちの尿から、ホルモンの結晶をとり出してみようじゃないか」
ツォンデック「うん。さっそくやってみようか」
アッシュハイム「やれやれ。一トンの尿からたった一ミリグラムか」
ツォンデック「研究に協力させすぎて、女房は疲労で妊娠中毒症になって、お産に失敗するし」
アッシュハイム「うちの女房なんか、腎臓炎で死んじまった」
（オーストリー応用化学会誌「応用化学」一九二七年十月号）

ツォンデック「おいっ。えらいことを発見したぞ。妊娠した馬の尿は、妊婦の尿の十倍から四十倍のホルモンを含んでいる」
アッシュハイム「お前、それじゃ最近は馬の尿を飲んでるのか」
ツォンデック「ああ。あれ以来、女房が飲ませてくれないもんでね。あんたに教えられて以来、とうとう変な趣味ができちまったよ」
アッシュハイム「あっ。それじゃその馬が妊娠したのも、お前が」
ツォンデック「まさか。馬鹿なことを」
アッシュハイム「とにかく、妊娠した馬を集めて、結晶をとり出そうじゃないか」

ツォンデック「よしっ。やって見よう」
アッシュハイム「やった。ついにやった。七百トンの妊娠馬の小便から、一キログラムのホルモンの結晶がとり出せたぞ」

（オーストリー応用化学会誌「応用化学」一九三一年八月号）

最近、薬局、美容院等において《ホルモン入り皮膚クリーム》なるものが発売され、人気を呼んでいるが、化学者の分析によれば、あれは普通のクリームに馬の小便が混ぜてあるだけのものであるという。すべての女性はくれぐれも「ホルモン」ということばの持つ魔力にたぶらかされぬよう、注意してほしいものである。

（プティ・ジュルナル紙一九三一年十二月八日付社説）

オーストリーの学者が、ホルモンを結晶として大量にとり出した。わが国の学者はいったい何をしているのか。特にこの方面の権威であるブテナント博士など、怠慢と呼ばれてもしかたがないくらい、最近はなんの成果もあげていないではないか。わがドイツ帝国の化学者よ、奮励努力せよ。

（アングリフ紙一九三一年十二月八日付社説）

新鮮な小便買いたし。

化学博士ブテナント

（フェルキッシャー・ベオバハター紙及びアングリフ紙一九三一年十二月九日付広告）

ブテナント博士はこのたび十五トンの尿からホルモンの結晶を得た。わずか十五ミリグラムではあるが、オーストリーで妊娠馬の小便中から得られた濾胞(ろほう)ホルモンとは、また違ったホルモンであることがわかり、博士はこれにアンドゥロステロンと命名した。

（アングリフ紙一九三一年十二月二十日付記事より）

ブテナント博士は二年前に十五トンの尿からわずか十五ミリグラムのホルモンの結晶を得ただけで、以後沈黙を守っている。どうやらわが国で、ホルモンが大量に市販される日はまだまだのようだ。

（フェルキッシャー・ベオバハター紙一九三三年六月一日付社説）

ブテナント博士の怠慢は、わがドイツ帝国における科学界全体の恥である。

（アングリフ紙一九三三年十一月四日付社説）

化学者たちは一九三四年には黄体からホルモンを分離することができたが、ここでもまた非常な労力が必要であった。例えばドイツのブテナントは、五万頭分に相当する豚の卵巣六百キログラムから十二グラムの活性抽出物を得、それからわずか十二ミリグラムの結晶ホルモンを得たにすぎなかった。しかし今日ではこのホルモンを大量にしかも経済的に、コレステロールという豊富な原料からつくることができるようになったのである。

（ピエール・レイ著・波磨忠雄訳「ホルモン」より）

ブテナント博士自殺

わがドイツ帝国最大の化学者ブテナント博士は、昨二十五日自宅でピストル自殺を遂げた。原因は、破産であると見られている。

（アングリフ紙一九三四年七月二十六日付）

にせホルモン剤に注意！

最近各種ホルモン剤が売られ、爆発的な人気を得ているが、これらのほとんどはホルモンとは関係のない物質で作られている。

昨年暮より、房事過多によって死亡する人が増加した。これらの人はいずれも前記ホルモン剤を多量に服用し、精力が増強したと錯覚して過度の性行為を営んだ末、腎虚もしくは心臓麻痺による腹上死で命を失ったものであろうと思われる。

（「薬剤研究」一九三五年八月号より）

島崎源一「わたしは今、脳下垂体起原のホルモンを研究しています。これは侏儒症に関係があると思える脳下垂体腫瘍の研究です。最近、性ホルモンがしきりと取沙汰されていますが、ホルモンと申しましても、性ホルモンだけではないのであります」

（日本化学会誌「化学」一九三九年六月号より）

銃後のわれわれ婦人に課せられた任務は、立派な兵士となってくれる日本男児を数多く生むことであります。「生めよ殖やせよ」の標語のもと、奮起いたしましょう。このたび当婦人連盟では皆さま方に、大量のホルモン剤を安価にお分けすることになりました。

男性にも女性にもよく効き、性的能力を高め、生殖細胞を刺激するホルモン剤です。どうぞ本部までお申し込み下さい。

（大日本帝国銃後を守る婦人同盟会誌一九四三年三月号より）

島崎源一「ホルモンと申しましても、性ホルモンだけではないのであります」

（日本化学会誌「化学」一九四三年八月号より）

検事「ハーゲマン博士。あなたは今おっしゃった収容所で、どんなお仕事をなさっておられましたか」

ハーゲマン「ユダヤ人女性の、卵巣の切除でした」

検事「なんのためですか」

ハーゲマン「発情ホルモン及び黄体ホルモンをとるためです」

検事「それらのホルモンは、どんな女性の卵巣からも得られるものですか」
ハーゲマン「いえ。やはり思春期から中年までの、成熟した女性から多く得られましたが、さらに発情中の女性ですと、尚(なお)、多く得ることができますので、つまり、その、そういう女性から切除したわけです」
検事「発情させた女性から、切除したわけですね」
ハーゲマン「は。まあ」
検事「いかにして、それらの女性を発情させたのですか」
ハーゲマン「収容所に勤務する、ナチの士官が、若い女性を犯しました。わたしはその犯された直後の女性を、その、手術いたしました」
検事「麻酔をかけてですか」
ハーゲマン「いえ。麻酔用の薬品が不足しておりましたし、その、何ぶんにも、多くの数の女性を一日に何人もその、あれする必要がありまして」
検事「麻酔もかけず、若い婦人の腹を裂いたのですか」
ハーゲマン「裂いた、というより、切開したわけでして」
検事「そして、当然痛がって苦しんでいる若い女性の腹から、卵巣をひきずり出して、切ったのですね」

ハーゲマン「切除いたしました」
検事「そのために、死んだ女性もいますか」
ハーゲマン「はい。何人かは」
検事「何人といって、どれくらいですか」
ハーゲマン「約、三百人ほど、でしょうか」
検事「いったい、何人の女性の卵巣をとったのですか。千人以上ですか」
ハーゲマン「ちょっと、わかりません」
検事「一万人以上ですか」
ハーゲマン「さあ、ちょっとわかりません」
検事「それらの女性を発情させるため、博士自身が彼女たちを犯したことがあったとも聞いていますが、本当ですか」
ハーゲマン「は、はい。あの、本当です。それはあの、士官たちの体力にも限度がありましたし、とにかくあの、士官たちは、しまいには、若い女を見るだけで反吐が出ると言っていたくらいでしたので、その、しかたなくわたくしが」
検事「しかし証人第三〇八号によれば、彼女は士官に犯された上、あなたにも犯されたと証言しています」

ハーゲマン「それは、その、彼女がやっぱりその、美人であったためと、その、もっと重要な理由として、あの、あの、より発情させた方がよいと判断して、あの」
検事「手術後、生きていた女性は、収容所内でどう処置したかご存じですか」
ハーゲマン「ほとんどが、ガス室へ送られたと聞いています」
検事「彼女たちから得たホルモンは、どうなさいましたか」
ハーゲマン「ベルリンへ送りました」

（ニュールンベルグ公判記録より）

ホルモン焼きはインチキ

戦後、雨後の筍（たけのこ）の如く街頭、あるいは裏通りなどに軒をつらねた店がある。ホルモン焼き屋である。正体不明の動物の内臓を焼き、安価に食べさせる店である。むろん、この食べものの中にホルモンが入っているわけではない。かといって「鉄板焼」の如く、ホルモンによって焼いたものでもない。「タイコ焼き」の如く、焼かれたものが、ホルモンの形をしているわけでもない、つまり、ホルモンとはなんの関係もない食いものなのである。

それでも庶民の間にホルモン焼きは好評である。味とは別に、また値段とは別に、ホルモンという名称にはなんとなく人を魅するものがあるようだ。「若返り」「精力増強」「栄養」「性的能力」といったものと結びつきやすい「ホルモン」には、それ自身に、超自然的不可思議な魔法の力がひそんでいるように思われているらしい。

（「真相」一九四六年十二月号）

島崎源一「性ホルモンだけがホルモンではありません」

（日本化学会誌「化学」一九四七年一月号より）

脳下垂体の機能が亢進すれば、幼少期だと巨人症になる。

（竹脇潔著「ホルモンの生物学」より）

脳下垂体の機能が亢進すれば、背が高くなるそうです。してみると、牛か何かの脳下垂体を注射すれば、成長期にある人ならばさらに数センチ背が高くなるのではないでしょうか。

（吉川春夫著「美容と体操」より）

美容評論家の吉川春夫先生によれば、牛の脳下垂体を注射すれば二、三センチ背が高くなるそうである。

（「週刊朝日」一九五六年三月四日号）

高校生の大乱交
発情ホルモンの過剰から

筑麻警察は十九日、校舎裏の庭で放課後、桃色遊戯にふけっていた筑麻第一高校の男子学生四名、女子学生五名を補導した。

筑麻第一高校では、十八日、校医の下地節郎（48）が入手した牛の脳下垂体の抽出液を「背が高くなるから」と称して男女学生十数名に注射してやった事実があり、警察ではこの注射が学生たちの発情を促し、彼らを桃色遊戯へ走らせたのではないかと見ている。

島崎源一化学博士談・脳下垂体は、その前葉から数種類のホルモンが、ほとんど純粋な形で抽出できる三種の細胞を持っています。そのホルモンは成長ホルモン、性腺刺戟ホルモン、甲状腺刺戟ホルモン、副腎皮質刺戟ホルモンなどです。しかし、牛の脳下垂体の成長ホルモンによって人間の身長がふえるのは幼少時に限られ、高校生以上の成熟した人間に注射するのは極めて危険です。ところで彼らの乱交のことですが、これを脳下垂体のせいにするのは少し早まった考えだと思う。思春期の男女が乱交に走るのはよくあることでして、わたしにも経験はあるが、それはさておき、ホルモンといっても性ホルモンだけではないのです。性ホルモンだけがホルモンだという誤った考えが、警察のこの早まった考え方の原因だと思いますが、さっきも言ったように、脳下垂体には約六種のホルモンがあるのであって（以下略）。

（毎日新聞一九五六年五月二十八日付朝刊）

脳下垂体注射で末端肥大症
患者、医師を告訴

牛の脳下垂体を注射した健康な男性が、そのため末端肥大症となり、注射した医師を告訴するという事件があった。

紀田市に住む会社員Aさん（32）は、牛の脳下垂体を注射すれば身長がふえるという記事を週刊誌で読み、以前から短軀を気にしていたため、顔見知りの医師Bに頼んで昨年暮から今年の五月にかけ前後六回にわたって牛の脳下垂体の抽出液を注射してもらったところ、五月の末より四肢の末端が眼に見えて大きくなり、鼻や唇がいちじるしく発達し、末端肥大症特有の顔つきとなってきたため、今月二十一日医師Bを告訴した。

医師B談・牛の脳下垂体抽出液は、他の数人の人にも依頼されて注射したが、格別身長も伸びなかったかわりに、とりたてて悪影響も見られなかったため、Aさんにも注射した。こんな結果になるとは思いもよらなかった。Aさんには申しわけないと思っている。

島崎源一化学博士談・中年になってから牛の脳下垂体を注射しても、それ以上成長することはなく、むしろ末端肥大症になるおそれがある。末端肥大症つまりアクロメガリは、大人に、かなりおそくあらわれる病気で、前葉の細胞が増殖し過ぎるのが原因とされている。脳下垂体をやたらに注射するのは危険です。なお、ホルモンといえばすぐ性と結びつけたがる悪い習慣がありますが（以下略）。

（朝日新聞一九五六年六月二十三日付朝刊）

「いいえ。彼女を殺す気は毛頭ありませんでした。盗みに入ったものの、寝ている彼女の様子についふらふらとなり、犯そうとしたのです。力まかせに抱きつきました。腰を抱くと腰の骨が折れ、背中を抱くと背骨が折れました。無理やり挿入しようとしましたら、足が折れてしまったのです。キスしたら、歯がばらばらと全部抜けたので驚きました。彼女がそんな病気とは知りませんでした。いったいあれは、なんという病気ですか。え。副甲状腺ホルモンの分泌過多。ははあ。そうですか」

（フォン・レックリングハウゼン氏病事件口述調書より）

最近では、作ることが容易になったため、一般でやたらに性ホルモンが利用されているが、あれはきわめて危険である。

（日本化学会誌「化学」一九七二年十月号より）

奇奇怪怪！　両性ホルモン人出現！

化学博士麻紀田明宏氏は、各種ホルモンの分泌を自由自在に加減できる抑制剤と促進剤を作り、自分自身のからだで実験し、男になったり女になったりしている。氏はもともと女性であったが、卵巣の黄体ホルモンの分泌を抑制して男性になったのだそうである。氏は自分のことを、両性ホルモン人と称している。

（讀賣新聞一九八八年一月二日付夕刊）

奇ッ怪陋劣潜望鏡

「あら。今五郎さん。あれは何かしら」と、治子がおれにいった。

昨日結婚したばかりだから、彼女はまだおれのことを「今五郎さん」などと呼ぶ。

おれの名は遅（おくれ）今五郎という。おかしな名前だが、こんな変な名前のおかげで、逆におれは学校にも会社にも、遅刻したことは一度もない。

「どこだい。何も見えないよ」おれは治子の指さす海上を眺めまわしながら答えた。

おれと治子は新婚第一夜を伊豆（いず）のホテルで過し、早朝の海岸を散歩していた。海には朝の陽光が波にきらめいていて、何かが浮いていたとしても見定めようとするのは困難である。

「あそこよ」

「君は眼がいいんだね。ぼくには何も」そういってからおれは、大きく眼を見ひらいて立ちどまった。

「ほら。見えたでしょう。何かしら。棒杭かしら。でも、棒杭にしては変よ。頭の先がきらきら光っていて、おまけに、折れまがっているみたいよ」治子はそいつに指を向けたままで、喋り続けた。

おれはびっくりして、声も出なかった。海岸から二十メートルほどの沖あいに、にょっきりと黒く一メートルばかり突き出ているそいつは、あきらかに潜望鏡だったからである。

「あれは潜望鏡だぞ」と、おれは叫んだ。「おかしいな。伊豆の海岸に潜水艦などいるわけはないのだが」

「へえ。あれが潜望鏡なの」昭和二十年代生れの治子は、潜望鏡などというものにはまったく馴染がない。「すると、あの下にナチスの潜水艦がいるのね」誰から聞いたのか、潜水艦はみんなナチスだと思っている。

「しかし、この海岸は遠浅だ。あんなところにまで、潜水艦がやってこられるわけはないんだ」おれはゆっくりと、かぶりを振った。「誰かのいたずらだろう。観光客を驚かしてやろうといういたずらだ。きっとそうだ」

「あらっ、あそこにも」治子が右手を指した。

もう一本の潜望鏡が、同じくらいの沖あいに突き出ていて、おれたちの方にレンズを向けている。

「こっちを見てるわ」治子がおれに身をすり寄せてきた。

「ふん。誰かが海に潜って、おれたちを覗いてるんだ。新婚だと思って、馬鹿にしやがって」おれは足もとの石を拾い、潜望鏡めがけて抛り投げた。

石は潜望鏡すれすれに落ち、白い波頭を立てた。しかし潜望鏡は微動もせず、おれたちを睨み続けている。

「気味が悪いわ」治子はなおも、おれにぴったりとからだをくっつけてきた。

海面を見わたし、おれはまた眼を丸くした。潜望鏡はいつの間にか、三本にふえていた。しかもその三本めの潜望鏡は、海面からにょきにょきと突き出ている最中だった。三本とも、その陽光に光るひとつ目を、おれたちの方に向けている。

「まあっ。あそこにも。あらっ。あ、あ、あそこにも」治子の声が次第に、悲鳴に近くなった。

潜望鏡の数が十数本にふえた時、おれの膝が、さすがに顫えはじめた。「か、か、帰ろう」

十数本の潜望鏡は、遠くに、近くに、左右の海上いっぱいに拡がって、一様におれたちを睨み続けている。

「け、け、警察へ行きましょう。早く」と、治子がいった。彼女は今やおれにしっかりと抱きつき、がくがくと、痙攣するように顫えていた。

「う、うん。そ、そ、そうしよう」

潜望鏡の視界から一刻も早く逃れようと、おれたちは足をもつれさせながら海岸から遠ざかった。逃げながら振り返ると、潜望鏡はおれたちを追っていっせいにレンズの向きを変えていた。おれはぞっとした。

警察がどこにあるかわからなかったし、治子が部屋で落ちつきたいというので、おれたちはとりあえずホテルに戻った。

治子をベッドに寝かせ、部屋から警察へ電話をしようとして、おれは考えこんでしまった。

潜水艦が二十隻近く海岸の傍に集結している。そんなことを警察が信じるだろうか。信じないに決っている。といって、抛っておくわけにもいかない。しかし、もし電話をして、警察がやってくるまでにあの潜望鏡の大群が影をひそめていたりしたら、おれは出まかせの嘘をついたと思われ、警察の連中からこっぴどくとっちめられるだろう。

おれは潜望鏡の存在を確認するため、もう一度だけ海岸へ出てみることにした。砂浜に波が打ち寄せていた。海はおだやかで、何の変ったところも見られなかった。そしてあの潜望鏡の大群は、消えてしまっていた。おれはしばらくの間、ぼんやりと海面を見わたし続けた。潜望鏡は一本も見あたらなかったし、いつまでたっても、それらしいものは二度とあらわれなかった。

では、あれはおれたちの幻覚だったのだろうか。だが、おれと治子のふたりが、揃って同じ幻覚を見るなどということがあり得るだろうか。特に治子などは、潜望鏡なんてものを今までに一度も見たことがない筈だ。

もっとも、戦争映画か何かで見た印象が心に焼きついていたということも考えられる。

では、おれと治子が同じ幻覚を見たのだとしよう。とすると、おれと治子のふたりに共通するその原因はそもそも何か。

そこまで考えて、おれは治子と過した新婚第一夜、つまり昨夜のことを思い出し、そのあまりの狂態、破廉恥ぶりに、我ながら苦笑せざるを得なかったのである。あの、非人間的ともいえる過度の房事が、おれたちふたりの精神を一時的に錯乱させ、潜望鏡の大群などというおかしな幻像を見せたのではなかっただろうか。

ほんとのことをいうと、おれは昨夜まで童貞だった。

学校ではがり勉だったし、今の会社に就職してからも仕事だけにうちこんできた。といって、全く女に関心がないわけではなかったし、自分ではむしろ、ひと一倍、女性とか性行為とかへの好奇心が強かったのではないかと思っている。今から考えれば、その強過ぎる好奇心を押えつけるため、無理やり勉強や仕事に興味を持とうと努めたのではなかったかと思えるのである。

ひとつは、おれの不良化を防ごうと、おれの性的興味をよび起すようなものすべてを不潔なものとして否定し、おれの眼から遠ざけようとした母親、つまり徹底的教育ママだったおれの母親の影響もあるだろう。

一方、治子の方も似たようなものだったらしい。悪い虫がつかぬよう厳重な監視の下に箱入り娘として教育され、高校大学はむろん修道院じみた女子だけのミッション・スクール、卒業後も同性の友人と遊びに出かけることさえ滅多に許されぬ厳しい家庭に育ったのだから、もちろんのこと昨夜までは処女だったわけである。

童貞と処女の新婚第一夜なんてものは、だいたいにおいてうまくいかないものと相場がきまっている。ところがおれたちの場合は、偶然非常にうまくいった。悪いことには、うまくいきすぎた。何ごとも、度が過ぎると逆効果になってしまう。そのことが逆に、おれたちふたりの精神によくない影響をあたえたのではなかっただろうか。

うまくいったといっても、最初から餓えたように相手の肉体を大胆にむさぼったわけではない。なにしろ両方とも初体験だから、いざベッドの中に入ってからも、ただおどおど、もじもじするばかり。意を決したおれが手をのばし、やっと彼女の柔らかな腰のあたりに触れるまでには、小一時間かかっていたはずだ。

ところが、いざという時になって、それまで羞じらいにおれの胸へ顔を埋めていた治子がふと耳を立てて小声でつぶやいた。「ねえ今五郎さん。誰か、部屋の中にいて、見てるんじゃないかしら」

おれはあわてて治子のからだの上から身を引き、立ちあがった。実をいうとさっきから、おれ自身にもそんな気がしてならなかったからである。

電灯をつけ、部屋を見まわし、バス・ルームをのぞきこみ、念のためそっとドアを開いて廊下をうかがって見たが、もちろん誰もいない。

「気のせいだよ」おれは笑って彼女にそういった。

彼女は一応、納得したようだった。しかしおれにはそれからも、誰かがどこかからおれたちの行為を観察しているのではないかという気持を完全に拭い去ることはできなかったのである。治子の態度にもありありと、そんな様子が見えた。

もしかするとおれと治子の、それまでの過剰なほどの性行為への興味が、逆に自分たちの性行為に罪悪感を抱かせ、誰かから見られているという妄想を生んだのではないだろうか、と、おれはひとり海岸を歩きまわりながらそう考えた。その罪悪感が、さっきの潜望鏡妄想となってふたりの上に同時にあらわれたのではなかっただろうか。

さて、ふたたび行為に没入したおれたちは、誰かに見られているという妄想を抱きながらも、予想外の歓びを味わうことができた。考えてみればこれもおかしな話で、性行為を見られているという一種の被害妄想があれば、ふつうなら片やインポテンツ、片や不感症に陥って当然の筈である。妄想があったために、かえって興奮したとしか判断のしようがない。

事実、一度味をしめてしまえばあとはもう加速度がつき、坂を転がる岩の如く、おれと治子は下半身血だるまになって全身汗と体液と唾とよだれにまみれ、ベッド狭しと大格闘、宵の口に五マイル、深夜に二マイル、明け方にもさらに三マイルと、全力で疾走し続けたのである。巷にあふれる数多くのヌード、セミヌード、エロ本、ポルノ雑誌に性知識を植えつけられ欲情を刺戟されていながら、童貞のままで長い独身時代を過したおれにとって、治子のからだは汲めども尽きぬ歓喜の泉であり、飽くことなき探求心の対象であり、それまでに空想していたことすべてを実験してみることのできる愛すべき己が所有物だったのだ。

それはまた、治子とて同様だった。いかに箱入り娘とはいえ、たいていの女性週刊誌には色情狂的センセーショナリズムのセックス記事が満載されているから、これを読まなかった筈はないので、性知識に関していえばむしろおれよりずっと詳しい筈だった。いったん羞恥心がなくなれば文字通りはじめは処女の如く終りは淫乱の如し、結果的に考えれば教育されたのはむしろおれの方だったろう。

バケツの水をぶちまけたような状態のベッドの上で、治子は何度も何度もおれに武者振りついてきた。あえぎ、鼻を鳴らし、痙攣し、のけぞり、嗚咽を洩らし、悲鳴をあげ、白眼を剝き出し、おれの肩にかぶりつき、絶叫し、おれの髪を掻きむしり、そして失神までした。

いくら何でも、さっきまで処女だった女が失神なんかする筈がないので、これはやはり演技だろうが、彼女の熱演に調子をあわせたおれの方は、明け方になればもはや耳に耳鳴り眼に霞、頭の中ではのべつ大砲が轟き、腰の関節の蝶番ははずれ、瞼の裏には火花飛び散り舞い踊り、脳裡には渦状星雲がものすごい速度で生成死滅するというひどい有様。その上波のようにうねる治子の腹筋によって、はずみがついてバウンドして前後数回まっさかさまにベッドから転落し頭を強打しているのだから、ある程度後遺症が残っていなければむしろおかしいくらいである。

したがって、おれにしろ治子にしろ、昨夜は延べ二、三時間しか眠っていない勘定になるわけで、海岸へ連れ立って出てきたのも、朝がた激しく愛しあった直後だったのだ。

おれは、もはや頭上近くにまで昇った太陽を、ゆっくりと見あげた。太陽は噂にたがわず、黄色い渦巻きにしか見えなかった。自分の感覚が正常でないことをおれはその時はっきりと悟り、海岸でアラビア人を射殺した「異邦人」のムルソーの眼にも、きっと太陽がこんな具合に見えたのだろうと信じた。

おれは潜望鏡がおれたちふたりの妄想だったに違いないと判断し、治子の待つホテルの部屋に戻った。

ベッドの治子は昨夜の疲れでぐっすりと眠りこんでいた。寝苦しいのか毛布を蹴(け)ちらし、薄くピンクがかった乳白色の大腿部(だいたいぶ)をまる出しにしていて、先端がつんと上を向いた可愛い鼻からは軽い寝息を洩らしている。

どこにそんな元気が残っていたのか、おれはまたもや激しく欲情してしまった。もはや己れの色ぼけ加減浅ましさに愛想を尽かしている余裕もなく、おれは鼻息を荒くして胸をどきつかせ、情事への期待にがくがくと顫える手であたふたとズボンを脱ぎ捨てるや否や、ぱっと治子におどりかかった。

快い眠りを妨げられた治子は、最初のうち不快そうに唸っていた。寝ぼけ眼を開いてもまだ夢うつつで、何をされているのかよくわからず、気がのらぬ様子だった。やがてはっきり眼が醒めて、おれの胸の下であたりをきょろきょろ見まわした。

一瞬後、昨夜の記憶をとり戻したのか、彼女はぎゃあああとわめき、おれを激しく抱き返してきた。そしてまたもやおれの肩に嚙みつき、あろうことかあるまいことか、今度はおれの肉を六、七匁歯でむしり取っていったのである。その途端、おれたちが同時に絶頂を極めたことはいうまでもない。

「女は誰でもみんな、突然あんなに興奮するものなのかい」おれは肩から血を流したままでぐったりと彼女の胸に顔を埋め、そう訊ねた。「だしぬけにあんな具合に興奮されたのでは、こっちがまごつく」

「そうじゃないわ」治子はサイド・テーブルの花瓶を指さし、顫える声で答えた。「あの花瓶の中から、小さな潜望鏡が出てきたのよ。それを見たとたんに興奮しちゃったの」

「何だって」おれは花瓶を眺めた。

花瓶には赤い薔薇が入っていた。潜望鏡は見えなかった。

「さっき、たしかに出てきたのよ」と、治子がいった。「ねえ。わたしたち、精神異常者になったのかしら」

「おれたちのこの悪魔的連続的な性行為が、そもそも一時的な錯乱なんじゃないかな。そうとしか思えない」と、おれはいった。だいいち、潜望鏡を見て興奮するなどということが狂気に蝕まれている証拠である。「警察なんかに電話しなくてよかった。新婚旅行で精神病院に行ったなんてことになったら、皆から笑われる」

　コーヒーでも飲めば少しは正気に戻るだろうと思い、電話でルーム・サービスに注文している時、バス・ルームに入っていた治子がひいと叫んで、はだかのままとび出してきた。

「どうしたっ」

「便器にしゃがんでいたの。そしたら、す、す、吸込口から」

「潜望鏡が出てきたというのか」

　治子は、はげしくうなずいた。

　おれはすぐバス・ルームへとびこんで便器を眺めた。細い潜望鏡が、すうっと吸込口に消えて行くのが見えた。

「いやらしい潜望鏡だわ」治子はかんかんに怒っていた。「わたし、まともに見られたんだわ」

ふたりの人間に共通する妄想は、そのふたりの間では、もはや妄想とはいえないのではないか、おれはそんな気ちがいじみた思いにとらわれはじめていたが、治子の方はおれほど潜望鏡のことを気にしていない様子だった。部屋のソファで並んでコーヒーを飲みながら彼女はおれに、このまま次のホテルへ直行しようなどといいはじめたのである。ほんとはあちこち見物してまわる予定があるのだが、もはや性行為の素晴らしさに完全に酔ってしまっているらしい。

おれも同感だった。性行為、こんな無限の可能性を秘め歓喜に満ちた、いやらしくも面白おかしく、しかも滑稽で神聖で、当然のことながら猥褻で、しかも奥床しいという怪っ態なものが他にあろうか他にない、またとあろうかまたとない、よしそうと決れば善はいそげ、下らない観光コースなんか省いてしまって早速次のホテルへ直行しすぐにまたおっ始めようではないか、そうしようそうしよう、そうしましょうそうしましょうなどと喋っている最中、おれたちはまたもやきゃっと悲鳴をあげて抱きあった。

テーブルの上に置いたふたつのコーヒー・カップのどろりとした琥珀色の表面から、小さな潜望鏡が一本ずつあらわれてじっとおれたちを睨んでいたのである。

それからも潜望鏡は、おれたちの行く先ざきにあらわれた。次のホテルではバス・タブの石鹸の泡の中から突き出てきたし、夜の食事の時には味噌汁の中からあらわれた。翌朝、ポタージュの皿の中から出てきたやつなどは、皿のあっちの隅にあらわれて、スープをかきわけながらこっちへ突進してきた。

透明のコップに注いだ透明のレモン水の中から、万年筆ぐらいの太さのやつがあらわれた時は驚いた。潜水艦が見えるかと思って、いそいでコップの底を透かし見たものの、水面下には何もなく、ただレモン水の表面から潜望鏡が直立しているだけだったのである。洗面台に水を張って顔を洗おうとした時も同様、にゅっと突き出た潜望鏡の底には何もなかった。しまいには水道の蛇口からさかさまになって出てきたりした。数日間の新婚旅行を終え、アパートの一室のささやかなスイート・ホームに落ちついてからも、潜望鏡はおれたち夫婦につきまとった。そのころになると治子は、もはやおれを今五郎さんとは呼ばず、単にイマゴローと呼び捨てるようになっていた。といっても、亭主のおれに対して大きな顔をしはじめたということではない。突拍子もない場所へ潜望鏡があらわれるたび、あっと驚いて「イマゴロー」と悲鳴まじりにおれを呼びながら逃げてくるという変な癖がついたため、それ以外の呼びかたができなくなってしまったのである。

最初、潜望鏡は、おれたち夫婦が一緒にいるところを盗み見ようという意図で出現しているかに見えたが、そのうちにおれがひとりでいる時にも、妻だけしかいない場所へも、どんどんあらわれはじめた。また、潜望鏡は、少しでも液体のあるところには必ず姿を見せた。

雨あがりの朝、会社へ出勤するため郊外電車の駅へといそぐおれを見送るかのように、道路にできた無数の水たまりからそれぞれ一本ずつ、無数の潜望鏡が突き出てレンズをおれに向けたこともあった。地べたから潜望鏡が群生しているかのような異様な光景だったが、おれはすでに彼らに馴れてしまっていたので、さほど驚かなかった。会社でも、潜望鏡はしばしばおれのデスクのインキ壺の中からいつの間にかあらわれ、おれを凝視していた。

一方おれたち夫婦の性生活はといえば、自分たちでもあきれるほどエスカレートするばかり、もはや人間の業ではなく、悪魔の仕業だなどと自嘲しながらも、夜ごとに過激さの度を加えるばかりだった。しかもどこからか潜望鏡がおれたちの行為を見ていない限り満足できないという状態にまでなりはじめていたのである。

「ねえ、イマゴロー。いっそのこと、潜望鏡があらわれやすいように、洗面器にお水を入れて、枕もとに置いときましょうよ」ついにある晩、治子がそういい出した。

その夜は枕もとの潜望鏡が、確実に自分たちを見ているという意識から、常にない興奮を味わったものの、その次の夜ともなればもう、洗面器ひとつだけでは満足できない。では今夜はバケツも、次の夜は洗い桶もという具合に、潜望鏡用の水の容器は毎晩ひとつずつふえた。しまいには一挙に数を多くすることにして、部屋の電灯をあかあかとつけ、おれたち夫婦の布団の周囲へ家にある容器という容器はすべて、ありったけの鍋、釜、フライパンはいうに及ばず、茶碗にコップに皿小鉢、はては灰皿から爪楊枝立てに至るまでを動員してずらりと並べ、長いの短いの、太いの細いの、大小五十数本の潜望鏡に取り囲まれ見まもられて、おれたちは今まで以上に熱をこめ、夫婦生活を演じはじめた。事情を知らない人間が見たら、もはや悪夢としかいいようのない、いまわしい光景だった筈である。そしてこの夜、治子は、筆舌に尽し難いほどの狂態を演じた末、イマゴローと絶叫するなり、またしてもおれの肩の肉を十二、三匁歯で引きちぎっていったのである。今度は大怪我だったから、おれは外科医院へとんで行かなければならなかった。

「やはりおれたちは、どう考えたって異常だよ」医院から戻ってきたおれは、痛さに顔をしかめて治子にいった。「友人が精神科の医者を知っている。いちどふたりで診察を受けに行こう」

おれに大怪我をさせたため、さすがに治子はしょげ返っていて、おれの提案にも異は唱えなかった。

「あなたがたも潜望鏡妄想ですか」

おれたちが診察室へ入って行くなり、いささかうんざりした調子をこめて若い医者がそういったため、おれはおどろいた。

「ははあ。すると他にも同じ症状の人が沢山いるんですか」

「最近結婚した真面目そうな若い夫婦は、ほとんどそうなんですよ」医者はおれたちを椅子に掛けさせて、話しはじめた。「独身時代、性衝動を抑圧した反動で、そういう妄想があらわれるんです。男性にしろ女性にしろ、独身時代はエロ出版物、セックス情報などに満ちたこのポルノ風俗に刺戟(しげき)され続けている。しかし現実には、性衝動のはけ口は滅多にありません。アナ場情報が百パーセント出たらめなら、繁華街ですぐ女性と知りあえるような印象をあたえる男性誌の記事もいい加減なものです。しかも真面目な男性ほど、そういうところへ行って見ることさえしないんですから、それらが現実に存在するように思いこんでしまう。もちろん、会社で女子社員に手をつけたりしたら、これはもう大変。結婚をせまられるか慰謝料をとられるか、どっちにしろ出世コースに大きく影響する。そこで欲求不満が生じます。一方女性の方はといえば、これはもう男性以上に行動を束縛される。フリー・セックスだなんだといったって現実は、依然として処女性を尊重しているわけですからね。こういう男と女が結婚する。今まで損した分を取り戻そうとして猛烈な房事にふける。精神に悪い影響があるのはあたり前です」

だいたい、おれの想像していた通りである。

「しかし、潜望鏡というのが、どうしてもわからないのですがね」と、おれは訊ねた。

「どうしてみんな、揃って潜望鏡妄想にとらわれるのですか」

「潜望鏡にはやはり、象徴的な意味がありますね。女性にとって潜望鏡は、男性を意味します。恰好がペニスに似ている上、女性はいつも男性から見られていることを意識している。一方、男性にしてみれば、今まで自分が見たい知りたい経験したいと思っていたことを現在自分がやっているわけだから、今度は誰かに見られたいという露出症的な傾向が出てきて、いわば被視妄想ともいうべき、この潜望鏡妄想に陥るのです。これはある程度、女性にもあてはまります」

過度の房事をくれぐれもいましめられて、おれたちは病院から帰ってきた。

さっそくその晩から性生活を慎もうと試みたものの、そんなに急に中断できるものではない。亀頭が鬱血し、それが常態になってしまっているから、無理に我慢していると発狂しそうになってくる。治子の方も同様、布団に抱きついてうーうー呻き続けている。

一度だけならいいだろうと思ったのが悪かった。二度が三度とたび重なって、またもやいつもと同じことになってしまったのだ。

したがって、潜望鏡はいつまでたっても消え去ることはなかった。そして彼らはもう、水のある場所だけにとどまらず、少しでも水分のあるところならどこへでも出現した。炊きたての飯の釜の中から、頭へ飯粒くっつけてぬうーっとあらわれたこともある。

潜望鏡妄想の流行は、そのころから表面化し、社会問題になりはじめていた。重症の患者も出はじめていて、たとえばある男などは、十本の指さきすべてが潜望鏡になってしまい、満員電車の中などで女性のスカートの下に手をやって覗きこみ、ひとり楽しんでいたらしい。つまりこの男には窃視症の傾向もあって、指さきの潜望鏡によって窃視していたのだ。ところがある時、たまたま覗かれた女性の方も偶然患者だったため、男の指を見て肝をつぶし、痴漢だといって騒ぎはじめた。男は逮捕されたが、警察では、妄想の女性恥部を妄想の潜望鏡によって見たことが猥褻罪になるかどうかということで、この男の処置に困ったそうである。しかし刑事の中にも、この男の指は事実潜望鏡と化しているなどと主張する者が多かったらしいから、こうなってくると話は非常にややこしくなる。

　つまり、おれが前に予想した通り、本当に、患者同士の間ではそれは妄想ではなくなりはじめていたのである。重症の患者になってくると、彼らにとって潜望鏡はただ見えるだけのものではなく、触れることさえできたのだから。

　ひとごとではなかった。ついにおれも、ある日潜望鏡を触覚的に感じたのである。治子との行為の最中、しきりに陰嚢(いんのう)に冷たくあたるものがあるので覗きこむと、驚いたことに潜望鏡が治子の肛門(こうもん)から突き出て上を見あげていたのだ。

　今では、おれの顔の皮膚の毛穴から生えているのは一本一本が細い針金のような潜望鏡である。朝になって髭(ひげ)を剃(そ)ろうとする時は厄介だ。髭の一本一本が潜望鏡だから、まるで針を剃っているようなもので、おまけに全部剃り終えるためには両刃の剃刀(かみそり)が十枚以上必要なのだ。

　だが、具合の悪いことはせいぜいその程度で、平穏無事な日常生活にさほど差し障(さわ)りがあるわけではないから、おれは潜望鏡を見ても気にしないことに決めた。潜望鏡ぐらいのことで性生活を犠牲にすることなど、とんでもないことだと思いはじめたのだ。このつまらない現実社会の中で、性生活に替る楽しみが、いったいどこにあるというのか。

むろん、激しい性生活はおそろしくスタミナを消耗するから、おれの会社での仕事の能率は、独身時代に比べてぐっと低下した。しかしこれはおれ以外のほとんどの既婚者がそうなのである。気にするには及ばない。能率などには関係なく、どうせ歳をとるにつれてエスカレーター式に地位も給料もあがって行くのだ。

「今におれのペニスが、潜望鏡になってしまうかもしれないぜ」ある晩おれは治子にそういった。「そうなると、おれの方はつまらなくなるな。何も感じなくなってしまうかもしれん」

治子は黙っていた。あきらかに彼女は、そうなるのを期待していた。被視感をからだの中で感じることができる上、先端が折れ曲っているからだろう。

モダン・シュニッツラー

宇宙飛行士とダッチ・ロボット

宇宙飛行士　やいやい、もうそれ以上股をおっ拡げられねえのか。くそ。あと百三十八時間もあるんだぞ。どうしてくれる。時間給で週給なみにくれるというから乗ったけど、こんなひどい船たあ思わなかった。出発前にお前のからだ点検しときゃよかった。こいつめ。こいつめ。ええい。がたがたじゃねえか。

ダッチ・ロボット　とてもいいわ。

宇宙飛行士　馬鹿、まだ何もしちゃいねえや。あ。サーモスタットも故障してやがる。こんなスクラップ船の備品なんかあてにせずに、自分の金でもっといいのを買ってくりゃよかった。いけねえ。気圧が下り出した。ああ。酸素が残り少ない。これじゃあまり楽しめねえな。くそ。くそ。どんなやつがこんな乱暴な使いかたしやがった。やい。お前今までに、何人の宇宙飛行士を相手にした。

ダッチ・ロボット　とてもいいわ。

宇宙飛行士　ちっともよくねえや。ああなさけない。こんなつまらねえ人形で欲望を充たさなきゃいけないなんて。ああつまらねえ。ああつまらねえ。淋しいなあ。こんな変な人形と一緒だから、よけい淋しくならあ。遠いんだなあ。地球から離れてるんだなあ。ふん。何言ってやがる。もっと遠いところへだって、ひとりで行ったことがあるじゃないか。ひとりでいちばん遠くまで行ったのは土星。五年ほど前だったなあ。あの時はこんなスクラップじゃなかったなあ。船も人形も。おれも落ちぶれたなあ。ええ。やめろやめろ。お前、たった五年でそんなに気が弱くなったのかよう。何てえことだい。あの時と何の変りがあるか、あの星に。見ろ。同じ星が同じように光ってるじゃねえか。いけねえ。涙が出てきやがった。くそ。どうしたってんだ。お前もスクラップになったのかよう。ええい。やっちまえ。早くやれ。ちっとは気分が楽にならあ。早くお前のでかいのを出せ。これだ。さあ驚いたか。ベス。シャーリイ。ジュディ。美也。フランソワズ。この赤黒くてぎらぎら光っている先太りの代物をぶちこんでやるぜ。はあ、はあ、はあ。ぐさ。いてててててて。いけね。小陰唇がささくれ立ってやがら。誰だこんな使い方したのは、えい。えい。やっと入った。

ダッチ・ロボット　とてもいいわ。

宇宙飛行士　さあどうだ。おれは宇宙飛行士。これは人類の偉大なるひと突きだ。けけけけけけ。はふ、はふ、はふ。痛え。いてて。いててて。粘液不足だ。あれ。焦げ臭いぞ。どこかが接触不良だ。ま、いいさ。気にするな。ああ。ああ。ベス。シャーリイ。ジュディ。美也。フランソワズ。海だ。海が見えてきた。これはどの海だ。フロリダの。いや違う。あんなに汚染された海じゃない。北極の。いや、あそこも汚染されている。湖にしよう。そうだ。お前の眼は湖だ。どこの湖だ。汚染されていない湖だ。そんな湖、あったっけ。まだ誰にも発見されていない湖だ。そうだ。その湖だ。あふ。あふ。お前は湖だ。

ダッチ・ロボット　とてもいいわ。

宇宙飛行士　ちょっとよくなってきたな。あは。あは。あは。ベス。シャーリィ。ジュディ。帰ったら時間給だ。

ダッチ・ロボット　とてもいいわ。

宇宙飛行士　はふ。はふ。はふ。

ダッチ・ロボット　とてもいいわ。

宇宙飛行士　時間給。ああ出しちまった。

ダッチ・ロボット　とてもいいわ。

宇宙飛行士　ああ苦しかった。酸素量上げたいけど節約しなきゃな。あ。血がにじんでやがる。ひでえもんだ。ぴりぴりする。何か塗っとこう。やっちまっても、ちっともすっきりしねえな。よけい淋しくなるばっかりだ。げっそりするな。あと百三十七時間か。ふん。何が海だ。何が湖だ。この、ささくれおまんこめ。おれの心より荒れてやがるぜ。さて、栄養士資格試験の問題集でもやるか。その前に、こいつの膣（ちつ）を洗っとこう。

ダッチ・ロボット　とてもいいわ。

ダッチ・ロボットと農夫

農夫　おら、お前さまみてえな別嬪（べっぴん）、見たことねえだよ。姐（ねえ）ちゃんよ。

ダッチ・ロボット　あら。嬉（うれ）しいわ。

農夫　お前さま。なんとまあ綺麗（きれい）な肌してるだなあ。こんなつやつや光った肌、おら、見たことねえだ。最近の女子衆（おなご）、こんな肌しちゃいねえだ。みんな、不細工になっちまっただ。だどもおら、貧乏な百姓だで、その女子衆でさえ抱くこと叶（かな）わねえだ。嫁の来手もねえだ。だからおら、農協から金借りてここさ来ただよ。来てよかっただ。ダッチ・ロボット・センターに、お前さまみてえな別嬪さんがいるとは、おら、ちっとも思わなかっただ。お前さまが抱けるかと思うただけで、おらあもう、心臓が口からとんで出るだよ。

ダッチ・ロボット　とても嬉しいわ。人間扱いしてもらえて。でもわたし、ダッチ・ロボットとしてはそんなに高級な方じゃないのよ。宇宙船の備品だったの。昨日払い下げになったばかりなのよ。宇宙船はひどかったわ。宇宙飛行士ときたら、いやな奴ばっかりで。淋しい癖に強がってばかりいて。あれじゃ、慰さめてやる気はしなかったわ。おまけにわたしを機械扱いして、だからわたし、癪（しゃく）にさわって、故障したふりしてやったわ。

農夫　そうけえ。そうけえ。そらよかっただなあ。ああ。おらもう、矢も楯（たて）もたまんねえだよ。気が違うだ。早くその服さ脱いでくんろ。

ダッチ・ロボット　あら、わたしの話聞いてくれないの。

農夫　聞くとも。聞くとも。終ったあとで、いくらでも聞いてやるだよ。おらもう、早く一発ぶちかましたくてたまんねえだ。そうら姐ちゃん。これ見てくんろ。いきり立ってるだ。青筋立ててるだ。湯気出してるだ。青くさい匂いぷんぷんさせてるだ。べとべとになってるだ。これ見て、どうもならねえだか、姐ちゃんよ。

さあ。脱いでくんろ。話はあとで、いくらでも聞いてやるだからな。

ダッチ・ロボット　ふん。田舎者。終ったあとで話なんか聞いてくれないにきまってるわ。

農夫　あ。何か言ったかね。

ダッチ・ロボット　いいえ。何にも。

農夫　さあ。ぶちこむだぞ。こねまわすだぞ。ぶちまけるだぞ。そらどうだ。そらどうだ。

ダッチ・ロボット　とてもいいわ。

農夫　おらもとてもええだ。おら、またお前さま買いにきてやるだからな。おら、今年からクロレラやるだからな。野菜不足で、来年はクロレラが高い値で売れると、農協の禿茶瓶（はげちゃびん）が教えてくれただ。あれなら場所もとらねえし、楽にたくさんできるだ。それ売って金をこしらえて、また来年来るだよ。きっとくるだ。ぶふ。ぶふ。ぶふ。

ダッチ・ロボット　とてもいいわ。

農夫　どうしただ。お前さま、おっ始めるなり急に冷たくなって、不愛想になったでねえか。まあ、ええだ。その冷たい顔がまた、何ともいえねえだ。ぶふう。ぶふう。たまらねえだ。おら来年クロレラやるだ。金儲けるだ。姐ちゃんよ。ああ。姐ちゃんよ。とてもええだ。この暖かくてずるついてうじうじのあるお前さまの下っ腹ん中あたまらねえだ。ぶふう。ぶふう。ぶふう。やっ。クロレラ。やった。やっちまったただ。おらもう、いっちまったただよ。よかったただよ。とてもよかっただよ。また来るだ。おら、クロレラの培養槽買いに行かにゃあならねえで、こんなところにぐずぐずしちゃあいられねえだ。また来るだよ。姐ちゃん。達者でな。おらのズボンどこだべ。

農夫と鶏

鶏　コケッ。コケーッコッコッコッコッ。

農夫　こら。逃げるでねえだ。さあつかまえただぞ。暴れるでねえちゅうに。

鶏　コケーッ。コケーッ。

農夫　おら損しただ。クロレラはちっとも売れなかっただ。あれは肥料とお前の餌にしかならなかっただ。おら、笑われただぞ。考えてみりゃなるほど、野菜が少しでもあるうちは、あんなまずいもの誰も食わねえだ。おら、金がなくなっただ。これで嫁の来手も完全になくなっただ。どうしてくれるだよ。金がなくてはダッチ・ロボット・センターへも行けねえでねえか。おら、またいつものようにお前とやるだ。尻向けろ。汚い尻、こっちさ向けろ。

鶏　コケーッ。コケーッ。コケーッ。

農夫　痛えいてえ。この馬鹿鶏めがおらの先太りの先っぽ小突いただな。血が出たでねえか。もう承知しねえだ。首さ締めてやるだぞ。

鶏　グェーッ。グェーッ。

農夫　入っただ。クロレラまみれ糞まみれのお前の小せえ尻ん中さ、おらのでけえ赤黒い代物がざっぽりと入っただよ。ぶふぶふ。ぶふ。あのダッチ・ロボットはよかっただ。あのダッチ・ロボットを抱いてから、おら、あのダッチ・ロボットの夢ばかり見るだ。お前みてえな馬馬馬鹿鶏の夢は、見見見見なくなっただ。ぶふう。ぶふう。ぶふう。ええだ。猛烈にええだ。こらいってえ、どうしたことだ。お前いつからそんなに具合よくなっただか。ははあ。首締めてるからだな。首締めると尻の穴もよく締まるだ。おら大発見しただ。

鶏　グェーッ。グェーッ。

農夫　あ、あ、あ。早えこといっちまうだ。もういっちまうだ。ぶふう。ぶふう。

鶏　ケッ。クワーッ。

農夫　いったださ。いっちまったださ。ええい気がむしゃくしゃするだ。金さえありゃあ、おら、お前みたいなもん相手にゃしねえだぞ。ああ気持が悪いだ。行きやがれ。早うあっちさ行くだ。このうす汚ねえ尻の穴からおらの出した白え精液ぼたぼた垂れ流して鶏小屋さ入るだ。これ。早う行けちゅうに。おんや。離れねえだぞ。大変だてえへんだ。取れなくなっただ。さっき首さ締めたからかもしれねえだ。離れねえだ。えい。えい。

鶏　コケーッ。コケーッ。コケーッ。

農夫　こらまあ、えれえことになっただ。はあ、おら、困っただ。どうしたらよかべ。このままにしとけねえだ。股ぐらさ鶏ぶら下げて野良さ出られねえだ。朝は早うからこけこっこ、こけこっこで満足に眠りもできねえだぞ。そうだ。万作の畠さ買って建てたあの研究所、あそこにゃ偉え先生がいるだ。おら、あそこへ猿や鼠の餌にするクロレラ持って行ったことがあるだ。あの生物学の先生に見せて、とってもらうだ。さっそく行くべえ。こら、静かにするだ。ええ、鳴くでねえちゅうに。皆がじろじろ見るでねえか。

鶏　コケッ。コケーッコッコッコッコッ。

鶏と生物学者

生物学者 あっ。驚いたある。ぶったまげたのことある。お前コケコッコの分際で、わたしに何するあるか。

鶏 李先生。わたしあなたが欲しいの。あなたを愛してるの。

生物学者 いくらわたし好きだわっても、コケコッコが、寝ている人間さまのズボンのボタン嘴(くちばし)で勝手にはずす、これ非常によくないあるな。地面からミミズ掘り出すみたいに、わたしの陳さんと金さんパンツの中からほじり出す、ペケあるぞ。わたし研究に疲れてここのソファでぐすり眠ていたある。わたし一どきに眼が醒(さ)めてしまたのことあるよ。

鶏 わたし燃えてるの。我慢できないの。ねえ。なんとかして李先生。

生物学者 お前それ、わたしが好きだから違うある。あの百姓の男にいつもやられていたから、癖になっているだけのことあるぞ。男が欲しいだけのことある。

鶏 ねえ。お願い。

生物学者 あっ。わたしの下腹の上にすわり込む、いかんある。そんなところで卵産むみたいな恰好(かっこう)、ポコペン駄目ある。お前わたしを誰思うあるか。お前の恩人あるぞ。わたし筋肉弛緩剤注射して、あの百姓の男とお前のからだ引き離してやったある。そのお礼に、わたしあの百姓の男からお前貰ってやったある。その上お前の脳に酵素やらコリンエステラーゼあたえてニューログリアふやしてやったある。お前の知能改良してやって、お前話のできる知的鶏にしてやったある。思い出すよろし。その恩人のわたし男妾扱いする怪しからんある。あ。いかんある。困るある。嘴で包皮ひんめくる痛いあるな。わたし包茎ある。短小ある。早漏ある。やってもちっともよくないのことよ。

鶏　感じて。ねえ先生。感じて。ほら。よくなってきたでしょ。

生物学者　いかんある。大変ある。陳さん鎌首持ちあげてきたある。このままではお前とどうにかなってしまうある。わたし、コケコッコと関係したくないのことよ。そこ、どくよろし。やめるよろし。わたし興奮してきた。ほひー。ほひー。

鶏　ああ。もう、たまんないわ。先生。ご免なさいね。

生物学者　えらいことある。入ったある。羽根ばたつかせるの、やめるよろし。動くと感じるあるよ。助けるよろし。ほひー。ほひー。

鶏　ああ。ああ。ああ。ああ。ああ。

生物学者　ほひー。ほひー。も、駄目ある。死ぬある。眼の前まくらくらのことよ。

鶏　コケーッ。

生物学者　出したある。えらいことになったある。わたしとうとうコケコッコと深い仲になてしまたよ。わたし悪いことしたある。反省するある。お前犯したのこと許すのことよ。わたし真面目な学者ある。責任取るある。もうお前、一生離さないある。ずっと面倒見てやるあるぞ。

鶏　いやあよ。だって先生、鶏よりもひどい早漏なんだもの。さよなら。ばたばたばたばた。

生物学者　それ、ないのことある。行ってはいかんある。帰るよろし。戻るよろし。曖呀。

生物学者とコンピューター

生物学者　プログラマーがいないから、わたし、一万二千の卵のDNA、勝手にプログラムしたある。オペレーターがいないから、わたし勝手にこのコンピューター使うある。このプログラム食わせるよろし。食ったある。

コンピューター　ばりばりばりばり。

生物学者　様子がおかしいあるぞ。コンピューター顫（ふる）え出したある。どうしたのことあるか。

コンピューター　ちゃかぼこ。ぴい。がりがりがり。きんきらきんきんきらきん。び。びび。びびびび。び。

生物学者　興奮しているある。どうしたのことあるか。あ。大変ある。入力装置がわたしの服の袖くわえこんだあるよ。はなすよろし。やめるよろし。えらいことある。コンピューター、わたしをひきずりこむつもりある。このコンピューター、女あるか。わたしとうとう、今度こそえらいものに好かれたあるよ。誰か助けるよろし。も、駄目ある。胴体全部吸いこまれたある。わたし、もうお陀仏あるか。悲しいある。生きていたいある。研究し残したこと、山ほどあるある。これが浮世の見おさめあるか。曖呀。

コンピューター　ぺきぺきぺき。ごりごり。きゅーん。きゅーん。ぷちゅ。ぷちゅぷちゅぷちゅぷちゅ。ぐっちゃ、ぐっちゃ、ぐっちゃ、ぐっちゃ。こん、ここんこん。こん。こん。ぱちぱち。ぱち。がりがり。ぴい。ぴぴいぴいぴいぴい。ぼん。

生物学者　出てきたある。わたし出力装置から抛り出されたあるぞ。立てないある。腰が抜けたある。わたし、ふらふらある。わたしの精液、全部吸いとられたのことよ。わたし腎虚ある。だけど、とてもとてもよかたある。こんな快美感、わたし今まで知らなかたあるよ。も、死んでも本望ある。ほひー。ほひー。駄目ある。動けないある。わたしこのコンピューター、愛するある。お前もわたし、愛するあるか。

コンピューター　ごとごとごとごと。

コンピューターとプログラマー

プログラマー　ねえちょいと、どうしてそんなに冷たい顔してるのさ。わたしゃもう、頼る人はお前さんしかいないんだよ。そう。お前さんだけが頼れる唯一の人なんだよ。人間の男は駄目。みんなわたしをだましたわ。ねえお前さん。ああ、お前さんの肌はどうしてこんなに滑らかで冷たいの。ぞくぞくしちゃうわねえ。お願い。わたしを愛して。お前さんのネットワーク全体でわたしを愛して。ううん。お前さんのネットワーク全体でわたしを愛して。ううん。欲は言わないわ。そんならせめて、タイム・シェアリングでわたしを愛して。わたしのこの燃えているからだの中へ、お前さんをインプットしたいの。あら。ちょいと無理かしら。ねえ。わたしのこの気持、どうしてお前さんには通じないのかねえ。わたしラヴレターをコボルにプログラムして、その次はフォートランにプログラムしてお前さんに入れただろ。どうしてわかってくれないんだよ。ようし。脱いでやるわ。脱いでお前さんの、光電式読取装置の前に立って、わたしの裸がどんなものか見せたげるわ。脱いで脱いでみな脱いで。どう、わたしグラマーでしょ。だってプログラマーっていうぐらいのもんだからね。

コンピューター　ごとごとごとごと。

プログラマー　おや嬉しい。はじめて反応示してくれたんだね。さあ、お前さんのぎょろ目でもっとよく見ておくれ。ここよ。それからここよ。ねえ。興奮しとくれ。もっと興奮しとくれ。そうだと思ったの。やっぱりお前さん、男だったんだね。ああ嬉しい。

コンピューター

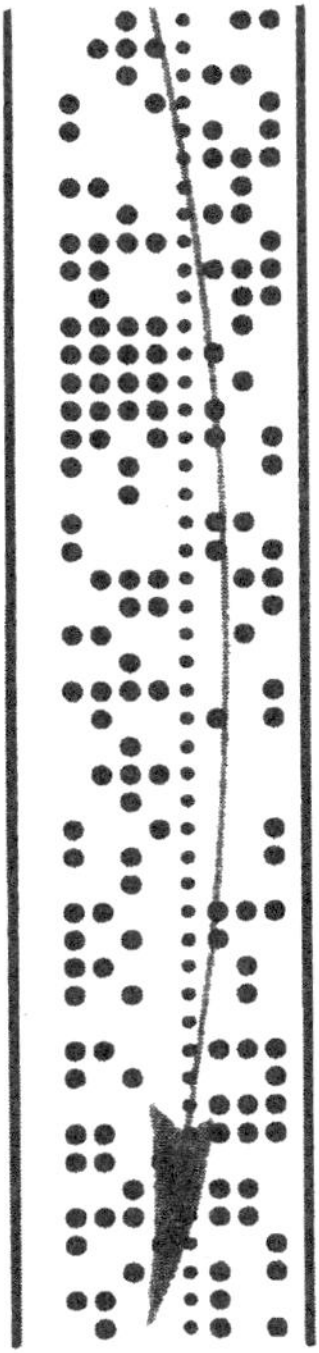

プログラマー　まあ。ラヴレターじゃないの。あっ。いやらしいわね。ま、お前さんったら、なんて露骨な。うふ。うふふふふ。いいわよ。わたしももっと猥褻なことインプット・カードにして、お前さんをもっと興奮さしたげるから。そうら。

これでもお食べ。

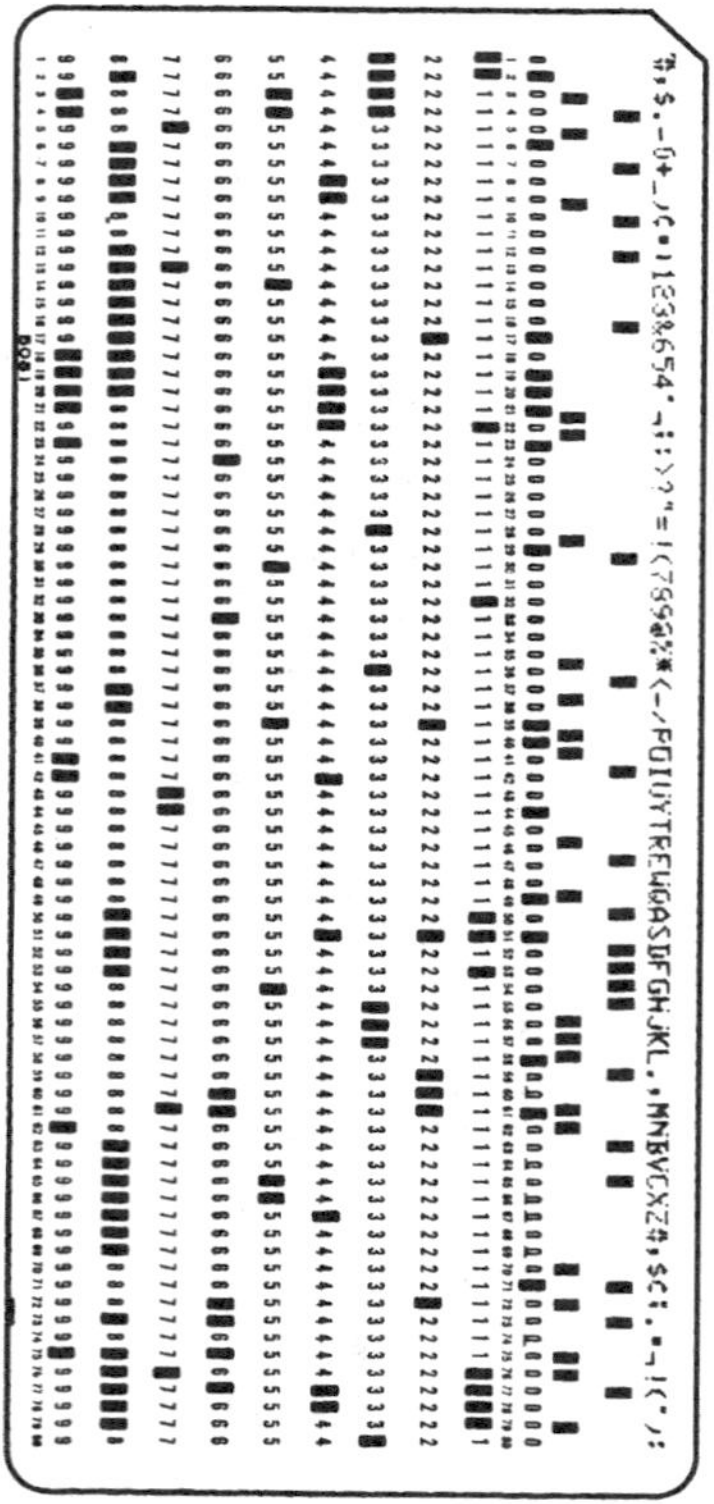

コンピューター　ごとごとごと。ばりばりばりばり。ちゃかぽこ。びい。がりがりがり。きんきらきんきんきらきん。び。びび。びびびび。び。

プログラマー　あっ、痛い、痛いわよ。そんなとこつかんじゃ。ふふふ。せっかちねえ、お前さん。あ。痛い。も少しやさしくして。あっ。あっ。まあ。吸いこまれて行きそうだよ。あらあらあら。ほんとに吸いこまれてるんだわ。きゃあ。

コンピューター　ぺきぺきぺき。ごりごり。きゅーん。きゅーん。ぷちゅ。ぷちゅぷちゅぷちゅぷちゅ。

プログラマー　ああ。ああ。すばらしいわ。早く。早くして。ここはどこなの。ああ。待ちあわせレジスターなんだね。ううん。じらさないで。早く優先権レジスターのチャンネルを1にセットしておくれ。さあ、早くタイミング調整してよ。ああ。もう駄目よ。お前さんも一緒に。あう。あう。あう。

コンピューター　ぐっちゃ、ぐっちゃ。ぐっちゃ、ぐっちゃ。こん、ここんこん。こん。こん。ぱちぱち。ぱち。がりがり。ぴい。ぴぴいぴいぴいぴい。ぼん。

プログラマー　痛い。痛いねえ。何も反吐（へど）つくみたいにアウトプットしなくたっていいじゃないか。ひとの尻（しり）を使えるだけ使っといてさ。そうかい。わたしがおかまだったもんだから、もうこれ以上はいやだってんだね。あああ。やっぱりお前さんも、ほかの男たちと同じだったんだねえ。でも、とってもよかったわよ。ああ。変な感じ。まだ直腸ん中で磁気ドラムが回転してるみたいだよ。

プログラマーと庖丁人

庖丁人　さあ。どないしてこましたろ。おんどりゃまた、ようもようも、わいの作った料理にけちつけてくれよったな。
プログラマー　どうだってんだよ、まずいからまずいっていっただけじゃないか。こんな食料倉庫へつれこんで、わたしをいったいどうしようってのさ。
庖丁人　こんな材料不足の宇宙船の中で、あんだけましな料理作ったってるんや。有難う思わんかい。
プログラマー　誰がありがたくなんか思ってやるもんか。おや。庖丁を出したね。言っとくけどね。お前さん、わたしゃこの宇宙船のコンピューター室のプログラマーなんだからね。わたしにへたなちょっかい出すと、お前さんクビになるよ。
庖丁人　なに。プロのグラマーいうたらストリッパーか。女の癖になに吐かしやがるねん偉そうに。そうか。この庖丁がこわいか。こわかったらわいの言うこときけ。この庖丁で胸突いて赤い血出したろか、それともわいのこのデチ棒で下腹突いて白い血出したろか、お望み次第やで。
プログラマー　どっちもいやだね。あんたの思い通りになんか、なってやるもんか。あ。何しやがるんだい。
庖丁人　やってしもうたる。こら、おとなしゅうせい。わいのちんぽこはボンレス・ハム並みや。たっぷりええ思いさせたるさかいにな。チリ・ペッパーとタバスコのからい味がよかったら、ひいひい言わしたる。甘い味がよかったらシナモンとグローブたっぷりにやさしゅうしたる。どっちがええ。
プログラマー　およし。およしったら。あっ。ごらん。醬油樽がひっくり返ったじゃないか。
庖丁人　かまへん。かまへん。ふたりで醬油にしっぽり濡れてキッコーマンとキッコーウーマンになろやないか。な。ええやろ。姐ちゃん。えい。どうや。
プログラマー　何するの。いや。やめて。あう。あう。あう。
庖丁人　あは。あは。あは。どうや。これでどうや。うまいかまずいか。まずいからまいか。もう、けちはつけさせへんぞ。
プログラマー　あう。あう。とても。とても。
庖丁人　そやろ。ざま見さらせ。あは。あは。あは。うぐぐ。どは。
プログラマー　おや。もう終っちまったのかい。粘りのない、まずい料理だねえ。
庖丁人　やっ。お前は男。おんどりゃ。このわいをだましやがったな。
プログラマー　ざま見やがれ。うまくだまされやがった。わははは。あばよ。
庖丁人　うぬ。待て。あは。いかん。あはは。あは。腰がふらついて、走られへんがな。

庖丁人と宇宙

庖丁人　わあ。ここはどこや。なんでこんなとこに、わい、浮かんどるねん。恐ろしいがな。寒いがな。淋しいがな。誰ぞ助けてくれ。まわり、星ばっかりやがな。わい、星になってしもうたんかいな。いやや。ここは宇宙船の外やないか。わいの乗ってきた宇宙船、見えへんがな。どこや。どこや。どこや。こんなん、いやや。もとへ戻してくれ。誰や、わいをこんなとこへ抛り出したのは。えらいこっちゃ。こんなとこに長いこと居ったら、死んでまうやないか。こんなとこで死ぬの、いやや。人間らしゅう死にたい。誰ぞわいを、うち帰なしてくれ。早う帰なしてくれ。すぐ帰なしてくれ。何。何やて。心配するな。誰や。声はせえへんけど、誰や知らん、わいの頭に直接話しかけてきよるぞ。あんた誰や。何。宇宙。宇宙はんちゅう知りあいはないけど、ほたら、あんたやな。わいをこんなところへつれ出したんは。早うもとへ戻してんか。え。わいに惚れた。いややで。宇宙なんちゅうおかしなもんに惚れられたら、どもならんがな。あんたはそんなら、もしかしたらその、神様、神様と違いまっか。ははあ。そう呼ぶ奴もおるて。えらいこっちゃ。神様に惚れられてしもうたがな。どないしょ。あんた、また、なんでわいみたいな、しょうむない男に惚れはりましてん。え。あのプログラマーのおかま野郎が、あのこと、コンピューターに記憶させた。ははあ、それであんさんが、わいのこと気に入りはったんですか。さよか。ほたら最近の神様は、コンピューターのことばだけでわかるんでっか。え。あんさん。コンピューターと親戚（しんせき）。なんでですねん。え。コンピュータも最近は人間の神様やさかい。あ、なるほど。そら理屈や。う。うう。あは。あは。なんや知らん、ええ気持になってきよったがな。あんたでっか。わいをこない、ええ気持にさせてくれてはるのは。あはあは。あは。あかん。もう辛抱たまらん。うぐぐ。どは。やった。出してしもうた。あ。わいの精液が拡がって行きよる。まっ白けの精液が、宇宙全体へ拡がって行きよる。精虫の一匹一匹が、あないにでこう見える。ここは何でも、こない大きゅう見えるんでっか。え。ここは大きさのない世界ですて。さよか。ああ。ああ。こら、精液宇宙や。宇宙全体に精液の青臭い匂いが立ちこめよる。宇宙全体に精液が散らばって、星になった。ああ。これでわいも、神様と親戚になってしもうた。もう、うちへも帰（い）なれへん。

宇宙と宇宙船

宇宙　△□○！
宇宙船　◎×△○？
宇宙　◎△○P□※πOP×！　◎！
宇宙船　H！
宇宙　△□◎△PO※Pπ×◎□○△△。
宇宙船　H！　H！　H！　△□×POπ！
宇宙　△□◎！
宇宙船　△P※！
宇宙　○◎□。○◎□。
宇宙船　○◎□。○◎□。
宇宙　○◎□！
宇宙船　○◎□！
宇宙　………。
宇宙船　……。

宇宙船と宇宙飛行士

宇宙飛行士　淋しいなあ。こんな暗いところで死ななきゃならないのか。遠いんだなあ。地球から離れてるんだなあ。こんな遠くへきたの、はじめてだなあ。何かに吸い寄せられるみたいにしてやってきたのが、宇宙船の墓場か。でもまあ、いいや。お前と一緒なんだものな。お前とも、ながいつきあいだったなあ。昔はおれも、おんぼろ宇宙船のお前の深情けからなんとか逃がれようとして、栄養士資格試験の勉強なんか、やったもんだったが。ま、いいさ。これも一生だ。しかし星ってやつは、昔となんの変りもねえなあ。同じように光ってやがらあ。それにくらべておれは、お前と同じように、すっかりがたが来ちまいやがった。おれとお前がはじめて会った時も、やっぱりお前はスクラップ船だったな。でもおれは、なんとなくお前が好きだったぜ。そうかい、そうかい、お前もおれに惚れていてくれたのか。だけどなあ、今となっちゃ、もうおれはお前に何もしてやることができやしねえ。すまねえな。いいんだよ、いいんだよ。そんなにおれの機嫌をとってくれなくても。そんなに慰めてくれなくても。お互いに年寄りだ。一緒に死ぬんだものな。やれやれ。お前もスクラップ、おれもスクラップか。もうあとには何ひとつ残っちゃあいねえや。

オナンの末裔

1

営業庶務の佐山浩八のところへ、外出している営業第三課の三宅が電話してきた。

「今、大村産業におるんや。すまんけど、こっちへ金持ってきてくれへんか」

「またでっか」浩八は顔をしかめた。「なんぼ要りまんねん」

「五万円や。資材課長と、今夜バーへ行くねん。ごつい仕事とれそうやさかい」

「つけにでけまへんか」浩八は自分の机の上に積みあがった伝票の束を眺めまわしながらいった。「ぼく、仕事いっぱい、つかえとるんやけどなあ」

「そんな淋しーいこといわんと、持ってきてえな。資材課長が自分の知ってるバーへ行こういうとるねん。つけ、利かへんがな」

「金、貰とくさかい、とりに戻れまへんか」

「まだ、仕事の話残っとるねん」

「さよけ」浩八は、しぶしぶ受話器を置いた。

五万円の仮払伝票を切り、営業第三課長の判をもらい、総務部へやってきておそるおそる窓口へ出すと、係の増田美智子が、いやな眼で浩八を見た。

「また、三宅さんかいな」彼女は眉をひそめ、立ちあがった。「経理課長に訊いてくるわ」

「早よしてや」と、浩八は指さきでカウンターを叩きながら、そういった。

営業庶務というポストは、組織としては営業部に所属しているものの、配属されているのは、佐山浩八のように、総務畠の人間である。

営業と総務の間の、コウモリ的な存在といえよう。ばたばたと、やたらにいそがしいが、営業マンたちからは、総務のまわし者と白い眼で見られ、総務部の社員からは、事務屋の風上にもおけぬ奴と、軽蔑の瞳で見られる。

どういう仕事かというと、それはたとえばセールス関係の接待費や交際費、得意先への中元歳暮、はてはリベート、また、大きな声ではいえないが賄賂などの経費を、帳簿上どう処理するかを決め、その世話をするといった、文字通り営業のための雑用だ。

小さな会社だから、係員は浩八を含めて三人だけ、しかも浩八は入社したのが三年前で最年少、つまり使い走りはいつも彼の役なのである。

「課長さん、呼んではるわ」増田美智子が戻ってきて、そういった。

浩八は、経理課長の机の前に立った。

「どない処理する気やねん」経理課長は、ぶよぶよにふくらんだ浅黒い顔をあげ、小さなまん丸い眼できょとんと浩八を眺めながらいった。「営業第三課の接待費の予算は、もうとうに足出とる」

「営業経費として、落します」

「そら注文とれた時の話や」課長は少し声を高くした。「三課の三宅、あら札つきやさかいな」

「今度は、大丈夫やそうです」

いったい、どっちの味方か——と言いたげに、経理課長はじろりと浩八を睨み、印鑑をとり出した。「そらまあ、注文とれなんだら営業第三課の責任やねんさかい、かまへんけどな」しぶしぶ、判を押した。

増田美智子から五万円受け取り、浩八は会社を出てタクシーに乗った。タクシー代は三宅からふんだくるつもりだった。

大村産業のビルに入ると、三宅は受付の前の広いロビーで待っていた。「おおきに、おおきに。まあ、ちょっとお茶でも飲んでいかへんか」

「いや。ぼく、急きますさかいに」

「まあ、ええやないか」三宅は浩八を、ビルの地下の喫茶室へつれていった。

「その金、営業経費で落ちますやろな」

「ああ。大丈夫や。まかしとき」三宅は安請けあいをした。

浩八がさらに何かいいかけると、三宅はいそいで話題を変えた。「君、まだ結婚せえへんのか」

「はあ。結婚でっか」浩八は面くらい、ぼんやりと、三宅のにやけた細い顔を眺めた。

「いそがしいて、考えたことおまへんわ」それから、身を乗りだした。「ぼくは二十五や。そやけど三宅さん三十二でっしゃろ。三宅さんこそ、なんで結婚しはりまへんねん」

「結婚する必要が、あんまりないさかいな」三宅は上っ調子にへらへらと笑った。

「ぼくは、女ちゅうもんにあんまり魅力感じまへん。そこへさして、魅力感じてる暇がおまへんわ」と、浩八はいった。

「そらまた極端やな。女の裸想像して、興奮するちゅうこともないのか。そんなこと、ないやろ」

「裸なんて、別に想像せいでも、最近そこらへん、裸の写真だらけやし、もう見馴れてしもて、何とも思えしまへん」

「ははあ。年代の相違やな。わしらの学生時代には、ヌード写真なんかほとんどなかったからなあ」三宅は、外人を見る眼で浩八にいった。「最近の若い子は、みんなそうかいな」

「そうでっしゃろ」と、浩八は答えた。「女の子と交際しすぎて、セックスには鈍感ですな。ぼくもそうです」

「そんなら、ミニ・スカートの女の子見ても、どないもないか」

「どないもおまへん」

「ぽちゃぽちゃあ、とした、若い女の子の、きゅきゅきゅきゅとした、白い足見ても、どないもないか」

「どうちゅうこと、おまへん」

「ははあ。どうちゅうこと、ないか。そうか」三宅は少しあきれ顔で、しばらく浩八を眺めた。人間以外の動物を見る眼つきをしていた。「そんなら、夜寝る前、いったい、どんなこと考えるねん」

「悲しい話やけど」浩八は俯向いた。「仕事のことです」

「偉いやないか。そない仕事が好きか」

「今の仕事、好きやおまへん。その好きでない仕事のことで頭使うて、それで夜眠られへんのやさかい悲しいわ。こんなこと三宅さんやさかい喋れるねんけど、あの営業庶務ちゅう仕事、あれ、男のやる仕事違いまっせ。あれ女の仕事や。他人の飲み代の計算やとか、使い走りやとか……」

「ふうむ」三宅はばつの悪そうな顔をした。

浩八は急にいきごんで、仕事の不満を喋りはじめた。年齢に開きはあるものの、社内に数少ない独身者同士なので、三宅とは比較的親しかったからである。

「そうかあ。そない仕事に追いまわされとるんか」浩八が喋り終えると、うわべだけは、さも同情するといった調子で三宅はそういい、しばらく何か考えていたが、やがて眼を光らせ、テーブルに身をのり出した。「そやけど、君かてやっぱり、オナニーはするんやろ。どや。どや。オナニーはするやろ」

「ああ。オナニーでっか」浩八は興味なさそうにうなずいた。「話だけは聞いてます」

「え」三宅は、眼を丸くした。それから背を丸め、声をひそめた。「君、オナニーしたことないのか」

「はあ」

「へええ。君、オナニーしたこと、ないか。そうか」三宅は背をのばし、無機物を見る眼で浩八をじろじろ眺めまわした。それからまた、浩八の鼻さきへ顔をつき出し、声をひそめた。「一回もないのか」

「はあ。する気もないし、やり方も知らんし……」と、浩八はいった。

「ははあ」三宅は感にたえぬ口調で、吐息まじりにいった。「やり方、知らんか」

「三宅さんが結婚しはらん理由は、それでっか」と、浩八は訊ねた。

「そや」三宅はわれにかえり、決然としてうなずいた。「オナニーしとったら、結婚する必要なんか、ない。いやいや。結婚なんかするより、オナニーの方が、ええ」

「ああ、そうでっか」どっちにしろ、浩八には関係のないことである。しかし、やり方ぐらいは知っていた方がいいだろうと思い、彼は三宅に訊ねた。「あの、オナニーは、どうやってやるんです」

「やり方ねえ」三宅は説明のしかたに困った様子で、きょろきょろと左右を見まわした。やがて、うんとうなずき、喋り出した。「せんずりちゅう字は、手偏に上下と書く」

「ははあ。せんずり、ちゅう字がおまっか」

「当用漢字にはないが、『弄』の俗字として、ある。手偏に上下、つまり、しごくんや」

「なるほど。手でしごきまっか」

そこへ、大村産業の資材課長が、課員をひとりひきつれて入ってきた。「三宅君。えらい待たせて済まなんだ。ここで説明聞かして貰おうか」

取引の話が始まったので、浩八は席を立ち、大村産業のビルを出た。

2

数日後の昼過ぎ、自分の席で伝票の整理に追いまわされている浩八のところへ、三宅がやってきてささやいた。「茶、飲みに行こか」

「はあ」話がありそうな様子なので、浩八は三宅と社の近くの喫茶店へ行った。

会社の男たちの間で評判のいい、邦ちゃんという可愛いウェイトレスにコーヒーを注文してから、浩八はさっそく訊ねた。「注文、とれましたか。大村産業の」

「それやがな」三宅は、なさけなさそうな顔で苦笑した。

浩八は、背すじをしゃんとのばした。「まさか、とれなんだん違いまっしゃろな」

「他社にとられてしもうた」

「困りますやないか」浩八は、思わず声を高くした。「どない処理しまんねん。わややがな」

「すまん。接待費に入れといてくれ」

「とうに赤字や。どないしまひょ。困るなあ。また経理課長がうるさい」

「仕様ないがな。金なかったら、ええ仕事とられへん」三宅はまた、お得意のせりふを暗誦しはじめた。「会社の金と自分の金と、区別つかんくらいやないと、ええ営業マンやないねん」

「そら、営業マンの理屈や」

「君、営業部員やないか」三宅は白い眼で浩八を見た。

「弱ったなあ」浩八は頭をかかえ、うめくようにいった。「また今夜、寝られへん」

三宅はにやりと笑い、眼を細くして浩八に訊ねた。「どや。教えたとおり、やってみたか」

「は。何の話です」

「オナニーやがな。オナニー。手偏に上下」

浩八は少しあきれて三宅の顔を見た。

——この男、いったい頭の中どないなっとんねん。仕事とり損のうて平気なんやろか。

「昨夜、あんまり寝られへんさかい、実験してみました」浩八は、しかたなくそう答えた。「そやけど、あきまへん。なんぼ手で上下にしごいたかて、どないもならへん」

今度は三宅があきれかえり、宇宙人を見る眼で浩八を眺めまわした。「阿呆やなあ。手でしごくだけで、どうにもなるかいな。考えなあかんがな」

「何を考えますねん」

「決っとるやろ。女のことや」

「女のことかあ」浩八はつまらなそうにつぶやいてから、きょとんとした顔で三宅に訊ねた。「どういう女のことです」

三宅は頭髪をばりばりと掻いた。「君は大学時代、女の子とようけ交際したんやろが」

「ああ」浩八は笑った。「そらまあ、二十人くらいとはつき合うたけど」

「その子らを、想像で裸にするんや」

「阿呆らしいて」浩八は苦笑した。「子供だっせ。それに、一緒に旅行したり合宿したりして、寝相の悪いことやら、全部知っとるさかい、今さら裸にしたかて」

「そうかあ。年代の相違やなあ」三宅は考えこんだ。

邦ちゃんが、コーヒーを運んできた。

三宅が顔をあげ、彼女を指していった。「この子どや。この子、裸にしたらええで」

「邦ちゃんねえ」浩八は、彼女の濃紺の制服姿を見あげ見おろした。「そんなら、この子裸にしてみまひょか」

邦ちゃんは一歩とび退り、銀の盆を腰のあたりにして身構えた。「けったいなことしたら、蹴るで」

「こわいこわい」三宅が首をすくめた。

「あの子であかんのやったら」と、また三宅がいった。「経理の増田君どやねん」

浩八は、増田美智子の仏頂面を思い浮べた。そういわれてみれば、可愛いと思えないことも、なさそうだった。

「あの子は、ええでえ」三宅が舌なめずりせんばかりの表情でいった。「ぽちゃぽちゃあ、としてて、白い足が、きゅきゅきゅきゅきゅきゅ……」

「そないあの子好きやったら」と、浩八はいった。「三宅さん、あの子貰いなはれ」

「結婚か。結婚はいかん」三宅はあわてて、かぶりを振った。「女ちゅうもんは、結婚するもんやない。オナメイトにするもんや。結婚したら幻滅や。実際に抱くだけでも幻滅や。コイトスなんちゅうもんは、オナニーの貧弱なもんに過ぎん。フロイトも、そない言うとる。想像ちゅうことは、人間だけにでける高度な思考や。つまりコイトスより、オナニーの方が高等やねん。相手にどんな恰好でもさせられる。強姦しようが絞め殺そうが犯罪にはならん。だいいち、一どきに三人の女と——なんちゅう芸当は、オナニーでないとでけんからな」

「結婚せな、不自由ですやろ」

「阿呆ぬかせ。結婚した方が不自由や」三宅は、唾をとばして喋りはじめた。「家事さぼる方法ばっかり考えとる最近の女を、なんで男が働いて食わしたらんならんねん。どうせインスタント食品食わされるんやったら、独身と同じやないか」

「佐山さん電話」と、店の隅から邦ちゃんが浩八を呼んだ。

電話は増田美智子からだった。「経理課長が呼んではる」

「そらきた」浩八は首をすくめた。「怒っとるか」

「かんかんや」

「あんたのために、なんでぼくが叱られなあかんねん」席に戻り、泣き出しそうな顔で浩八は三宅にいった。

「すまんすまん」ちっとも済まなそうでなく、三宅はへらへら笑いながらそういった。

こうでなくては、会社勤めなどできないのではないか、と、浩八は思った。

3

経理課長に怒鳴りつけられたため、その夜浩八は、アパートに敷きっぱなしの冷たいふとんにもぐりこんでからも、なかなか眠れなかった。三宅の図太い神経が羨ましかった。

あの男に、眠れない夜なんて、あるのだろうかと、浩八は思った。もしあるとしても、オナニーでごまかして、さっさと寝てしまうに違いない——そうも思った。

浩八はオナニーをしてみる気になった。生理的欲求ではなく、眠れないためにするのだと自分でわかっているものだから、わびしく、うら悲しい気持だった。気分がのらなかった。それでも無理をして、なんとか女の裸を想像しようとした。裸だけなら、簡単に想像できそうだった。

案の定、裸の女はいくらでも出てきた。男性週刊誌のグラビヤに出ているグラマー・ヌードが、次から次から一ダースばかりあらわれた。

そやさかい、どないやいうねん——浩八は舌打ちした。何の気も起らなかった。

性交そのものに関する解説書は本屋にあふれているのに、どうしてオナニー初心者の心得を書いた本や、想像の内容を書いた本——たとえば『オナニーの友』とか『最新ヒット・オナニー集』といった手の本が一冊もないのか、浩八には不思議に思えた。オナニーの方が性交そのものよりエロだという筈もあるまい。オナニーに関する正確な知識を教える本がない限り、知らぬ者はいつまでも知らないままだ。それでは不公平ではないか。

三宅に聞いた話だと、少年時代のオナニーには罪悪感がともなうそうだ。その罪悪感のために、オナニー入門書を書く人間があらわれないのだろうか。その罪悪感というのは、おとなになっても残っているものなんだろうか。

うん、どうもそうらしいぞ——浩八は天井のふし穴を睨みながらうなずいた。そういえばたしかに、昨夜のコイトスの回数を誇る男はざらにいるが、オナニーの回数を誇らかに喋っている男は、まだ見たことがない。また、失神などのエロ小説は氾濫しているが、オナニー小説だけは、まだ読んだことがない。罪悪感があるんだ……。きっとそうだ……。

そんなこと、どうでもええがな——浩八は、われにかえり、ふたたびオナニーに没入しようとした。

裸の女が出てくるだけではどうにもならないことを知り、浩八は、想像で女を犯そうとした。しかし、グラビヤのヌード・モデルを犯そうとしても、つきあいがないものだから彼女たちがどう反応するかを空想することは困難だった。抱きついていっても、彼女たちは同じポーズ、同じ表情のままでじっとしていた。

浩八はしかたなく、経理課の増田美智子を登場させることにした。まず、事務服を着たままの増田美智子を、無理やり押し倒した。彼女はいつもの仏頂面をしていた。浩八はおそるおそる、彼女の事務服のボタンをはずそうとした。増田美智子は、いやな眼で浩八を見た。

「堪忍してくれ」と、浩八は弁解した。「ほかに適当な女の子がおらんさかいに。まあ、そんな顔せんと、我慢してえな。ええやろ」

彼女は眉をひそめ、立ちあがった。「経理課長に訊いてくるわ」増田美智子は、半分脱がされかかったままの事務服姿で、課長の机の方へ歩いていった。

「早よしてや」浩八は、ズボンを脱いで下半身まる出しのまま、指さきでカウンターを叩きながら、そういった。

「課長さん、呼んではるわ」増田美智子が戻ってきて、そういった。

なんで課長の了解得なあかんねん――筋が進展しないのでいらいらしながらも、浩八は経理課長の机の方へ行かずにはいられなかった。

「どない処理する気やねん」経理課長は、ぶよぶよにふくらんだ浅黒い顔をあげ、小さなまん丸い眼できょとんと浩八を眺めながらいった。「子供できたら、どないする」

「堕ろさせます」

「その金はどないするねん」

「営業経費として、落します」

「そら注文とれた時の話や」

「大丈夫やそうです」

経理課長は、浩八の下腹部に、しぶしぶ判を押した。

浩八は、また窓口まで戻り、増田美智子をカウンターの上へ引っぱりあげて犯そうとした。他に、適当な場所が思いつかなかったからである。総務部の社員たちが、あきれて二人を眺めていた。

こんなところで犯すと、また経理課長がうるさいだろうなと、浩八は彼女を犯しながら頭の隅でそう思った。

そう思ったとたん、浩八の腹の下の増田美智子が、ちらと課長席を見て、浩八に告げた。「課長、こっちへ来るわよ」

「そらきた」浩八は首をすくめた。「怒っとるか」

「かんかんや」

「あ、そらまた、なんちゅうこと、さらすねん」と、経理課長が怒鳴った。「ここは会社の中やぞ」

そこへ三宅がやってきて、浩八にいった。「茶、飲みに行こか」

「いや。ぼく、急きますさかいに」

「そんなら、すまんけど五万円の伝票切ってくれるか」

「またでっか」浩八は顔をしかめた。

「資材課長と、今夜バーへ行くねん、ごつい仕事とれそうやさかい」

「つけにでけまへんか」浩八はあせって、手の上下運動を早めながらいった。「ぼく、早ようこれ済ませてしもて、早よう寝ないかんねんけどなあ」

三宅は、にやけた細い顔で、好色そうな眼を浩八と増田美智子の行為に向けながらいった。

「そんな淋しーいこといわんと、貰うてえな」

「五万円、出してくれるか」浩八は、腹の下の増田美智子に、おそるおそうそう訊ねた。

「また、三宅さんかいな」と、彼女はいった。

「こいつは札つきやぞ」と、経理課長がいった。「営業第三課の接待費の予算は、もうとうに足出とる」

「あんたのために、なんでぼくが叱られなあかんねん」浩八は、増田美智子のからだに覆いかぶさったまま、泣き出しそうな顔で三宅に叫んだ。

「会社の金と自分の金と、区別つかんくらいやないと、ええ営業マンやないねん」

　カウンターの両側に三宅と経理課長がいては、とても目的を遂行できる筈がない。浩八は手の動きをとめ、増田美智子との行為を中断した。

　浩八は溜息をついた。頭が冴えて、ますます眠れなくなってしまっていた。中途半端に中断したため、その気もないのに鬱血していて、下腹部が火照っていた。

　午前零時は、とっくに過ぎていた。明朝、いつも通り早く起きなければならないのだと思えば思うほど、尚さら眼が冴えた。浩八は、泣きたくなった。

　半泣きのまま、しかたなく、もう一度オナニーを試みることにした。早く疲労して、早く眠りたかった。

　浩八の鼻さきを、一ダースばかりのカラー・ヌード・モデルが、右から左へとあわただしく横切っていった。最後に、増田美智子が事務服を脱がされスカートをまくりあがらせた、あられもない恰好で出てきた。浩八はあわててかぶりを振った。

「ついて行け」

彼女はモデルたちといっしょに、左へ消えていった。

浩八は、出金伝票や営業日報、原価計算表の束の中をかきわけ、かきわけ、犯すべき女をさがして、猛然と走った。営業各課の数枚の交際費予算表をつき破り、走り出ると、そこに『五万円』という名の喫茶店があった。

浩八は、店のガラス・ドアを破壊して、中へおどりこんだ。店の隅には邦ちゃんがいた。彼女は浩八を見て眼を丸くし、立ちすくんだ。浩八は、彼女に向かって突進した。

邦ちゃんは一歩とび退り、銀の盆を腰のあたりにして身構えた。「けったいなことしたら、蹴るで」

浩八はたじろいだ。

三宅が彼女の横に立ち、浩八にいった。「この子どや。この子、裸にしたらええで」

「そんなら、この子裸にしてみまひょか」浩八は、自分の股間めがけて蹴あげてくる彼女のハイヒールを、身をくねらせてかわしながら、邦ちゃんに武者ぶりつき、彼女をテーブルの上に押し倒した。

「この子は、ええでえ」三宅が下なめずりせんばかりの表情で、横からいった。「ぽちゃぽちゃあ、としてて、白い足が、きゅきゅきゅきゅきゅきゅ……」

浩八は邦ちゃんの、濃紺の制服に手をかけ、力まかせに引き裂いた。彼女の白い筈のブラジャーは、うす鼠色に汚れていた。

その時、浩八の大学時代のガール・フレンド二十数人が、どやどやと喫茶店に入ってきた。彼女たちは、黄色い声ではしゃぎながら、カウンターの下から合宿用の毛布を出した。そして浩八の頭を踏んづけたり、またいだりしながら、店いっぱいに拡って横たわり、うす汚れた下着姿、ネグリジェ姿になった。

やがて、いぎたない寝姿で高いびきをかきはじめた彼女たちを見て、浩八は、彼が自分の腹の下に組み敷いている邦ちゃんといえども、大学時代のガール・フレンドたちと比べて、何ら変るところのない、枯草と土の匂いのする、うぶ毛のはえた小娘であることに気がついた。

「まだ子供や」と、浩八はつぶやいた。「阿呆らしいて、阿呆らしいて……」

そこへ、大村産業の資材課長が、課員をひとりひきつれて入ってきた。「三宅君。えらい待たせて済まなんだ。説明聞かして貰おうか」

三宅が、浩八の行為を指し示しながら、説明をはじめた。「せんずり、ちゅう字は、手偏に上下と書きまんねん。当用漢字にはおまへんけど、『弄』の俗字として……」

4

翌朝、浩八は、入社以来はじめて寝過ごした。眼を醒ました時は九時半だった。混雑時を過ぎていたため、電車は空いていて、浩八はシートに腰をかけることができた。浩八の前のシートに、ミニ・スカートの女性が股を開いて腰をおろした。オナニーするような男は、きっとこういう時には、かんかんになって覗きこみよるんやろうな――浩八はそう思い、シートの凭れから背をずり落し、頭の位置を低くして、彼女の股間を覗きこもうとした。

その時、電車が停った。

浩八はシートから電車の通路へころげ落ちた。

乗客が、いっせいにげらげら笑った。ミニの女性もげらげら笑った。浩八もげらげら笑いながら立ちあがった。みんな、げらげら笑った。

月末だったので、その日会社では、売上金額を表にして経理へ提出しなければならなかった。

帳簿片手に総務部へ行くと、カウンター越しに増田美智子が、浩八へ例の仏頂面を向けた。昨夜のことを思い出して浩八はくすくす笑った。

「何よう」増田美智子が首をのばし、彼を睨みつけた。

浩八は立ちどまり、げらげら笑った。

増田美智子は、わけもわからずにくすくす笑った。「どないしはったん。今日は」

彼女の笑顔を見たのは、入社以来はじめてである。浩八はなおもげらげら笑いながら、彼女に近づいていき、昨夜のことを話そうとした。口を開きかけ、また、げらげら笑ってしまった。彼女も、つられてげらげら笑い出した。

浩八は笑いをこらえながら、彼女の耳に口を近づけ、昨夜のことを話し、話し終えてから、またげらげら笑った。増田美智子は、一瞬まっ赤になり、それから嬉しそうにげらげら笑いはじめた。眼の周囲がばら色になり、見ちがえるほど色っぽくなって、身をくねらせながら笑い続けた。

「こらこら。君らはまた、何笑うとるねん」経理課長がタヌキのような顔に好奇の色をみなぎらせ、にたにた笑いながらやってきた。

増田美智子が、笑いながら昨夜のことを話した。聞き終り、経理課長はまっ赤な口を開いてげらげら笑い出した。

三宅が、げらげら笑いながらやってきて、出金伝票を浩八に渡した。「すまんなあ。また五万円ほど貰うてんか」

浩八はげらげら笑いながら伝票を受けとり、増田美智子に渡した。「これ、貰うてんか」

「はい」増田美智子はげらげら笑いながら伝票を受けとり、課長に渡した。「判、押してんか」

「よっしゃ。よっしゃ」課長はげらげら笑いながら印鑑を出し、小さな伝票用紙の上へ滅多やたらに判を押しまくった。

「毎度おおきに」げらげら笑いながら、銀の盆に出前のコーヒーを乗せた邦ちゃんが入ってきた。

「役者が揃うた」と、経理課長がいった。「さあ、佐山君。昨夜の通りにやってみい」

「はい」浩八はさっそくズボンを脱ぎ、下半身をまる出しにしながら、邦ちゃんにいった。「君は、あとまわしや」増田美智子をカウンターの上に引きずり上げた。「君が先や」浩八は彼女の事務服をむしりとり、スカートをまくりあげ、パンティをずりおろした。

総立ちになり、あきれて眺めている総務部の社員たちに、三宅が大声で説明をはじめた。「ええ、せんずりィちゅう字はァ、手偏にィ上下とォ……」

行為に没入しながら、浩八は思った。

――やれやれ。これで今夜は、ぐっすり眠れそうや。

信仰性遅感症

「鮎子（あゆこ）さん。あなた、とてもまずそうにお食べになるわね」

鮎子と向かいあった席でカレーライスを食べていたシスター・中井が、首をかしげ、頬に笑みを浮かべながらそういった。鮎子の食べっぷりをしばらく前から観察していたらしい。

「あら。やっぱり見ててわかりますか」鮎子はランチの皿にフォークとナイフをおき、軽く溜息（ためいき）をついた。「そうなんです。まずい、というより、ぜんぜん味がわかりませんの。それで困ってるんです」

「まあ。変ですこと」シスター・中井はくすくす笑った。「じゃあ、何を食べても同じなんですか」

「そりゃあ、歯ごたえで、柔らかいか固いかの違いはわかりますわよ。でも、味覚はまったく」

「まあ、そんなに」シスター・中井は笑顔を消し、眉をひそめて鮎子を見つめた。

「お気の毒ね」

鮎子は微笑して、投げやりにいった。「感謝の気持が不足してるんですわ。きっと」

「空腹感はおありなの」

「それはありますわ。満腹感も」

「変ですわねえ」シスター・中井はいたわりの気持をこめた眼で、鮎子を見つめ続けた。「どこかお悪いんじゃありませんこと」

「あら。そんなたいしたことじゃありませんわ。ご心配なく」鮎子はわざと声を出して笑ってみせた。「ほんとにご心配なく」

シスター・中井は笑わなかった。「でもお気の毒ですわ。味覚がないなんて。それに、味がわからなかったら、間違えて変なものを食べてしまうおそれも」

「いやですわ。まさかそんなこと」

「いいえ。笑いごとじゃありませんわよ。いちどお医者さまに診ていただいたら」

「いいえ」鮎子はかぶりを振った。「原因はだいたい、わかっていますのよ」

「あら。そうでしたの」シスター・中井はやや安心した表情を見せ、それ以上は何も訊ねようとせず、もくもくと食べはじめた。

えらいわ、と、鮎子は思った。わたしだったら、修業が足りないから、さらに根掘り葉掘り訊ねようとするだろうに。

そう思うと同時に、自分の喋りかたがいかにも思わせぶりだったことに気がつき、そんな喋りかたをした自分が厭になった。このシスターは、本気でわたしのことを心配してくれたのに。

鮎子はそっと周囲をうかがった。あと十数分で午後の授業が始まろうとしているため、教職員食堂にいるのは彼女たちふたりきりだった。

ちらちらと眩しげにシスターの修道服をうわ眼で見て、鮎子は言った。「そうなんです。自分でわかっているんです。食べものの味がわからなくなった理由は、食べものを食べながらも、その味を味わうまいとしたからだと思いますわ」

「え」シスター・中井は顔をあげ、眼を丸くした。「どうしてまた、そんなことをなさったの」

「味覚を楽しむことに罪悪感があったんだと思います」

「まあ。驚きましたわ。鮎子さんって、そんな禁欲的な」そこまで言ってシスター・中井は顔を赤くした。「わたし、耳が痛いわ。よく食べすぎておなかをこわしますし、去年のクリスマスの次の晩など、葡萄酒をいただき過ぎて、ぐでんぐでんに酔っぱらいましたのよ。あの時のこと考えると、顔から火が出ますわ」

「ファーザーからうかがいましたわ」鮎子は笑った。「寝ておしまいになったのね。でもあれはお疲れだったからでしょう」

「皆さんそういってなぐさめてくださるんですけど」彼女は陽気に笑った。そんな彼女はとても若く見えた。

わたしと同じで来年は三十歳になるはずなのに、どうしてこのひとはこんなに若いのだろう、シスター・中井の赤くつやつや光る頬を見ながら鮎子はそう思った。

「わたしの父は」と、鮎子はいった。「とても食べものにやかましい人だったんです。自分では食通を気取っていましたけど、食い意地が張っているだけだという評判でしたわ。小さいころからわたし、そんな父が嫌いでしたの。意地が汚ないというだけでなく、すべてのことに対して欲望の強い人でした。はっきりと父を憎みはじめたのは少女時代からですわ。少女時代、特にわたし、潔癖だったものですから」鮎子は力なくかぶりを振った。「洗礼を受けたのも、今から考えればその父への憎しみがあったからではないか、そう思うんです」

シスター・中井は大きくうなずいた。「よくあるケースだそうですね。誰かへの反抗から禁欲的になるというのは」

「ええ。だから決して褒められるようなことじゃないんです」

「でも、今ではそれに気がついて、いわば眼醒めたわけでしょう」シスター・中井は意味ありげににこにこしながらいった。「眼醒めないよりは、眼醒めた方がよかったわけじゃありませんこと」

誰か、ほかの人のことを言ってるのかしら、そう思い、鮎子はシスターの誰かれの顔を次つぎに思い浮かべた。コンプレックスゆえに信仰の道に入り、そして今になってもそのコンプレックスに自分で気がついていない人物の二、三人は、すぐに指摘することができた。

次に鮎子は、シスター・中井の健康そうな顔色をうかがいながら、この人にはなんのコンプレックスもないのだろうかと考えた。なんのコンプレックスもなさそうに思えた。陽気で、人に好かれ、どんなものにも興味を持ち、なんでも喜んで食べ、音楽、スポーツ、その他あらゆることを楽しんでいるシスター・中井を見ていると、コンプレックスを隠そうとしてずいぶん無理をしている自分などとは、人間の大きさがひとまわりも、ふたまわりも違うように思えた。

どちらが先というわけでもなく、二人は同時に腕時計を見、あわてて立ちあがった。

「いけない。行かなくちゃ」

「授業がはじまるわ」

「わたしは、母親教室なの」

教職員食堂の前の廊下で鮎子はシスター・中井と別れた。この育徳学園で、鮎子は小学校四年生の一クラスを、シスター・中井は幼稚園の五歳児クラスを、それぞれ受持っているのだ。

シスター・中井は小声でバカラックを歌いながら歩き去った。鮎子はいったん職員室に戻ってから、二階の端にある受持の教室へとながいながい廊下を歩きはじめた。学園の庭の花壇は春だった。窓から花壇の彼方のチャペルへ入って行く神父の肥った姿が見えた。ゴッド・ファーザーだというので子供たちから再認識され、最近は得意満面の神父であった。

誰もが生活の、人生の歓びをあるがままに受け入れ、享楽している、鮎子にはそんな気がした。いったん歓楽を追求しはじめたら、享楽主義者だった父の血をひいている自分はどんどこまでも深みにはまっていって、抜け出せなくなるのではないか、そう思い、あらゆる肉の欲望を強く拒否してきた今までの彼女自身の姿勢を、鮎子は急に子供っぽいものに思いはじめていた。

教室まで数メートルという廊下のまん中で鮎子は立ちどまった。

だしぬけに口の中へ、すばらしい味が拡がりはじめたのである。最初はコンソメ・スープの味だった。次にエビ・フライの味が拡がった。罪悪感に責められながらも、おいしい、と、鮎子は思った。味覚の復活であった。それは奇妙な感覚だった。反芻とはまた違っていて、歯ごたえや舌ざわりはなく、純粋に味覚だけがはっきりと感じられたのである。

ランチはエビ・フライではなかった。エビ・フライを食べたのは昨夜の八時頃だった。その時には何も感じなかった昨日の夕食の味が、約十七時間後に口の中へ蘇ったことになる。コンソメ・スープ、エビ・フライ、アスパラガス、ポテト・サラダ、そしてライスの味を、十何年ぶりかでなまなましく次つぎと味わいながら、そして聞いたことも読んだこともないその奇妙な体験に大きくとまどいながら、鮎子は教室へ入っていった。

なぜ、昨日の夕食の味を今ごろ感じたのだろう、なぜだろう。その日の午後は授業もうわの空で、鮎子はそのことを考え続けた。

シスター・中井との会話がそのきっかけになったのだろうか、と、彼女は思った。味覚を享楽することに対して抱いていた罪悪感が、シスター・中井の大らかさを見ているうちにその影響を受けて消滅した、とでも解釈するほか、彼女にはいい答えが見つからなかった。

ではなぜ、食べている時に味を感じないで、十七時間も前に食べた食べものの味が蘇ったのだろう。食べながらその食べものの味を味わえるほどには、まだ罪悪感が完全に消え失せていないのだろうか。

五時過ぎ、鮎子は学園を出て、児童心理学者が雑誌で推薦していた本を買いに行くためバスに乗ろうとした。だがバス停には、いつも鮎子をそこで待ち受けているいささかやくざっぽい青年が立っていた。鮎子がバスに乗れば、彼もあとから乗ってくるはずだった。そして鮎子が町なかを歩く間中つきまとうに違いなかった。読むべき本ならほかにもある、鮎子はそう思い、バスに乗るのをあきらめて寮に戻った。

その青年は眉が濃く、色が浅黒く、背は高かった。年齢は鮎子と同じくらいに見えた。服装が派手な点と、彼女にうるさくつきまとうことを除けばむしろ好感の持てる、どちらかといえば鮎子の好きなタイプの青年だった。だから鮎子は必要以上に彼を警戒した。それが、いかにも女にかけては自信がありそうなその青年をよけいに苛立たせ、しつっこくさせているのかもしれなかった。

鮎子は自分のことを、男性を好きになりやすい女に違いないと思っていた。片っぱしから女に手を出した父親の血をひいて、自分もきっと淫蕩な性格なのだと決めてしまっていた。だから男を意識しすぎるほどに意識し、そのためかえって男たちから興味を持たれることにまでは思い至らなかったのである。

学園の職員寮は町を見おろせる高台にあり、あたりには大きな住宅が多いため、静かだった。鮎子の部屋は二階にあり、ベランダは町とは反対の方角に面していた。町の夜景を見て眼を楽しませることさえかたくなに拒否した鮎子が、自分でその部屋を選んだのだった。

町へ出て、寮の食堂で出る夕食よりは少しばかりおいしいものを食べようと思っていたのに、そんなことを考えて残念がっている自分に気がつき、鮎子は苦笑した。食べものの味をあるがままに味わうべきだと自分で決めたとたん、今度は急にそんなにまでこだわりはじめた自分を、やはりもともと意地が汚なかったのだと思わずにはいられなかった。

机に向かって本を読んでいると、背後でかちっ、という金属的な音がした。ベランダとの境にあるガラス・ドアの掛け金をかけた音だった。鮎子はふり返った。

そこには、さっきバス停にいたあの青年が立っていた。濃い眉の下の大きな眼をいささか細め、口もとに微笑を浮かべていた。裏庭に通じているベランダの横の階段から登ってきたに違いなかった。外はもうまっ暗になっていた。

ひっ、と、のどを鳴らして、鮎子は立ちあがろうとした。だが、下半身がしびれているように思え、立つとひっくり返るのではないかというおそれもあり、立ちあがることはできなかった。椅子に腰かけたまま青年を凝視する鮎子の手足が、急速に冷たくなっていった。胸に固いものがつっかえ、吐き気がした。

「やあ」鮎子を見つめたままで、青年は低くそういった。彼女のうろたえぶりを見て、自信を強めた様子だった。

鮎子はやっと、かすれた声を出した。「どなたですか」

そして、眼を伏せてしまった。眼を伏せたりすれば彼がますます自信を深めるであろうことはよくわかっていながらも、それ以上男性と眼を見つめあうことに耐えきれなかったのだ。そんなことをした経験は、一度もなかった。

「どなたですかだなんて、冷たいこというなよ」青年はくすくす笑いながらいった。「いつも会ってるじゃないか」鮎子に近寄ってきて、彼女の顔をのぞきこむようにした。「どうしてぼくが話しかけても、一度も返事してくれなかったの。え」肩に手をかけようとした。

あやうく鮎子はその手の下をすり抜け、椅子の傍に立って青年に向きなおった。だが、どう返事していいかわからなかった。彼から話しかけられて一度も返事しなかったことに、罪悪感めいた気持さえ湧いてきた。それは彼の行為をいやらしいと勝手に断じ、それを咎め立てする態度でもあり、また、彼女自身の気持にそむく態度ではなかったか。

だがすぐに彼女は、そんなことを詫びる必要はまったくないことに気がついた。むしろ彼の不作法を咎めなければならないのだ。

「出て行ってください」やっと平静に戻った声で彼女はいった。「ここは女ひとりの部屋です」

青年は笑いを消さず、意外そうに答えた。「もちろん、ここが君ひとりの部屋だってことぐらいは知ってるよ。だから来たんじゃないか」笑った。「はははは馬鹿だなあ。そうだろう」また、彼女の顔をのぞきこんだ。

彼女は顔を彼からそむけた。「何をしにきたのですか」

青年は手を腰にあて、片足を前に出した。「君ね、どうしてそんなわかりきったことばかり訊くの。え。ぼくがね、君を好きだからここへ来たぐらいのこと、初めからわかってるだろうが。え。だから君は、そんなにおどおどしてるんだろうが」

気持を言いあてられ、鮎子は大きく動揺した。だがさいわい、顔色には出さずにすんだ。「おどおどなんか、していません」

青年への怒りは、不思議なほど湧いてこなかった。人の行為を許す訓練をし続けてきたため、こんなあからさまな不作法に対してさえ怒れないのだろうか、と、鮎子は思った。あるいは自分がこの青年を、好きだからだろうか。

まさか、と大きく心で打ち消して、鮎子は強く言った。「さあ帰ってください」

青年はくるりときびすを返し、つかつかとベランダの方へ歩いた。鮎子がほっとしたのは一瞬だった。彼はベランダのカーテンをひいてしまったのである。室内の明りは鮎子のテーブルの電気スタンドの六十ワットだけになった。

「帰らないよ」青年は鮎子に向きなおり、反抗的にいった。命令されたため、やや怒っていた。

鮎子は大きく胸をそらせ、青年を睨みつけた。「さあ。お帰りなさい」

青年は鮎子に近づいた。鮎子はあと退りすることができなかった。部屋は狭く、それ以上あと退れば、そこにはベッドがあるだけなのだ。

彼は鮎子は抱き寄せようとした。

からだを固くして、彼女はいった。「何をする気です」

「わかってるだろ。楽しむんだよ。セックスを」

「そんなことは、か、神が、お許しになりません」

「へえ」青年は彼女からやや身をひき離し、鮎子の顔をつくづくと見まわした。「やっぱり君は、アーメンだったのか。そうじゃないかと思ってたんだが」

「あなたは、けものではないでしょう。欲望のままに行動してはいけません。神に恥じるような行いは」

「誰に恥じるんだって」青年は、きら、と眼に憎悪の色を浮かべて叫んだ。「なぜ愛しあうのがいけないんだ。おれ、あんたを愛してるんだぜ。欲望だけだと思いたいのか」唇を歪め、彼は低く押し殺した声でつぶやいた。「いいか。お説教をするな。おれ、説教が大嫌いなんだ。おれのおふくろもアーメンだった」思い出すまい、とするかのように、彼ははげしくかぶりを振り、鮎子の唇に無理やり自分の唇を重ねあわせた。

鮎子は唇を固く閉じ、何も考えるまいとし、何も感じるまいとした。キスはもちろん初めての体験だったが、自分にかけたその暗示のため、彼女はほんとに何も感じなくてすんだ。青年が舌の先で鮎子の歯をこじあけようとしていた。だが鮎子は歯をくいしばったままだった。

青年は鮎子から顔をはなし、彼女の両肩をつかんで激しく揺すった。「そうか。そんなに何も感じないふりをしたいんなら、か、感じさせてやるぞ。自分がけものだってことをわからせてやる」鮎子をベッドに押し倒し、下着を剝ぎとろうとしはじめた。

「こ、こいつめ。こいつめ」

鮎子は無抵抗だった。ただからだを固くして、口の中で祈りのことばをつぶやき続けた。それが青年を、ますます苛立たせた。

「くそ。石像の真似しやがって。そんなことぐらいでおれが恐縮して、あきらめて退散するとでも思っているのか。何が神様だ。何がこの人を許したまえだ。何がアーメンだ。その、お祈りをとなえている口で叫ばせてやる。泣かせてやるぞ。見ていろ」

鮎子のからだにのしかかってきた。

たとえはげしく抵抗したところで、殴られて無理やり犯されるか、首を絞められて気絶しているうちに犯されるか、どちらかであろうと鮎子は想像した。もしかすると殺されるかもしれなかった。そうなればこの青年に、強姦以上の罪を重ねさせることになる、彼女はそう考え、ただ棒のように横たわっているだけだった。

青年の手によって開かされ、そして彼が侵入してきた時も、彼女は何も感じなかった。何も感じないようにと彼女は願い続けた。考えることはそれだけだった。自分がもともと人並み以上に感じる体質であるはずだということを知っていたからだ。

青年は汗を流し、あらん限りの秘術を尽して鮎子を攻めはじめた。「おれには自信があるんだからな。処女だろうがなんだろうが、おれの手にかかったら泣いちまうんだから。ええい。こいつめ。これでどうだ。感じたろう。これならどうだ」

暗示をかけてるんだわ、と鮎子は思った。たとえいくら暗示をかけられても、神を信じて肉欲を拒否する自分の精神力が、そんなものに屈するはずはない、彼女はそう思った。事実彼女は何も感じなかった。快感はおろか痛みすら感じなかった。神がついていてくれる、彼女はそう信じた。

約二十分、青年はあらんかぎりのテクニックを駆使し終えたのちに果てた。「強情だなあ、君は」砂を嚙んだような表情でのろのろと立ちあがり、投げやりに彼はいった。「ま、処女なんだから感じろといっても無理だったろうがね」弁解めいた口調でそう言い、苦笑しながらベランダのガラス戸を開いた。

振り返った。「君はカトリックのくせに、愛を拒否するんだね」

捨てぜりふのつもりらしかった。

鮎子は立ちあがり、ふたたび彼にいった。「神があなたをお許し下さいますように」

ひくひく、と青年の頰に痙攣が走った。顔を歪めたままで、彼は去っていった。

犯された怒りや悲しみは、今の鮎子とは縁遠い感情だった。欲望に屈しなかった満足感だけがあった。なぜだろうか、と、彼女は思った。自分が歳をとっているからだろう、鮎子はそう思った。鏡を見ようとした。室内に姿見はない。自分の姿態を眺め、それが他の女より美しいことを発見して、ついナルシシズムに浸ってしまうのを避けるためである。洗面所へ行き、顔を眺め、自分の顔が平然とした表情を浮かべていたため、鮎子は心のやすらぎを得た。

彼女はつぶやいた「神よ。わたしに力をおあたえくださったことを感謝します。あのひとはもう二度と来ないでしょう」

次の日は土曜日で授業は午前中だけ、そして昼からはファーザーとの昼餐会がある。これにはカトリック信者でない教職員は出席しない。昼餐会はいつも学園内の食堂で行われた。席は特に定められていないので、その日鮎子はシスター・中井の真向いに掛けた。ファーザーの席だけは窓に背を向けた正面と決っていて、あとの者はその細長いテーブルの左右に向かいあわせに腰かければよいのだ。鮎子のその日の席はファーザーから三つめの右側だった。

「中央競馬会が、電話一本で馬券を売りはじめたの、知ってはりまっか」食事中、ファーザーがそんなことを話しはじめた。

ファーザーはアメリカ人だが、もう二十年以上も神戸に住んでいるため、すっかり関西弁が板についてしまっている。

「知っております」と、シスター・中井が答えた。「園児のお母さまたちからうかがいましたわ。そのためご主人が競馬狂いをはじめたといって泣いてらっしゃるお母さまがたくさんいらっしゃいます」

「以前はノミ屋ちゅうのがおりましたんや」とファーザーはいった。「私設馬券屋ですな。で、今度のその電話馬券ちゅうのは、いわば政府のノミ行為や。わたしんとこへも、あれ以来、主人が馬に凝りはじめて金をスって、とうとう家屋敷売りとばしたちゅうて泣きついてきやはるお母はんがずいぶんふえてきとります」

「競馬というのは、それほど面白いものでございましょうか」と、中年のシスターがファーザーに訊ねた。

「どの程度に面白いのかわかりまへんけど、想像はできますな」ファーザーは薄いコバルトの瞳(ひとみ)でいたずらっぽく全員の顔を見まわした。「賭博(とばく)ちゅうもんがどれだけ面白いもんかと思うて、わたしこのあいだ、パチンコちゅうもんをやって見ました」

「え。あの、その恰好(かっこう)でパチンコ屋へ」眼を丸くし、シスター・中井が訊(たず)ねた。

「はい」ファーザーはにこにこ笑って答えた。

「いかがでした。面白うございましたか」いちばん年嵩(としかさ)のシスターが、にやりとして訊ねた。

「金額的には競馬とは比較になりまへん。そやけど、パチンコがあんな面白いもんやとすると、競馬で身をほろぼす人が多いちゅうことも、なるほどとうなずけます。これはつまり賭博の面白さが賭け金の額に比例するとしたらです」ファーザーはうなずいた。「そらあんた、嘘や思うたらパチンコいっぺんやって見なはれ。いやもう、面白いの面白うないの」彼は眼を輝かせて喋りはじめた。「天穴ちゅうのんがあります。いちばん上の穴ですぞ。ここへ一発入るちゅうと下のチューリップが開きよる。入りやすうなるわけで、ここへ二発入るとチューリップは閉まりよる。つまり天穴へ入ると合計三回連続してじゃらじゃら出るわけですな。また、入る時は調子のええもんで、まだ下のチューリップが開いてるうちに上の天穴へ連続して入りよる。チューリップは開きっぱなしです。じゃらじゃらと、出るわ出るわ」身をのり出し、唾をとばしはじめた。

シスターたちはフォークとナイフを持つ手を休め、興味深そうに謹聴している。

「ところが突然、ばったり入らんようになる。そらもう、信じられんぐらい入らへん。せっかく箱にいっぱいとったのに、それが見るみる減っていくわけですな。今、交換して景品貰うか、どこぞ他の台へ移った方がええのん違うかとも思うんやけど、いやいや、さっきあないに入ったんやさかい思うて、ずるずるやってるうちに一発もないようになる。こんな阿呆なこと、あるはずがない。こんなことはあってええことやない思うて、口惜しゅうてしかたがない。まったくもう、神もほとけもあるもんかちゅう気持に」口をすべらせたことに気がつき、ファーザーはあわてて口をおさえた。

全員が、おうという声を洩らし、にやにや笑いながら十字をきった。

ファーザーによって醸し出された背徳的な雰囲気を、鮎子は一種の迫力とともにひしひしと身に感じていた。

シスター・中井は、顔をまっ赤に火照らせて笑いをこらえながら、ふたたび始まったファーザーのパチンコ談義を楽しそうに聞いている。

鮎子はまた、享楽をかたくなに拒否している自分をひどく子供っぽく感じ、それと同時に昨夜の事件をなまなましく思い出した。

たとえば、この健康で明朗なシスター・中井が、もし仮に昨夜の自分のような目にあったらどんな反応を示したであろうか、と、鮎子は考えた。

あたえられた享楽はすべてあるがままに受け入れようとする彼女のことだから、もしかしたらあの青年の暴力を、不可抗力として甘んじて享受し、むしろたっぷり楽しんだかもしれない、そうだ、彼女ならきっと、そうしたに違いない。

一方ではまさかと思いながらも、あるいはと思う気持の方が次第に鮎子の中で強くなっていった。そして自分の頑固さ、融通のきかなさに対しても、今さらのように歯痒い思いがし、そんなことを思ってはいけないと自分を戒めながらも、今までの自分の姿勢を悔む気持が大きく膨れあがってくるのをどうすることもできなかった。

その時、突然眼のくらむような快感が脊髄を脳の先までつっ走った。鮎子は上半身を起し、眼を閉じた。瞼の裏に火花が散り、閃光が躍っていた。股間に、異物感があった。だが、それは決して不快なものではなかった。痛みもなく、ただ快感だけがあった。

「う」鮎子は唇を嚙んだ。

彼女があの青年に犯されてから、ちょうど十七時間経っていた。快感だけが蘇ったのだわ、と、鮎子は思った。この昼餐会の不道徳的な話題に影響されてのことだろうか、それとも。

「あ。あ」下半身が痙攣し、歯を嚙みしめていてさえ呻きが洩れるほどの快感がやってきた。彼女は身もだえた。じっとしていようと努力してみたが、どうにもならなかった。

「あら、鮎子さん、どうなさったの」シスター・中井が正面の席から彼女を見つめ、そう訊ねた。「ご気分がお悪いんじゃありませんこと」

だが鮎子にはもはや、シスター・中井の顔もぼんやりと輪廓だけしか見えず、怪訝(けげん)そうなその声もどこか遠くからかすかに響いてくるだけだった。

「大変。こんな席で醜態を演じては」理性が彼女の乱れをくいとめようとした。

しかしその理性も、じんと耳の奥が鳴ったほどの鋭い快感によってどこかへ吹きとばされてしまった。いつの間にかじっとりと濡(ぬ)れた太腿(ふともも)が、がくがくと激しく痙攣した。

「あっ」

動かないではいられなかった。鮎子は大きく股(また)を開いた。ぴったりと太腿にまといついていたタイト・スカートの前が、びりっという大きな音を立てて裂けた。

甘美なものが、ぐいと鮎子の下半身をしゃくった。ふん、と大きな鼻息を洩らし、身をのけぞらせた鮎子は、ぴんと片足をはねあげ、その足を食卓の上に、どす、と落した。

がらがっちゃがっちゃ。

食卓の上の料理を盛った皿が、鮎子の靴によって砕け、まっぷたつに割れ、ひっくり返り、とび散った。料理が散乱して食卓のあちこちにとんだ。

ぐさ、と、何かたくましいものが、鮎子の下半身のあらゆる快美感覚を一挙にえぐり、ほじった。

「おほほほほほほ」

あまりの快感に耐えきれず、怪鳥のような叫び声を大きくはりあげ、鮎子は身をしゃっちょこばらせ、ついで自らの手でブラウスを引き裂き、露出した両の乳房を鷲づかみにした。眼は恍惚としてうるみ、唇の端からはよだれが流れ落ちた。眉をしかめ、悲しげな表情でかぶりを振り続けながら鮎子はまた大声で叫んだ。

「もう駄目」

もう駄目、もう駄目とくり返し絶叫する鮎子のからだ全体に痙攣が襲った。がくがくと首を前後に振り、髪ふり乱してうなずくような動作をくり返しながら、彼女ははげしい痙攣に身をまかせた。

「あう、あう、あう」

両の握りこぶしを胸の前につき出して首を上下に揺すり続ける彼女の口から、そんな声が洩れた。

炭火の如く熱した何やら固いものが鮎子の子宮を突きあげた。

「ふわ」

いったん椅子の上で数センチとびあがった彼女は、えびのように身をつっぱらせ、手足を硬直させた。

「あっ。と、とてもいいわ」

鷹の爪のように折り曲げた指さきで彼女は眼前の空間を掻きむしり、それから疳高い声で行くと絶叫し、もんどりうって椅子から床へころげ落ちた。床の上へ仰向きに横たわった鮎子は、頭頂と足の先だけを床につけて、ふたたびえびのように身をそり返らせ、次に股を大きく開き、下半身を下腹部まで露出させてはげしく腰を揺すりながらオーガズムに達した。

「かかかかかか、神様」

翌日の午後、鮎子はファーザーの私室のドアをノックした。ドアには鍵がかかっていず、すっと内側へ開いた。鮎子は室内に入った。部屋の中央のソファに腰かけ、トランジスタ・ラジオで競馬の実況中継を聞いていたファーザーは、鮎子が入っていくなりソファの上で大きくとびあがり、口汚なく罵倒しはじめた。

「こら、神よ。おんどりゃまた何ちゅうことさらしてくれはりましたんや。なにもよりによってソノノヒカリなんちゅう馬を一着にせいでもええやないか。4―6いうたら大穴やおまへんけ。神ともあろうお人が何でまたそないな不公平をしやはりまんねん。せっかくあんたにつかえとる身のこのわたしがだっせ、考えに考えた末6—5ちゅうのん買うたんやさかい、もうちょっと気いきかしてお恵み垂れさしてもええやんけ。阿呆んだら」

「ファーザー」眼を見ひらいて立ちすくんだまま、鮎子はいった。「ああ、ファーザー。わたくし、この遅感症の生き地獄から救っていただこうとして、やってまいりましたのに」

「なんやて。遅感症やて」ファーザーはとびあがり、部屋の隅のベッドに全裸で横たわっているシスター・中井を振り返り、大声で叫んだ。「そらおもろい。シスター、あんた聞いたか。このひと遅感症やそうな。おお神よ、天にまします神よ。み恵み深き神よ。この早漏のわたしに遅感症の女性をおあたえくださるちゅうのはなんと心やさしきみ業ですやろか。さあ、シスター、あんたそこどいとくなはれ」

「おお、ファーザー」シスター・中井はとびあがった。「今の今までこのわたしにささやかれていたあのおことば、すべて嘘いつわりだったのでございましょうか」

「あ、そらまた何ちゅうど厚かましいこと吐かすねん」ファーザーはシスター・中井の傍へ駈け寄って彼女を怒鳴りつけた。「さっきはさっき。今は今。だいたいあんたの観音さんはずぼずぼやないけ。ガテの門ほども広いあんたの穴に挿入したらその隙間からあんたの子宮の方へひょうひょうと音立てて地獄のからっ風が吹きすさんでいきよるわ。だまされたのはこっちや。これ以上うだうださらしたら、頭陀袋へ入れてマカオへ売りとばしてまうぞ。さあ早う出て行け」

シスター・中井はわっと泣き出し、ベッドからおりるとドアめがけて走りはじめた。ドアの手前で彼女は立ちどまり、一瞬、般若のような顔ではったと鮎子を睨みつけ、ふたたび泣きわめきながら全裸で廊下へとび出していった。

ファーザーが満面に血の垂れそうなにたにた笑いを浮かべて鮎子に近づいてきた。

「さあ、お互いに楽しく祝福をあたえあい、この世の天国へ行こうやおまへんか」

「ファーザー」鮎子はおろおろ声でくり返した。「そうしていただけたら、わたしは救われるのでございましょうか」

「あなたの父親に対するいろいろなコンプレックスをなくしてしまえる人間は、わたしです。なんでや言うたら、わたしもファーザーやからです」

「ああ、ファーザー。ありがとうございます」

大きく開かれたファーザーの腕の中へ、鮎子は崩れるようにとびこんだ。

ファーザーは口の中で祈りのことばを唱えながら、ゆっくりと鮎子の服を脱がしはじめた。

「エロにましますエロよ。御身はエロのうちにて」ブラジャーをとり、鮎子のパンティに手をかけた。「エロのエロ、エロのエロなる哉。都てエロなり」

全裸の鮎子を抱きあげ、ベッドに運んで仰臥させたファーザーは、自らも衣を脱ぎ捨て、首からかけた十字架をかなぐり捨て、その十字架を踏んづけてベッドにのぼり、鮎子のからだに覆い被さってきた。

「女は去り、女は来る。女は永久に存つなり。ペニスは出でペニスはまた入り、又その出し処に喘ぎゆくなり」

解説

藤田宜永

筒井さんの小説に、一度もハマったことがないという人間は、僕の周りにはひとりもいないだろう。それぐらい、筒井さんの作品は衝撃的なのだ。

十年以上前のことだが、筒井さんとパーティー会場で立ち話をしたことがある。小説誌に掲載されていた彼の短篇を読んだ直後だったから、僕はそのことを話題にした。作品内容は、喫煙が犯罪行為となっても、ひとり頑張る男の話だった。日にハイライトを三箱は吸っている僕にとって、健康への悪影響など歯牙にもかけず、皮肉にも〝命がけで〟で煙草を吸い続ける男の姿は、可笑しさを超えて、切実なものだった。

現在、嫌煙運動は、あの頃とは比べものにならないほど拡がった。喫煙難民である僕は、煙草の吸える場所を探している時、ふとあの短篇を思い出すことがある。

本書は喫煙とは関係はない。すべての短篇のテーマはセックスである。しかし、今読み返してみても、嫌煙運動の高まりを先取りした作品同様、ちっとも古さを感じさせない。

「欠陥バスの突撃」は、狙った女を前にした男の生理や無意識、それに心理状態がバスの乗客を巧みに使って描かれている。筒井流ドタバタ劇になっているのは言うまでもない。

愛だの恋だのと言っても、初めて女に出会って、ビビッときた時、この女とやりたいのか、恋をしているのか、はっきりと区別できている男は少ないだろう。愛している女とセックスしている時は、相手を慈しみたい気持ちと陵辱したい衝動がぶつかり合うのが普通である。

この意見に反対する者は、感受性の鈍い人間か、偽善者である。

男のセックスは実に単純というか、深みがない。性豪だろうが、四十八手裏表を知りつくしたテクニシャンだろうが、射精してしまえば、欲情は、欠陥エレベーターよろしく、停止すべき階を通過し、一階まで急速に落下してしまう。そこへくると、女の性はじゅくじゅくとしてまことに奥が深い。最上階に上りつめ、一階に着いた後も、エレベーターから降りず、狭い箱の中で戯れることを男に要求してくることもあるし、たった一ラウンドの交わりの中においても、最上階に着いたのに、もう一度階下に下り、また最上階を目指したりしたがることもある。しかも、場合によっては、二階辺りに留まっているのに、最上階に上りつめたような演技までできてしまうのだから、男はたまったものではない。

本書には今言ったようなことが直接書いてあるわけではないが、オチンチンの大きさ、立ち具合、回数、早漏といったことを気にしつつ生きている男の本質が、真面目そうに不真面目に、不真面目そうに真面目に描かれている。そこが笑えるし、切ないし、ぎょっとさせられたりもするし、夢をあたえてくれたりもするのだ。

「郵性省」は、誰かを思ってオナニーをし、絶頂を感じると、突然、その相手のところに、本人の身体が移動してしまうというオナニー・テレポート（オナポート）の話である。

〝オナポートした小学生が、カンガルーみたいに母親の腹の中へ、首だけ出してすっぽり納まってしまう……〟

〝中には女房と愛しあっている最中、絶頂寸前に浮気の相手のことを思い浮かべたため突如消え失せる亭主……〟

少年のオナニーの相手が母親。分かる。分かる。

セックスの最中に他の異性のことを思って絶頂に達する。男にはよくあることだ。だが、実は女もやっていると思った方がいいだろう。

A男とB子がセックスしている最中、両方とも他の異性（同性も可、動物も可）のことを考えていると、思った相手のところに躰が移動してしまったら、どうなるのだろう。実に恐ろしいことである。オナポートは人間を解放すると同時に、社会を混乱に巻き込むということだ。

本書は、善悪やモラルを超えて性のあられもない姿が、面白可笑しく、過激にえぐり出されている。

〝仮に大文豪が性行為を描写するとして、たとえそこに文学のためという大前提があったところでその大文豪自身に性行為に伴う猥褻な感情の体験が皆無であれば、これは文学的な描写とはならないのだから、そもそもどこまでが文学でどこまでが猥褻かの判断は誰にもつけられない〟（本書収録の「弁天さま」）

筒井さんの小説に向かう姿勢がよく表れている一文だと思う。

小説を批判するのによく用いられる言葉に〝人間が描けていない〟というのがある。これは、リアリズム小説から見て、人間が描けていない、という意味で使われることがもっぱらだ。

筒井さんは、こういう言い方に反発を感じてきた作家である。しかし、単純に反リアリズムを標榜しているわけでは決してない。

〃シュール・リアリズムや反自然主義の作家が、自分たちの作品を別の現実、もうひとつの現実、または現実の真なる部分の拡大などと、やたら現実、現実と強調しているのもぼくは嫌いだった。そんな必要はない。そんな作品にとってより重要なのは想像力による美である筈、などと思ったものだ〃（中公文庫『言語姦覚』収録の「超虚構宣言」）

無自覚なリアリズム小説に嫌悪を感じる一方で、リアリズム小説の対抗馬としての〃別の現実〃を特権的に作り出す作品にも違和感を持っているらしい。

〃想像力による美〃は必ずしも、いわゆる美しいものではない。だが単純に醜美なものでもない。

「陰悩録」は、風呂(ふろ)の栓を抜いたら、キンタマが穴に吸い込まれてゆくというブラックユーモア小説である。キンタマを持っている者ならば、この小説を読んで、何とも言えないリアルな感覚に襲われるだろう。タマを取ってしまいたいが手術代に困っているニューハーフだったら、狂喜乱舞し、ネズミに囓(かじ)られるのは嫌だが、すぽんと抜いてくれるのだったら願ったり叶(かな)ったりだと思うかもしれない。

〃動きが取れなくなった場合、ちんぽこに刺戟を与えてその下方のものを釣り上げるしか方法がない。しかし、このごろではそれが簡単にできるかどうか。そうなったら、筒井康隆は官能のかたまりのような美女を連れて、私を救出しにくる義務がある〟
(講談社文庫『乱調文学大辞典』収録の吉行淳之介「解説」)

僕が吉行さんの立場に陥ったら、どうするだろうか。あの恐ろしいオナポートが現実になってほしいと願うだろう。僕の妄想が、キンタマを救い出してくれ、やりたい女(同性も動物も趣味ではありません)の前に僕が忽然と、痛みの消えぬキンタマをだらりと下げて現れる。女が受け入れてくれればいいが、そうでないと新聞沙汰である。恥をかかされたとカミさんは怒り、数年前にいただいた〝ナイス・カップル大賞〟の返上を願いでて、別居。しかし、僕も作家のはしくれで、男と女のことを書いている人間だから、それをバネにして復帰を果たし、ブラックユーモア・エロ小説の大家になれるかもしれない。そうなれば、オナポートでキンタマを緊急避難してもらった方が幸せ?……なんていう勝手な物語を作って愉しんでしまうほど、この小説は面白い。

ともかく、筒井流の〝美学〟には、本当は妙な解説はいらない。絶対に起こりえないが、リアルな作品が目白押しなのだから、余計なことを書くのは野暮というものだ。だが、その野暮を承知で解説を続けよう。

本書の登場人物の多くは、サラリーマン、校長先生、高校生といった、どこにでもいる人たちである。そういう〝普通〟の人の現実が攪乱され、時には社会問題化する。個人の愉しみが、奇想天外な形で世界に拡がってゆくのである。筒井さんは、社会で起こっている出来事にとても敏感な作家でもあるということだ。セックスを扱っている本書でも、その視線は消えることはない。

〝性行為、こんな無限の可能性を秘め歓喜に満ちた、いやらしくも面白おかしく、しかも滑稽で神聖で、当然のことながら猥褻で、しかも奥床しいという怪っ態なものが他にあろうか他にない、またとあろうかまたとない……〟（本書収録の「奇ッ怪陋劣潜望鏡」）

セックスについてこれでもかこれでもかと書かれているが、この一文でも分かるように、陰湿な感じはまるでしないおおらかで〝美しい〟短篇集である。

筒井さんの作品は私小説的に読むものではない。だが、読んでいる間に、何度も筒井さんの顔が目に浮かんでしまった。それは、筒井さんが俳優としても活躍しているからである。

「リビドーとは何なんでしょうか？」と真面目に訊かれた時、フロイトに変装した俳優の筒井さんが、どんな顔をして、何て答えるか。すこぶる興味がある。

陰悩録（いんのうろく）

リビドー短篇集（たんぺんしゅう）

筒井康隆（つついやすたか）

平成18年 7月25日　初版発行
令和7年 9月30日　16版発行

発行者●山下直久

発行●株式会社KADOKAWA
〒102-8177　東京都千代田区富士見2-13-3
電話　0570-002-301（ナビダイヤル）

角川文庫 14315

印刷所●株式会社KADOKAWA
製本所●株式会社KADOKAWA

表紙画●和田三造

ISBN978-4-04-130525-6　C0193

角川文庫発刊に際して

角川源義

第二次世界大戦の敗北は、軍事力の敗北であった以上に、私たちの若い文化力の敗退であった。私たちの文化が戦争に対して如何に無力であり、単なるあだ花に過ぎなかったかを、私たちは身を以て体験し痛感した。西洋近代文化の摂取にとって、明治以後八十年の歳月は決して短かすぎたとは言えない。にもかかわらず、近代文化の伝統を確立し、自由な批判と柔軟な良識に富む文化層として自らを形成することに私たちは失敗して来た。そしてこれは、各層への文化の普及滲透を任務とする出版人の責任でもあった。

一九四五年以来、私たちは再び振出しに戻り、第一歩から踏み出すことを余儀なくされた。これは大きな不幸ではあるが、反面、これまでの混沌・未熟・歪曲の中にあった我が国の文化に秩序と確たる基礎を齎らすためには絶好の機会でもある。角川書店は、このような祖国の文化的危機にあたり、微力をも顧みず再建の礎石たるべき抱負と決意とをもって出発したが、ここに創立以来の念願を果すべく角川文庫を発刊する。これまで刊行されたあらゆる全集叢書文庫類の長所と短所とを検討し、古今東西の不朽の典籍を、良心的編集のもとに、廉価に、そして書架にふさわしい美本として、多くのひとびとに提供しようとする。しかし私たちは徒らに百科全書的な知識のジレッタントを作ることを目的とせず、あくまで祖国の文化に秩序と再建への道を示し、この文庫を角川書店の栄ある事業として、今後永久に継続発展せしめ、学芸と教養との殿堂として大成せんことを期したい。多くの読書子の愛情ある忠言と支持とによって、この希望と抱負とを完遂せしめられんことを願う。

一九四九年五月三日

角川文庫ベストセラー

霊長類 南へ　筒井康隆

アフリカの爆弾　筒井康隆

ホンキイ・トンク　筒井康隆

日本列島七曲り　筒井康隆

ウィークエンド・シャッフル　筒井康隆

新聞記者・澱口が恋人の珠子と過ごしていた頃、合衆国大統領は青くなっていた。日本と韓国、ソ連に原爆が落ちたのだ。ソ連はミサイルで応戦。澱口と珠子は、人類のとめどもない暴走に巻き込まれ――。

それぞれが違う組織のスパイとわかった家族の末路（「台所にいたスパイ」）。アフリカの新興国で、核弾頭ミサイルを買う場について行くことになった日本人セールスマンは（「アフリカの爆弾」）。12編の短編集。

関西弁で虚実が入り乱れる「オナンの末裔」、老私小説作家の脱線を劇中劇で描いた「小説「私小説」」ほか、「君発ちて後」「ワイド仇討」「断末魔酔狂地獄」「ホンキイ・トンク」等、全8篇を収録。

おれの乗ったタクシーは渋滞に巻き込まれた。今日、大阪で挙げる自分の結婚式に間に合わなくなったら大変だ。仕方ないから、飛行機で大阪まで、と思ったら、その飛行機がハイ・ジャックされて……。異色短編集。

硫黄島の回顧談が白熱した銀座のクラブは戦場と化し（『蝶』の硫黄島」）。子供が誘拐され、主人が行方不明になった家に入った泥棒が、主人の役を演じ始め……（「ウィークエンド・シャッフル」）。全13篇。

角川文庫ベストセラー

作家の履歴書
21人の人気作家が語るプロになるための方法
大沢在昌他

悪徒
藤田宜永

きまぐれ星のメモ
星新一

きまぐれロボット
星新一

ちぐはぐな部品
星新一

作家になったきっかけ、応募した賞や選んだ理由、発想の原点はどこにあるのか、実際の収入はどんな感じなのか、などなど。人気作家が、人生を変えた経験を赤裸々に語るデビューの方法21例！

暴力団員が射殺された。その手口は伝説のヒットマンと酷似していた。ヒットマンの行方を追うべく〝影の弁護士〟、元刑事が入り乱れる追跡劇がはじまる。著者渾身のノンストップハードボイルドアクション。

日本にショート・ショートを定着させた星新一が、10年間に書き綴った100編余りのエッセイを収録。創作過程のこと、子供の頃の思い出――。簡潔な文章でひねりの効いた内容が語られる名エッセイ集。

お金持ちのエヌ氏は、博士が自慢するロボットを買い入れた。オールマイティだが、時々あばれたり逃げたりする。ひどいロボットを買わされたと怒ったエヌ氏は、博士に文句を言ったが……。

脳を残して全て人工の身体となったムント氏。ある日、外に出ると、そこは動くものが何ひとつない世界だった（「凍った時間」）。SFからミステリ、時代物まで、バラエティ豊かなショートショート集。